Graham Greene

# Nosso homem em Havana



www.lpm.com.br

L&PM POCKET

Coleção **L&PM** Pocket, vol. 649

Título original: *Our Man in Havana*

Primeira edição na Coleção **L&PM** POCKET: outubro de 2007

*Tradução:* André de Godoy Vieira
*Capa*: Marco Cena
*Revisão*: Bianca Pasqualini e Jó Saldanha

CIP-Brasil. Catalogação-na-Fonte
Sindicato Nacional dos Editores de Livros, RJ

G831n Greene, Graham, 1904-1991
Nosso homem em Havana / Graham Greene ; tradução André de Godoy Vieira. – Porto Alegre, RS : L&PM Editores, 2007.
224p. : . 18cm – (L&PM Pocket; 649)

Tradução de : *Our Man in Havana*
ISBN 978-85-254-1704-6

1. Romance inglês. I. Vieira, André de Godoy. II. Título. III. Série.

07-3706. CDD: 823
CDU: 812.111-3

Rua Comendador Coruja, 314, loja 9 – Floresta – 90220-180
Porto Alegre – RS – Brasil / Fone: 51.3225.5777 – Fax: 51.3221-5380

Pedidos & Depto. comercial: vendas@lpm.com.br
Fale conosco: info@lpm.com.br
www.lpm.com.br

Impresso no Brasil
Primavera de 2007

# Graham Greene
(1904-1991)

Graham Greene nasceu no vilarejo de Berkhamsted, em Hertfordshire, ao norte de Londres, em 2 de outubro de 1904, o quarto de seis filhos. Seus pais eram primos de primeiro grau e membros de uma influente família da burguesia. Foi educado primeiramente na Grammar School de Berkhamsted, que era dirigida por seu pai. Infeliz com o internato, fez várias tentativas de suicídio. Aos dezessete anos, realizou um tratamento de psicoterapia em Londres. Depois cursou o Balliol College, de Oxford. Em 1926 tornou-se editor assistente do *The Times* e conheceu a católica (por conversão) Vivien Dayrell-Browning. Converteu-se também ele, ainda nesse ano; o catolicismo viria a desempenhar um papel determinante na sua obra. Casaram-se um ano depois e tiveram dois filhos.

Greene publicou seu primeiro romance, *The Man Within*, em 1929, e o livro teve uma recepção boa o bastante para convencê-lo a dedicar-se exclusivamente à literatura. A seguir publicou *The Name of Action* (1930) e *Rumour at Nightfall* (1932), que não tiveram sucesso e que ele nunca mais permitiu que fossem reeditados. A fama como escritor veio em 1932, com a publicação de *Stamboul Train* (O Expresso Oriente), que Greene chamou de “divertimento” (nessa classificação incluiria seus romances de suspense e mistério, embora tivessem sempre um viés filosófico), em oposição a outros romances que ele chamava de “sérios”. Em 1934, publicou o romance *It's a battlefield*; em 1935, *England made me*, e viajou pela Libéria. Na volta foi contratado como crítico de cinema para o *Spectator*, função que desempenhou até 1939. Em 1936, publicou o romance *A Gun for Sale* e o livro de viagem sobre a África, *Journey without Maps*. Em 1938, ano da publicação de *Brighton Rock* (*O condenado*), visitou o México, para relatar as perseguições religiosas que lá ocorriam. Como resultado, escreveu *The Lawless Road* (1939) e o célebre romance *The Power and the Glory* (*O poder e a glória*), de 1940, considerado por muitos seu trabalho mais profundo e que seria condenado pelo Vaticano. Em 1939, publicou também *The Confidential Agent*. Em 1940, tornou-se editor literário do *Spectator*. No ano seguinte ele começou a trabalhar no Ministério das

Relações Exteriores, mais especificamente no departamento de inteligência M16, tendo sido recrutado pelo célebre agente duplo Kim Philby. Foi mandado para Serra Leoa, onde permaneceu de 1941 a 1943 (quando publicou o romance *The Ministry of Fear* [O ministério do medo]). Essa passagem pela África gerou, mais tarde, o romance *The Heart of the Matter* (1948), passado no oeste do continente africano. Seguiram-se ainda *The Third Man* (O terceiro homem), em 1950, escrito como um argumento para o cinema; *The End of the Affair* (Fim de caso), 1951; *The Quiet American* (O americano tranqüilo), 1955; *Loser Takes All* (1955), *Our Man in Havana* (Nosso homem em Havana), 1958; *A Burnt-Out Case* (1960), *The Comedians* (Os farsantes), 1965; *Travels with My Aunt* (1969), *The Honorary Consul* (O cônsul honorário), 1973; *The Human Factor* (O fator humano), 1978, *Doctor Fischer of Geneva or The Bomb Party* (1980), *Monsignor Quixote* (1982), *The Tenth Man* (O décimo homem), 1985, e *The Captain and the Enemy* (1988). Escreveu também vários livros de contos, muitos dos quais, juntamente com seus romances, foram adaptados para o cinema e para a televisão.

Toda sua obra é permeada por personagens atormentados por crises morais e existenciais, presos em meio a pecados e numa realidade que desafia a prática do ideal religioso. Nas palavras do romancista William Golding, Greene foi "o derradeiro cronista da consciência e da ansiedade do homem do século XX". Sua orientação política tendeu sempre à esquerda, e no final da vida Greene criticava ferrenhamente o imperialismo norte-americano, além de apoiar Fidel Castro, que ele conhecera pessoalmente. Em 1966, mudou-se para a cidade de Antibes, na França, e seus últimos anos foram passados em Vevey, na Suíça. Morreu em 03 de abril de 1991.

---

Livros do autor na Coleção **L&PM** Pocket:

*O fator humano*
*Nosso homem em Havana*
*O terceiro homem*

*E o homem triste é alvo de todos os seus gracejos.*

George Herbert

Aron Taitelbaum

# Primeira parte

## Capítulo 1

### 1

– Aquele negro descendo a rua – disse o dr. Hasselbacher, de pé no Wonder Bar –, ele me faz lembrar o senhor, sr. Wormold.

Era típico do dr. Hasselbacher ainda empregar o tratamento de "senhor" mesmo após quinze anos de amizade – amizade que prosseguia com a lentidão e a segurança de um diagnóstico cuidadoso. Em seu leito de morte, quando o dr. Hasselbacher viesse lhe tomar o pulso combalido, talvez então o sr. Wormold se tornasse apenas Jim.

O negro era cego de um olho e tinha uma perna mais curta que a outra; vestia um velho chapéu de feltro, e suas costelas revelavam-se através da camisa rasgada qual um navio que estivesse sendo demolido. Caminhava na beira da calçada, à frente dos pilares amarelos e cor-de-rosa de uma colunata, sob o sol forte de janeiro, contando cada passo enquanto seguia adiante. Ao passar pelo Wonder Bar, subindo a Virtudes, havia alcançado 1.369. Tinha de mover-se lentamente para poder pronunciar tão longo número. "Mil trezentos e setenta." Era uma figura familiar nos arredores da praça Nacional, onde vez e outra se deixava ficar, interrompendo sua contagem até conseguir vender a algum turista um pacote de fotografias pornográficas. Em seguida, recomeçava-a de onde a havia interrompido. Ao fim do dia, como um entusiasmado passageiro de transatlântico, sabia exatamente a distância que percorrera.

– Joe? – perguntou Wormold. – Não vejo nenhuma semelhança. Exceto ele ser manco, claro.

Mas, por instinto, olhou-se rapidamente no espelho em que se lia *Cerveza Tropical*, como se de fato pudesse ter ficado tão mutilado e enegrecido durante o trajeto que perfizera desde a loja, na cidade velha. Mas o rosto que no espelho devolvia-lhe o olhar estava apenas um pouco descorado, em razão da poeira das obras do porto. Era, contudo, o mesmo rosto: ansioso, enrugado, quarentão – muito mais jovem que o do dr. Hasselbacher, embora um estranho pudesse ter a impressão de que se extinguiria primeiro, pois as sombras já estavam lá – aflições que estão além do alcance de um tranqüilizante. Puxando a perna, o negro desapareceu ao dobrar a esquina do Paseo. O dia estava cheio de engraxates.

– Não me referi ao fato de ele ser manco. Não percebe a semelhança?

– Não.

– Ele tem duas idéias na cabeça – explicou o dr. Hasselbacher –, cumprir seu trabalho e seguir contando os passos. E, claro, é britânico.

– Ainda não percebi a... – respondeu Wormold, enquanto refrescava a boca com o seu daiquiri matinal.

Sete minutos para chegar ao Wonder Bar; sete minutos para voltar à loja; seis minutos de companhia. Consultou seu relógio. Lembrou-se de que estava um minuto atrasado.

– É confiável, alguém com quem a gente pode contar: era tudo a que eu estava me referindo – disse o dr. Hasselbacher com impaciência. – Como está Milly?

– Maravilhosa – respondeu Wormold.

Era sua resposta invariável, mas a proferia com seriedade.

– Dezessete anos no dia 17, certo?

– É isso aí.

Olhou rapidamente por sobre o próprio ombro, como se alguém estivesse a persegui-lo, e então voltou a consultar o relógio.

– Vai dividir uma garrafa conosco?

– Até agora jamais falhei, sr. Wormold. Quem mais vai estar lá?

– Bem, pensei apenas em nós três. Cooper, você sabe, voltou para casa, o pobre Marlowe ainda está hospitalizado, e Milly, ao que parece, não se interessa por ninguém dessa turma nova do consulado. Assim, pensei em fazer tudo tranqüilamente, em família.

– Fico honrado em saber que faço parte da família, sr. Wormold.

– Quem sabe então uma mesa no Nacional? Ou diria que isso não é bastante, digamos, apropriado?

– Não estamos na Inglaterra nem na Alemanha, sr. Wormold. As garotas crescem depressa nos trópicos.

Uma veneziana, no outro lado do recinto, abriu-se com um rangido e, impelida pelo ritmo da suave brisa que vinha do mar, começou a bater com a regularidade de um velho relógio. Disse Wormold:

– Preciso ir.

– Os aparelhos de limpeza sobreviverão sem o senhor, sr. Wormold. – Era um dia de verdades desagradáveis. – Como meus pacientes – acrescentou, com benevolência, o dr. Hasselbacher.

– As pessoas, mais cedo ou mais tarde, acabam ficando doentes, mas nem sempre precisam comprar aspiradores de pó.

– Mas o senhor cobra mais do que eu.

– Sim, mas fico apenas com vinte por cento. E não dá para fazer muita economia com vinte por cento.

– Esta não é uma época para economizar, sr. Wormold.

– Mas é que preciso... por Milly. Se alguma coisa me acontece...

– Ora, nenhum de nós tem grandes expectativas de vida hoje em dia. Por que então se preocupar?

– Toda essa instabilidade é muito ruim para o comércio. De que adianta um aspirador de pó se a eletricidade é cortada?

– Posso conseguir um pequeno empréstimo, sr. Wormold.

– Não, não. Não se trata disso. Minha preocupação não se limita a este ano ou mesmo ao ano que vem; é uma preocupação de longo prazo.

– Pois então não vale a pena chamá-la de preocupação. Vivemos numa época atômica, sr. Wormold. Basta pressionar um botão e – *bang*! – onde estaremos? Outro uísque, por favor.

– E tem outra coisa. Sabe o que fez a firma agora? Me mandou um aspirador de pilha atômica.

– Sério? Não sabia que a ciência havia chegado tão longe.

– Oh, claro que não tem nada de atômico nele. A coisa toda não passa de um nome. No ano passado, era o turbojato; neste ano, o aspirador atômico. Funciona sem que a gente precise conectá-lo à tomada elétrica, que nem o outro.

– Então por que se preocupar? – repetiu o dr. Hasselbacher, como num estribilho, inclinando-se sobre seu uísque.

– Eles não percebem que esse nome pode muito bem funcionar nos Estados Unidos, mas não aqui, onde o clero passa o tempo todo pregando contra o mau uso da ciência. Milly e eu fomos à catedral no último domingo – e você sabe o que ela pensa sobre a missa; acha que conseguirá me converter, coisa que não me surpreenderia se de fato acontecesse. Pois bem, o padre Mendez passou meia hora descrevendo os efeitos da bomba de hidrogênio. "Aqueles que crêem no paraíso na terra", disse ele, "estão criando um inferno." Fez suas palavras parecerem verdadeiras, tal era a lucidez com que as proferia. Como então o senhor acha que me senti na manhã de segunda, quando tive que expor na vitrine da loja o novo aspirador de pilha atômica? Não me surpreenderia se um desses garotos desajustados que zanzam por aí a quebrasse. Ação Católica, Cristo-Rei, toda essa ladainha. Não sei o que fazer, Hasselbacher.

– Venda um aspirador de pilha atômica ao padre Mendez, para o palácio do bispo.

– Mas ele está satisfeito com o turbo. É uma boa máquina. Claro que esta também é. Sucção especial para estantes de livros. Você sabe que eu não venderia um aparelho que não fosse bom.

– Sei, sr. Wormold. Mas não poderia simplesmente trocar o nome do aparelho?

– Não me permitiriam. Orgulham-se dele. Acham que se trata da melhor frase que já ocorreu a alguém desde "Ele vibra, aspira e limpa". Como sabe, eles tinham algo embutido no turbojato que chamavam de dispositivo de purificação. Ninguém se importava – no fim das contas, era uma boa engenhoca. Mas ontem uma mulher entrou na loja e, ao examinar a pilha atômica, indagou se um dispositivo de purificação daquele tamanho poderia realmente absorver toda a radioatividade. "E quanto ao estrôncio 90?", ela perguntou.

– Poderia arranjar para o senhor um certificado médico – disse o dr. Hasselbacher.

– Você nunca se preocupa com nada?

– Tenho uma defesa secreta, sr. Wormold. Interesso-me pela vida.

– Eu também, mas...

– O senhor se interessa por uma pessoa, não pela vida – e as pessoas morrem ou nos deixam, sinto dizê-lo. Não me refiro à sua esposa. Mas, quando nos interessamos pela vida, ela nunca nos desaponta. De minha parte, me interesso pela tonalidade azul do queijo. O senhor não é adepto das palavras cruzadas, não é mesmo, sr. Wormold? Eu sou, e digo que são como as pessoas; todas chegam a um fim. Posso terminar qualquer palavra cruzada dentro de uma hora, mas tenho uma idéia sobre a tonalidade azul do queijo que jamais chegará a uma definição – embora, naturalmente, seja normal sonhar que algum dia, talvez... Qualquer dia desses levarei o senhor até o meu laboratório.

– Preciso ir embora, Hasselbacher.

– Devia sonhar mais, sr. Wormold. A realidade, em nosso século, não é algo que se deva enfrentar.

## 2

Quando Wormold chegou à sua loja na rua Lamparilla, Milly ainda não havia retornado da escola paroquial americana, e, apesar das duas figuras que ele podia divisar através da porta, o estabelecimento lhe parecia vazio. E que vazio! E assim permaneceria até que Milly voltasse. Toda vez que entrava na loja, Wormold sentia um vácuo que nada tinha a ver com seus aspiradores. Freguês nenhum poderia preenchê-lo, particularmente aquele que ali estava, com aspecto demasiado elegante para Havana, lendo um folheto em inglês sobre a pilha atômica e ignorando propositalmente o ajudante de Wormold. López era um homem impaciente, que não gostava de desperdiçar seu tempo longe da edição espanhola do *Confidential*. Fitava o estranho sem fazer o mínimo esforço para persuadi-lo a uma compra.

– *Buenos días* – disse Wormold, que encarava com habitual desconfiança todos os estranhos que pisavam em seu estabelecimento. Dez anos antes, um homem havia entrado na loja fazendo-se passar por freguês e, sem a menor malícia, vendera-lhe um pano de lã para polir o carro. Aquele fora um impostor plausível, mas não poderia haver alguém com menos aspecto de comprador de aspirador de pó do que o homem que ali estava. Alto e elegante em seu terno tropical cor de pedra, trajando distinta gravata, ele carregava consigo a brisa das praias e o aroma de couro dos bons clubes: esperava-se que dissesse algo como "O embaixador o receberá num minuto". Sempre haveria alguém para ocupar-se de sua limpeza – um oceano ou um criado.

– Receio não falar esse negócio – respondeu o estranho. A gíria era como que uma mancha em seu traje, como a mancha de ovo após o desjejum. – O senhor é britânico, não?

– Sim.

– Quero dizer... britânico de verdade. Com passaporte britânico e tudo o mais.

– Sim. Por quê?

– Gostamos de fazer negócios com firmas britânicas. A gente sabe onde está, se é que o senhor me entende.

– Em que posso servi-lo?

– Bem, primeiro eu gostaria de dar uma olhada na loja. – Falava como se estivesse numa livraria. – Não consegui fazer o seu camarada compreender isso.

– O senhor está procurando um aspirador de pó?

– Bem, não exatamente procurando.

– Quero dizer, está pensando em comprar um?

– É isso aí, meu velho, acertou na mosca.

Wormold tinha a impressão de que o homem havia escolhido aquele tom de voz por julgar que combinava com a loja: um tom protetor adequado à rua Lamparilla, já que a vivacidade certamente não caía bem com suas roupas. Não se pode seguir com êxito a técnica de são Paulo de ser todas as coisas para todos os homens sem trocar de roupa.

– O senhor não encontrará nada melhor que o aspirador de pilha atômica – respondeu Wormold energicamente.

– Vejo um aqui que se chama turbo.

– Esse também é um aspirador muito bom. Seu apartamento é grande?

– Bem, não exatamente grande.

– Aqui, como o senhor pode ver, temos dois jogos de escovas: este para encerar e este para polir... Oh, não, acho que é o contrário. O turbo é movido a ar.

– E que é que isso significa?

– Bem, está claro, significa que... bem, é o que diz: movido a ar.

– E esse aparelhinho engraçado aqui, para que serve?

– É um bocal com dupla função, para carpetes.

– É mesmo? Que interessante. E qual é a dupla função?

– Empurrar e puxar.

– As coisas que eles inventam! – exclamou o desconhecido. – Imagino que o senhor deve vender um montão desses, não é verdade?

– Sou o único agente aqui.

– Todas as pessoas importantes deveriam, creio eu, ter um aspirador de pilha atômica.

– Ou um turbojato.

– Inclusive os gabinetes do governo?

– Naturalmente. Por quê?

– Porque o que é bom para um gabinete governamental deve ser bom o bastante para mim.

– Talvez o senhor prefira o nosso "Pequeno Faça Fácil".

– Por que "Faça Fácil"?

– O nome completo é "Pequeno Aspirador Doméstico Movido a Ar Faça Fácil".

– Outra vez o tal de "movido a ar".

– Não sou responsável por isso.

– Não se irrite, meu velho.

– Pessoalmente, odeio o termo "pilha atômica" – disse Wormold, com um furor repentino.

Estava profundamente perturbado. Ocorreu-lhe que aquele desconhecido talvez pudesse ser um inspetor enviado pela matriz da firma em Londres ou Nova York. Nesse caso, não escutariam mais do que a verdade.

– Compreendo o que quer dizer. Não é uma escolha feliz. Mas diga-me: o senhor oferece assistência técnica para todas essas coisas?

– Trimestralmente. Livre de qualquer taxa durante o período de garantia.

– Não, o que pergunto é se o senhor se encarrega pessoalmente da assistência.

– Mando López.

– O rapaz mal-humorado?

– Não sou lá um grande mecânico. Sempre que toco numa dessas coisas, parece que de algum modo ela pára de funcionar.

– O senhor dirige?

– Sim, mas, se alguma coisa estraga, é minha filha quem manda para o conserto.

– Oh, sim, sua filha. Onde está ela?

– Na escola. Mas permita-me mostrar-lhe agora este acoplador de ação instantânea ... – E, claro, ao tentar fazer a demonstração, o acoplador não funcionou. Pôs-se então a empurrá-lo e aparafusá-lo. – Peça defeituosa! – praguejou, em desespero.

– Deixe-me tentar – solicitou o estranho, e o acoplador funcionou da maneira mais suave que se poderia desejar. – Que idade tem sua filha?

– Dezesseis anos – disse Wormold, irritado consigo mesmo por ter respondido.

– Bem, tenho que ir – disse o desconhecido. – Foi um prazer a nossa conversa.

– Não gostaria de ver como funciona um aspirador? O López aqui poderia lhe fazer uma demonstração...

– No momento, não. Verei o senhor novamente... por aí – disse o homem com uma vaga e insolente confiança, desaparecendo pela porta antes que ocorresse a Wormold dar-lhe um cartão da loja. Na praça, no alto da rua Lamparilla, foi tragado pela multidão de cafetões e vendedores de bilhetes de loteria do meio-dia de Havana.

– Em nenhum momento ele pensou em comprar alguma coisa – disse López.

– O que queria, então?

– Quem é que sabe? Ficou me observando um bom tempo pela janela. Acho que, se o senhor não tivesse entrado, teria me pedido para lhe arrumar uma garota.

– Uma garota?

Pensou em certo dia ocorrido dez anos antes e então, inquieto, pensou em Milly, desejando que não tivesse respondido a tantas perguntas. Desejou também que o acoplador de ação instantânea tivesse, pelo menos uma vez, funcionado instantaneamente.

## Capítulo 2

Podia distinguir a aproximação de Milly como a de um carro de polícia que viesse de longe. Em lugar das sirenes, assobios o avisavam de sua chegada. Ela estava acostumada a vir a pé desde o ponto de ônibus, na avenida de Bélgica, mas, aquele dia, os lobos pareciam estar atuando na direção de Compostella. Não eram conquistadores perigosos, ele tinha de admitir, ainda que com relutância. Os galanteios que haviam começado desde o aniversário de treze anos da jovem eram na realidade galanteios respeitosos, pois, mesmo para os elevados padrões de Havana, Milly era belíssima. Tinha cabelos cor de mel, sobrancelhas negras, e os atavios de seu penteado eram modelados pelo melhor cabeleireiro da cidade. Não dava atenção aos assobios, que só a faziam andar ainda mais altaneira – ao vê-la caminhar, podia-se quase acreditar na levitação. O silêncio, agora, lhe teria parecido como um insulto.

Ao contrário de Wormold, que não acreditava em nada, Milly era católica: antes de casar, ele tivera de prometer à sua mãe que assim seria. Esta agora, ele supunha, já não tinha mais fé, mas lhe deixara uma católica nas mãos. Isso tornou Milly mais próxima de Cuba do que ele jamais conseguira estar. Wormold acreditava que nas famílias ricas o costume de manter uma aia ainda persistia, e às vezes lhe parecia que também sua Milly trazia consigo uma aia, invisível aos olhos de todos, exceto aos dela. Na igreja, onde parecia mais adorável que em qualquer outro lugar, em sua leve echarpe bordada com folhas translúcidas como o inverno, a aia estava sempre sentada a seu lado, para observar se suas costas estavam eretas, se ela cobria o rosto no momento apropriado, se fazia o sinal-da-cruz corretamente. Os meninos podiam impunemente chupar balas a seu lado, ou dar risadinhas atrás dos pilares, mas Milly mantinha-se em sua posição com a rigidez de uma freira, seguindo a missa em seu pequeno missal com folhas de bordas douradas, encadernado num marroquim da cor de seus cabelos (ela própria o havia escolhido). A mesma aia invisível cuidava para que ela comesse peixe às sextas-feiras, jejuasse nas têmporas e freqüentasse a missa não apenas aos domingos e nas festividades especiais da igreja, mas também no dia de seu santo. Em casa a chamavam de Milly, embora seu nome de batismo fosse Serafina – em Cuba, "*un doble de segunda clase*", frase misteriosa que fazia Wormold lembrar-se das corridas.

Muito tempo se passou até Wormold perceber que a aia nem sempre estava ao lado dela. Milly era meticulosa em seu comportamento durante as refeições e jamais negligenciava as orações noturnas, como ele bem sabia, pois desde criança ela o fazia esperar junto à porta de seu quarto, para marcá-lo como o não-católico que era, até terminar sua reza. Uma luz ardia ininterrupta diante da imagem de Nossa Senhora de Guadalupe. Lembrava-se de tê-la ouvido dizer, aos quatro anos de idade, em suas preces: "Ave Maria, sempre teimosa".

Certo dia, contudo, quando Milly estava com treze anos, ele foi chamado à escola paroquial das irmãs americanas de Santa Clara, localizada no rico subúrbio de Vedado. Lá tomou conhecimento de que, pela primeira vez, a aia havia abandonado Milly, que se achava sob a placa eclesiástica do portão gradeado da escola. A queixa era grave: havia ateado fogo num menino chamado Thomas Earl Park Junior. Era verdade, admitiu a reverenda madre, que Earl, como era conhecido na escola, puxara primeiro os cabelos de Milly, coisa que, a seu ver, não justificava em absoluto a reação de Milly, reação que poderia ter tido graves conseqüências se uma outra menina não tivesse empurrado Earl para dentro de uma fonte. A única defesa de Milly para sua conduta fora a de que Earl era protestante e que, se houvesse uma perseguição religiosa, os católicos sempre derrotariam os protestantes.

– Mas como foi que ela pôs fogo em Earl?

– Colocou gasolina na fralda de sua camisa.

– Gasolina?

– Fluido de isqueiro, e depois riscou um fósforo. Achamos que ela esteve fumando às escondidas.

– Que história mais extraordinária!

– Creio, então, que o senhor não conhece Milly. Devo lhe dizer, sr. Wormold, que nossa paciência lamentavelmente está se esgotando.

Ao que parecia, seis meses antes de atear fogo em Earl, Milly havia feito circular, na aula de arte, uma coleção de cartões-postais com as maiores pinturas do mundo.

– Não vejo nada de errado nisso.

– Aos doze anos de idade, sr. Wormold, uma criança não deveria limitar sua apreciação ao nu, por mais clássicos que sejam os quadros.

– Eram todos nus?

– Todos, exceto *La Maja Vestida*, de Goya. Mas ela também a tinha na versão nua.

Wormold se viu obrigado a apelar para a clemência da reverenda madre: era um pobre pai descrente com uma filha católica, o convento americano era a única escola de Havana que não era espanhola, e ele não podia pagar uma governanta. Não desejariam que ele a mandasse para a Hiram C. Truman School, desejariam? Isso seria quebrar a promessa que tinha feito à esposa. Pensava, de si para si, se não era seu dever procurar uma nova esposa, mas as freiras talvez não tolerassem isso, e, de qualquer forma, ele ainda amava a mãe de Milly.

Conversou com a filha, naturalmente, e a justificativa que ela lhe deu tinha a virtude da simplicidade.

– Por que foi que você pôs fogo em Earl?

– Fui tentada pelo demônio.

– Milly, por favor, seja sensata.

– Os santos também foram tentados pelo demônio.

– Mas você não é uma santa.

– Exatamente. É por isso que caí.

O capítulo estava encerrado; de qualquer forma, seria concluído naquela tarde, entre quatro e seis horas, no confessionário. A aia estava de novo ao lado dela e cuidaria disso. "Se ao menos eu soubesse com certeza", pensou Wormold, "quando é que a aia tira folga..."

No entanto, havia ainda a questão de ela ter fumado às escondidas.

– Você anda fumando?

– Não.

Algo em sua atitude o fez reformular a pergunta.

– Você alguma vez já fumou, Milly?

– Só *cheroots**.

Agora que ouvia os assobios anunciando sua aproximação, Wormold se perguntava por que Milly voltava pela Lamparilla, vinda das bandas do porto, e não pela avenida de Bélgica. Mas, ao vê-la, logo compreendeu a razão. Era seguida por um jovem funcionário de loja, que carregava consigo um pacote tão grande que quase lhe cobria o rosto. Wormold percebeu, com pesar, que de novo andara fazendo compras. Subiu ao seu apartamento, em cima da loja, e logo em seguida pôde ouvi-la, em outro aposento, orientar a disposição de suas compras. Escutou um baque, guizos e um ruído de metal.

– Coloque ali – ela disse, acrescentando logo depois: – Não, mais para lá.

Abriram-se e fecharam-se gavetas. Milly começou a cravar pregos na parede. Um pedaço de reboco desprendeu-se do lado em que estava Wormold, caindo sobre a salada; a diarista havia preparado uma refeição fria.

Milly chegava rigorosamente na hora. Era sempre difícil para Wormold disfarçar o que sentia diante de sua beleza, mas a aia invisível o encarava friamente, como se fosse um pretendente indesejável. Fazia já muito tempo desde que a aia tirara sua última folga; Wormold quase lamentava sua assiduidade, e por vezes teria gostado de ver Earl arder novamente. Milly proferiu sua ação de graças e persignou-se, enquanto ele respeitosamente manteve a cabeça inclinada até que terminasse. Era uma de suas mais longas ações de graças, o que provavelmente significava que não tinha muita fome ou que estava tratando de ganhar tempo.

– Teve um bom dia, papai? – perguntou cortesmente. Era o tipo de pergunta que uma esposa faria depois de muitos anos.

– Não tão mal, e você?

Acovardava-se sempre que a observava; como odiava contrariá-la no que quer que fosse, procurou evitar o máximo

* Charuto popular cortado nas duas pontas. (N.T.)

que pôde tocar no assunto das compras. Ele sabia que sua mesada mensal se esvaíra, havia duas semanas, nuns brincos que a tinham fascinado e numa pequena imagem de santa Serafina.

– Tirei nota máxima em dogma e moral.

– Ótimo, ótimo. Que perguntas fizeram?

– Me saí melhor nas que eram sobre o pecado venial.

– Vi o dr. Hasselbacher esta manhã – disse, com aparente despropósito.

– Espero que ele esteja bem – respondeu Milly, cortês.

A aia, pensou ele, estava se excedendo. As pessoas estimavam as escolas católicas por ensinar os bons modos, mas seguramente os bons modos tinham como única finalidade impressionar os estranhos. Pensou, então, com pesar: "Mas eu *sou* um estranho". Era incapaz de segui-la em seu estranho mundo de velas, rendas, água benta e genuflexões. Às vezes, sentia que não tinha filha.

– Ele virá tomar um drinque em seu aniversário. Pensei que, depois, talvez pudéssemos ir a um *nightclub*.

– Um *nightclub*! – Por um momento, a aia devia ter olhado para outro lado, porque Milly exclamou: – *O Gloria Patri!*

– Você costumava dizer "Aleluia".

– Isso era no quarto ano do ginásio. Que *nightclub*?

– Pensei que talvez o Nacional.

– E não o Teatro Shangai?

– Não, o Teatro Shangai com certeza não. Não posso nem acreditar que você já ouviu falar desse lugar.

– Numa escola, a gente fica sabendo de muita coisa.

– Ainda não falamos sobre o seu presente. Um aniversário de dezessete anos não acontece todos os dias. Estava pensando...

– Para falar a verdade – interrompeu Milly –, não há nada no mundo que eu deseje.

Wormold lembrou-se, com apreensão, do enorme pacote. Se ela havia realmente adquirido tudo o que queria... Contestou:

– Mas certamente deve haver alguma coisa que você ainda queira.

– Nada. Nada, mesmo.

– Um maiô novo – sugeriu, desesperado.

– Bem, tem uma coisa... Mas pensei que poderíamos considerá-la também como presente de Natal, e do Natal do ano que vem, e do outro....

– Santo Deus! O que é?

– Você não teria mais que se preocupar com presentes por um longo tempo.

– Não me diga que quer um Jaguar.

– Não, é um presente bem pequeno. Nada de carro. Uma coisa que duraria muitos anos. É uma idéia tremendamente econômica. Poderia até mesmo, de certa forma, economizar gasolina.

– Economizar gasolina?

– E hoje comprei todos os *et ceteras*. Com meu próprio dinheiro.

– Mas se você não tinha nada de dinheiro... Tive que lhe emprestar três pesos para comprar a santa Serafina.

– Mas meu crédito é excelente.

– Milly, já lhe disse uma vez e vou tornar a dizer: não quero que compre a crédito. Afinal, o crédito é meu, não seu, e ele está ficando cada vez menor.

– Pobre papai. Estamos à beira da ruína?

– Oh, espero que as coisas voltem ao normal quando acabarem essas perturbações.

– Pensei que em Cuba sempre houvesse perturbações. Se as coisas ficarem ainda piores, eu poderia trabalhar, não é mesmo?

– Em quê?

– Poderia ser uma governanta, como Jane Eyre.

– E quem iria contratá-la?

– O *señor* Perez.

– Milly, que diabos está dizendo? Ele vive com a quarta esposa, e você é católica...

– Talvez eu tenha uma vocação especial para os pecadores.

– Milly, quanta besteira está dizendo! De qualquer forma, não estou arruinado. Não ainda, pelo que sei. Milly, o que é que você andou comprando?

– Venha ver.

Acompanhou-a até seu quarto. Sobre a cama achava-se uma sela; um freio e um bocado pendiam dos pregos que ela havia cravado na parede (para tanto, quebrara o salto de um de seus melhores sapatos de baile); rédeas estavam penduradas em arandelas, e sobre o tocador havia um chicote.

– Onde está o cavalo? – ele perguntou, quase esperando vê-lo irromper do quarto de banho.

– Num estábulo perto do Country Club. Adivinha como se chama.

– Como quer que eu adivinhe...

– Serafina. Não é como se estivesse presente a mão de Deus?

– Mas, Milly, eu não tenho como arcar com...

– Você não precisa pagar à vista. Ela é castanha.

– E o que a cor tem a ver com isso?

– É de raça. Filha de santa Teresa e Fernando de Castela. Teria custado o dobro se não tivesse ferido o boleto ao saltar um obstáculo de arame farpado. Mas não há nada de errado com ela, apenas um tipo de caroço que impede que a exponham.

– Pouco me importa que custe um quarto do preço. Os negócios vão muito mal, Milly.

– Mas eu já lhe disse que não precisa pagar tudo de uma vez. Pode parcelar o valor em vários anos.

– De modo que ainda estarei pagando por isso quando já estiver morto...

– Ela não é "isso"; ela é "ela", e Serafina durará muito mais do que um carro. Provavelmente durará mais que você.

– Mas, Milly, e suas viagens até o estábulo, e os próprios custos de estrebaria...?

– Já conversei sobre tudo isso com o capitão Segura. Ele me propôs um preço ínfimo. Na verdade, queria me ceder a estrebaria de graça, mas eu sabia que você não gostaria que eu aceitasse favores.

– Quem é o capitão Segura, Milly?

– O chefe de polícia de Vedado.

– E onde diabos você o conheceu?

– Oh, às vezes ele me traz até Lamparilla em seu carro.

– A reverenda madre sabe disso?

– Todos têm direito a uma vida privada – disse Milly, secamente.

– Ouça, Millly: não posso arcar com os custos de um cavalo, e você não pode gastar com todas essas... coisas. Terá que devolvê-las. – E acrescentou, furioso: – E não vou tolerar que aceite caronas desse capitão Segura.

– Não se preocupe. Ele nunca toca em mim. Apenas canta algumas canções mexicanas tristes enquanto dirige. Canções sobre flores e morte. E uma sobre um touro.

– Não vou tolerar, Milly. Falarei com a reverenda madre; você terá que me prometer...

Sob as negras sobrancelhas, ele podia ver como os olhos verdes e âmbar continham lágrimas nascentes. Wormold sentiu o pânico avizinhar-se; era exatamente o mesmo olhar que sua esposa lhe lançara quando, numa tórrida tarde de outubro, seis anos de vida em comum subitamente chegaram ao fim.

– Você não está apaixonada por esse capitão Segura, está?

Duas lágrimas correram com certa elegância, uma em perseguição à outra, em torno da maçã do rosto de Milly, brilhantes como o arreio preso à parede; também faziam parte de seu equipamento.

– Não dou a mínima para o capitão Segura! – exclamou Milly. – Só me importo com Serafina. Tem cinco palmos de altura e uma boca macia como veludo, é o que todos dizem.

– Milly, querida, você sabe que se eu pudesse...

– Oh, eu sabia que você reagiria assim. Sabia, do fundo do meu coração, que seria assim. Rezei duas novenas para que tudo desse certo, mas elas não funcionaram. Fui tão cuidadosa... Enquanto rezava, sentia como se estivesse o tempo todo em estado de graça. Jamais voltarei a acreditar em novenas. Jamais! Jamais!

Sua voz tinha a prolongada ressonância de *O Corvo*, de Poe. Ele próprio não era um homem de fé, mas jamais desejara, por qualquer ação sua, debilitar a dela. Sentia agora uma temível responsabilidade: a qualquer momento, ela estaria negando a existência de Deus. Antigas promessas que fizera ressurgiam do passado para enfraquecê-lo.

– Milly, sinto muito...

– Também compareci a duas missas extras.

Descarregava-lhe sobre os ombros todo o seu desencanto com a velha magia familiar. Pode-se muito bem falar das lágrimas fáceis de uma criança, mas, quando se é pai, não se pode aceitar certos riscos, como faz uma professora ou uma preceptora. Quem sabe se não pode haver um momento na infância em que o mundo muda para sempre, como quando fazemos uma careta ao ouvir o bater das horas?

– Milly, prometo que, se for possível, no ano que vem... Ouça, Milly: você pode ficar com a sela até lá... e com o resto das coisas também.

– De que adianta uma sela sem um cavalo? E eu disse ao capitão Segura...

– Ao diabo com o capitão Segura!... Que foi que disse a ele?

– Disse que bastava mencionar Serafina e você a daria para mim. Disse que você era maravilhoso. Não falei nada sobre as novenas.

– Quanto é que ela custa?

– Trezentos pesos.

– Oh, Milly, Milly!

Não havia outra coisa que ele pudesse fazer senão render-se.

– Você terá que pagar o estábulo com a sua mesada.

– Claro que pagarei! – Beijou-lhe a orelha. – Começarei no mês que vem. – Ambos sabiam que ela jamais começaria. – Sabe, até que elas funcionaram... as novenas, quero dizer. Começarei uma outra amanhã, para que os negócios melhorem. Gostaria de saber que santo seria melhor nesse caso.

– Ouvi dizer que São Judas é o santo das causas perdidas – respondeu Wormold.

# Capítulo 3

## 1

Um dos devaneios de Wormold era o de que certo dia, ao despertar, verificaria que acumulara economias, obrigações ao portador e cautelas de ações, e que recebia um fluxo contínuo de dividendos, como os ricos habitantes de Vedado; poderia, então, retirar-se com Milly para a Inglaterra, onde não haveria capitães Seguras nem assobios galanteadores. Mas seu sonho se desvanecia sempre que adentrava o grande banco americano de Obispo. Ao atravessar os grandes portais de pedra, decorados com trevos de quatro folhas, voltava a ser o pequeno negociante que realmente era, cuja pensão jamais seria suficiente para deixar Milly em uma posição confortável.

Receber um cheque num banco americano não é nem de perto uma operação tão simples como num banco inglês. Os banqueiros americanos acreditam no toque pessoal; os caixas dão a impressão de que ali estão por puro acidente e de que se sentem extremamente gratos com a feliz casualidade do encontro. "Ora, ora", parece expressar o caixa na tepidez ensolarada de seu sorriso, "quem poderia imaginar que o encontraria aqui, logo o senhor – e justamente num banco?" Depois de trocar informações sobre a nossa saúde e a dele, e de descobrir um interesse comum pela beleza do clima invernal, a gente timidamente, como que pedindo perdão, desliza o cheque até ele (oh, quão enfadonho e casual é todo esse negócio), que mal tem tempo de passar-lhe os olhos, pois o telefone toca a seu lado.

– Ora, mas se não é o Henry! – exclama o caixa, atônito, ao telefone, como se também Henry fosse a última pessoa com quem esperasse conversar naquele dia. – Quais são as novas?

E as novas se estendem por um longo tempo; o caixa nos sorri de maneira esquisita: negócios são negócios.

– Permita-me dizer que Edith parecia excelente ontem à noite – diz o caixa.

Wormold, impaciente, muda de posição.

– Foi uma noite magnífica, sem dúvida. Eu? Oh, estou ótimo. Mas então, em que posso servi-lo?

– ...

– Ora, não há por que agradecer, Henry, você sabe disso... Cento e cinqüenta mil dólares por três anos... não, para um negócio como o seu, certamente não haverá nenhuma dificuldade. Temos que conseguir a autorização de Nova York, mas é tudo mera formalidade. Quando puder, passe aqui e fale com o gerente. Pagamentos mensais? Não, em se tratando de empresa americana, isso não é necessário. Eu diria que conseguiríamos cinco por cento. Duzentos mil por quatro anos? Claro, Henry.

O cheque entre os dedos de Wormold reduziu-se a uma soma irrisória. "Trezentos e cinqüenta dólares...", as palavras lhe pareciam tão magras quanto seus recursos.

– Então nos vemos amanhã na casa da sra. Slater? Espero que saia um carteado. Não vá levar nenhum ás debaixo da manga, Henry. Quanto tempo para a autorização? Oh, uns dois dias, se telegrafarmos. Às onze, amanhã? Quando quiser, Henry. É só aparecer. Vou falar com o gerente. Ficará encantado em vê-lo.

– Lamento tê-lo feito esperar, sr. Wormold.

Outra vez o sobrenome. "Talvez", pensou Wormold, "não valha a pensa cultivar minha amizade, ou talvez sejam nossas nacionalidades que nos mantêm afastados."

– Trezentos e cinqüenta dólares?

O caixa lançou um olhar discreto para um arquivo, antes de contar as notas. Mal havia começado, quando o telefone voltou a tocar.

– Ora, ora, sra. Ashworth, onde andou se escondendo esse tempo todo? Em Miami? Sério?

Vários minutos decorreram antes que ele encerrasse a conversa com a sra. Ashworth. Ao passar as notas a Wormod, entregou-lhe também um pedaço de papel.

– O senhor não se importa, não é mesmo, sr. Wormold? O senhor me pediu para mantê-lo informado.

O papel mostrava um saque a descoberto de cinqüenta dólares.

– Não, absolutamente. É muito gentil de sua parte. Mas não há nada com o que se preocupar.

– Oh, não, o banco não está preocupado, sr. Wormold. Foi o senhor quem pediu, apenas isso.

"Se o cheque tivesse sido de cinqüenta mil dólares", pensou Wormold, "ele teria me chamado de Jim."

## 2

Por alguma razão, aquela manhã ele não estava disposto a encontrar o dr. Hasselbacher para seu daiquiri matinal. Por vezes, o dr. Hasselbacher era um pouco alegre demais, de modo que, em vez do Wonder Bar, preferiu ir até o Sloppy Joe's. Nenhum residente de Havana jamais se dirigia ao Sloppy Joe's, por ser um ponto de encontro de turistas; ocorre que, agora, o número de turistas achava-se tristemente reduzido, pois o regime do presidente rangia as estruturas perigosamente, indicando estar próximo do fim. Coisas desagradáveis sempre aconteciam, às escondidas, nas dependências da Jefatura, o que não perturbava os turistas no Nacional e no Seville-Biltmore, mas, recentemente, um turista fora morto por uma bala perdida, enquanto tirava a foto de um pitoresco mendigo debaixo de um balcão próximo ao palácio, e sua morte soara como um mau agouro a todos aqueles cujo pacote turístico incluía "uma viagem à praia de Varadero e um passeio pela vida noturna de Havana". A Leica da vítima também fora estraçalhada, e isso impressionou seus companheiros mais do que qualquer outra coisa. Wormold os ouvira comentar a esse respeito no bar do Nacional.

– Atravessou a câmera bem no meio. Quinhentos dólares perdidos dessa maneira...

– Ele morreu na hora?

– Claro. E as lentes... dava para recolher pedaços delas a quarenta e tantos metros de distância. Veja, estou levando este pedaço para casa, para mostrá-lo ao sr. Humpelnicker.

O amplo bar estava vazio aquela manhã, exceto por um estrangeiro elegante sentado de um lado e por um membro corpulento da polícia turística fumando de outro. O inglês, absorto na contemplação de tantas garrafas, só depois de muito tempo deu-se conta da presença de Wormold.

– Bem, eu jamais... – disse ele. – Sr. Wormold, certo?

Wormold se perguntava como aquele homem podia saber o seu nome, já que tinha se esquecido de lhe dar um cartão comercial.

– Dezoito tipos diferentes de uísque escocês – disse o estranho –, incluindo Black Label. E isso que não contei os *bourbons*. Que vista maravilhosa. Maravilhosa – repetiu, baixando a voz respeitosamente. – Já viu, alguma vez, tantas variedades de uísque?

– Para dizer a verdade, já. Coleciono miniaturas e tenho 99 delas em casa.

– Interessante. E hoje, o que vai escolher? Um Dimpled Haig?

– Não, obrigado. Acabei de pedir um daiquiri.

– Não posso tomar essas coisas. Me relaxam.

– Já decidiu se vai comprar um aspirador? – perguntou Wormold, só para dizer alguma coisa.

– Aspirador?

– Aspirador de pó. Uma das coisas que vendo.

– Oh, aspirador! He, he, he. Deixe isso para lá e tome um uísque.

– Nunca bebo uísque antes de anoitecer.

– Vocês, sulistas!

– Não vejo a relação.

– Torna o sangue fino. O sol, quero dizer. O senhor nasceu em Nice, não?

– Como sabe?

– Oh, bem, a gente fica sabendo das coisas. Aqui e ali. Conversando com este e com aquele camarada. Na verdade, venho querendo falar com o senhor.

– Bem, aqui estou.

– Preferiria conversar num lugar mais tranqüilo. Aqui é um entra-e-sai só.

Nenhuma descrição poderia ter sido menos exata. Àquela hora de sol a pino, ninguém sequer passava diante da porta do bar. O oficial da polícia política adormecera alegremente, depois de apoiar seu charuto sobre o cinzeiro; naquela hora do dia, não havia turistas para proteger ou inspecionar.

– Se é sobre o aspirador, vamos até a loja – disse Wormold.

– Preferiria não ir, se é que o senhor me entende. Não quero que me vejam andando por lá. E, afinal, um bar não é um mau lugar. A gente encontra um compatriota, troca uma idéia... o que poderia ser mais natural?

– Não compreendo.

– Bem, o senhor sabe como é.

– Não sei.

– Ora, não diria que isso é bastante natural?

Wormold se deu por vencido. Deixou oitenta *cents* sobre o balcão e disse:

– Preciso voltar à loja.

– Por quê?

– Não gosto de deixar Lopez muito tempo sozinho.

– Ah, Lopez. Gostaria de lhe falar sobre Lopez.

A explicação que novamente parecia mais provável a Wormold era a de que o desconhecido devia ser um excêntrico inspetor enviado pela matriz, se bem que certamente havia chegado ao limite da excentricidade ao acrescentar em voz baixa:

– Vá até o banheiro, que o seguirei.

– Ao banheiro? Por quê?

– Porque não sei o caminho.

Num mundo maluco, sempre parece mais simples obedecer. Wormold conduziu o estranho até uma porta aos fundos, através de uma passagem curta, e apontou-lhe o toalete.

– É ali.

– Vá na frente, meu velho.

– Mas não preciso...

– Não complique as coisas – disse o estranho.

Pôs a mão no ombro de Wormold e o empurrou porta adentro. No interior havia duas pias, uma cadeira com o encosto quebrado e as habituais cabines e mictórios.

– Procure um assento, meu velho – disse o desconhecido –, enquanto abro uma dessas torneiras.

Mas, quando a água correu, não mostrou qualquer intenção de lavar-se.

– Assim vai parecer mais natural – explicou (a palavra "natural" parecia ser um de seus adjetivos prediletos) –, no caso de alguém surgir de repente. E, claro, o barulho da água confunde qualquer microfone.

– Microfone?

– Tem toda a razão em duvidar do que digo. Toda a razão. Provavelmente não haveria um microfone num lugar como este, mas, sabe como é, a disciplina é o que conta. Verá que sempre vale a pena manter a disciplina. Ainda bem que em Havana não usam torneiras com economizador; dá para deixar a água correr à vontade.

– Por favor, quer me explicar... ?

– Não se pode ser tão minucioso, mesmo num banheiro, é o que penso. Um camarada nosso, na Dinamarca, em 1940, viu de sua janela a esquadra alemã descer o Kattegat.

– Katte... o quê?

– Kattegat. Claro que ele sabia então que o balão tinha subido. Começou a queimar seus papéis. Jogou as cinzas na privada e puxou a descarga. O problema foi... o gelo que tinha se formado nos encanamentos. Canos congelados. As cinzas subiram de novo e ficaram flutuando na banheira de baixo. O apartamento pertencia a uma velha senhora... uma tal de Baronin, ou coisa que o valha. Ia justamente tomar um banho. Situação mais que embaraçosa para o nosso camarada.

– Isso parece coisa do Serviço Secreto.

– *É* o Serviço Secreto, meu velho, ou, pelo menos, como os novelistas o chamam. É por isso que eu queria conversar com você a respeito de seu camarada Lopez. Ele é de confiança, ou convém despedi-lo?

– O senhor é do Serviço Secreto?

– Se prefere chamá-lo assim...

– Por que diabos eu deveria despedir Lopez? Ele já está comigo há dez anos.

– Poderíamos lhe arrumar um camarada que entendesse tudo de aspiradores de pó. Mas é claro que deixaremos essa decisão a seu juízo.

– Mas eu não faço parte do seu Serviço Secreto.

– Já vamos chegar nesse ponto, meu velho. De qualquer modo, investigamos Lopez: parece que está limpo. Mas, quanto a seu amigo Hasselbacher, eu teria um pouco de cuidado com ele.

– Como sabe de Hasselbacher?

– Andei por aí um ou dois dias, catando informações. Coisas que a gente precisa fazer nessas ocasiões.

– Que ocasiões?

– Onde nasceu Hasselbacher?

– Em Berlim, creio eu.

– Simpatiza com o Oriente ou com o Ocidente?

– Nunca conversamos sobre política.

– Não que isso importe... Oriente ou Ocidente, ambos jogam o jogo da Alemanha. Basta lembrar o Pacto Ribbentrop. Não seremos apanhados dessa forma novamente.

– Hasselbacher não é político. É um velho médico e vive aqui há trinta anos.

– Ainda assim, o senhor se surpreenderia... Mas concordo que chamaria a atenção se de uma hora para a outra se afastasse dele. Trate-o com cuidado, apenas isso. Talvez ele até possa ser útil, se manipulá-lo direito.

– Não tenho a menor intenção de manipulá-lo.

– Verá que isso é necessário para o trabalho.

– Não estou interessado em trabalho nenhum. Por que é que o senhor me escolheu?

– Inglês patriota. Reside aqui há vários anos. Membro respeitado da Associação de Comerciantes Europeus. Precisamos ter um homem nosso em Havana, se o senhor me compreende. Os submarinos precisam de combustível. Os ditadores pretendem se unir. Os grandes seduzem os pequenos.

– Submarinos atômicos não precisam de combustível.

– Certíssimo, meu velho, certíssimo. Mas as guerras sempre começam com um pouco de atraso. Há que se estar preparado também para as armas convencionais. Além disso, há a inteligência econômica: açúcar, café, tabaco.

– Pode-se encontrar tudo isso nos anuários governamentais.

– Não confiamos neles, meu velho. E, depois, tem a inteligência política. Com os seus aspiradores, o senhor teria livre acesso a todos os lugares.

– E o senhor espera que eu analise o quê, o pó dos carpetes?

– Pode lhe parecer zombaria, meu velho, mas a principal fonte de informação da inteligência francesa, na época de Dreyfuss, era uma faxineira que catava restos de papel dos cestos de lixo da embaixada alemã.

– Mas eu nem sequer sei o seu nome.

– Hawthorne.

– E quem é o senhor?

– Bem, digamos que estou montando a rede do Caribe. Um momento. Alguém está vindo. Vou lavar as mãos. O senhor entre numa dessas cabines. Não devemos ser vistos juntos.

– Mas *fomos* vistos juntos.

– Encontro casual. Compatriotas.

Empurrou Wormold para dentro de um dos compartimentos, enquanto se lançava em direção ao lavatório.

– É a disciplina, entende? – observou.

Em seguida, reinou o silêncio, exceto pela água que corria da torneira. Wormold sentou-se; não havia outra coisa a fazer. Sentado, suas pernas ainda apareciam por debaixo da meia-porta. Uma maçaneta girou. Pés cruzaram o piso ladrilhado em direção ao mictório. A água seguia correndo. Wormold sentia uma enorme perplexidade. Indagava-se por que não havia acabado com aquele absurdo desde o começo. Não era de admirar que Mary o tivesse abandonado. Recordou uma de suas brigas. "Por que é que você não faz alguma coisa, age de alguma maneira, de qualquer maneira? Só fica aí de pé, parado..." "Ao menos", pensou, "desta vez não estou de pé, estou sentado." Mas, de todo modo, o que ele poderia ter dito? Não lhe deram tempo de dizer uma só palavra. Passavam-se os minutos. Que bexigas enormes tinham os cubanos, e quão limpas deviam estar, àquela altura, as mãos de Hawthorne. A água parou de correr. Era provável que ele estivesse secando as mãos, mas Wormold lembrou-se de que não havia toalhas. Aquilo era mais um problema para Hawthorne, mas ele daria um jeito. Tudo fazia parte da disciplina. A porta fechou-se.

– Já posso sair? – perguntou Wormold.

Era como uma rendição. Agora, obedecia a ordens.

Ouviu Hawthorne aproximar-se na ponta dos pés.

– Me dê alguns minutos para sair, meu velho. Sabe quem era? O policial. Um tanto suspeito, hein?

– Talvez ele tenha reconhecido minhas pernas debaixo da porta. Acha que devíamos trocar nossas calças?

– Não pareceria natural – respondeu Hawthorne –, mas o senhor está compreendendo o espírito da coisa. Vou deixar a chave do meu quarto sobre a pia. Seville-Biltmore, quinto andar. Suba diretamente. Esta noite, às dez. Temos coisas a discutir. Dinheiro, etc. Coisas sórdidas. Não pergunte por mim no balcão.

– Não vai precisar de sua chave?

– Tenho uma cópia. Até logo.

Wormold levantou-se a tempo de ver a porta fechar-se atrás daquela elegante figura e sua pavorosa linguagem. Lá estava a chave, sobre a pia: quarto 501.

## 3

Às nove e meia, Wormold foi até o quarto de Milly dar-lhe boa-noite. Lá, onde a aia reinava, tudo estava em ordem: a vela fora acesa diante da imagem de santa Serafina, o missal cor de mel achava-se ao lado da cama, as roupas haviam sido eliminadas como se jamais tivessem existido e um suave odor de água-de-colônia exalava no ar como incenso.

– Alguma coisa o está incomodando – disse Milly. – Ainda preocupado por causa do capitão Segura?

– Você nunca graceja comigo, não é mesmo, Milly?

– Não. Por quê?

– Porque todos parecem fazer isso.

– Até a mamãe?

– Creio que sim. Nos primeiros tempos.

– E o dr. Hasselbacher?

Lembrou-se do negro que passara mancando.

– Talvez. Às vezes.

– É um sinal de afeto, não é?

– Nem sempre. Lembro-me de que na escola... – Interrompeu-se.

– Lembra-se do quê, papai?

– Oh, de uma porção de coisas.

A infância era o germe de toda desconfiança. Era-se ridicularizado com a mesma crueldade com que se ridicularizava. Esquecia-se a lembrança da dor infligindo-a às outras pessoas. Mas de alguma forma, não por virtude própria, ele jamais seguira esse caminho. Falta de personalidade, talvez. Dizia-se que as escolas construíam o caráter aparando as arestas. Suas arestas haviam sido aparadas, mas o resultado não fora, ele pensava, caráter: apenas deformidade, como uma exposição do Museu de Arte Moderna.

– Você é feliz, Milly?

– Oh, sim.

– Na escola também?

– Sim. Por quê?

– Ninguém puxa mais os seus cabelos?

– Claro que não.

– E você não ateia mais fogo em ninguém?

– Isso foi quando eu tinha treze anos – respondeu com desdém. – O que é que o está incomodando, papai?

Ela sentou-se na cama, num roupão de náilon branco. Amava-a quando a aia estava presente e amava-a ainda mais quando estava ausente: não podia dar-se ao luxo de perder tempo sem amá-la. Era como se a tivesse acompanhado durante parte de uma viagem que ela terminaria sozinha. Os anos de separação aproximavam-se para ambos, como uma estação no fim da linha: tudo a ganhar para ela, tudo a perder para ele. Aquela hora noturna era real, mas não o eram Hawthorne, misterioso e absurdo, nem as crueldades das delegacias de polícia e dos governos, nem os cientistas que testavam a nova bomba H na ilha Christmas, nem Kruschev redigindo notas: tudo isso lhe parecia menos real do que as ineficazes torturas de um dormitório escolar. O menino com a toalha molhada, de quem acabara de se lembrar – onde estaria agora? Os cruéis vêm e vão como as cidades, os tronos e os governos, deixando suas ruínas atrás de si. Não têm permanência. Mas o palhaço que vira em um circo, no ano anterior, em companhia de Milly – aquele palhaço era permanente, porque seu número jamais mudava. Essa era a maneira de viver; o palhaço não era afetado pelos caprichos dos homens públicos nem pelas enormes descobertas dos grandes.

Wormold começou a fazer caretas na frente do espelho.

– Que diabos está fazendo, papai?

– Queria eu mesmo me fazer rir.

Milly deixou escapar uma risadinha.

– Pensei que estivesse triste e sério.

– É por isso que eu queria rir. Você se lembra do palhaço do ano passado, Milly?

– Ele subia até o topo de uma escada e caía numa caçamba de cal.

– Ele cai todas as noites, às dez em ponto. Todos deveríamos ser palhaços, Milly. Nunca aprenda nada por experiência.

– A reverenda madre diz que...

– Não dê atenção a ela. Deus não aprende por experiência, não é mesmo? Do contrário, como poderia esperar alguma coisa do homem? São os cientistas, que adicionam os dígitos e obtêm a mesma soma, os que causam toda a confusão. Newton, ao descobrir a gravidade, aprendeu com a experiência e depois disso...

– Pensei que tinha sido com uma maçã.

– É a mesma coisa. Depois disso, foi só uma questão de tempo para o lorde Rutherford dividir o átomo. Ele também aprendeu com a experiência, assim como os homens de Hiroxima. Se ao menos tivéssemos nascido palhaços, nada de ruim nos teria acontecido, a não ser algumas contusões e manchas de cal. Nunca aprenda por experiência, Milly. Isso destrói nossa paz e nossas vidas.

– Que é que está fazendo agora?

– Estou tentando mexer as orelhas. Conseguia fazer isso. Mas o truque não funciona mais.

– Você ainda sofre por causa da mamãe?

– Às vezes.

– Ainda a ama?

– Talvez. De vez em quando.

– Imagino que ela deve ter sido muito bonita quando jovem.

– Mas ela não pode ser velha ainda. Tem 36 anos.

– Já é bastante velha.

– Não se lembra mesmo dela?

– Não muito bem. Estava ausente um bocado de vezes, não estava?

– Bastante.

– Claro que rezo por ela.

– Reza para quê? Para ela voltar?

– Oh, não, *isso* não. Podemos passar sem ela. Rezo para ela voltar a ser uma boa católica.

– Não sou um bom católico.

– Oh, isso é diferente. Você é de uma ignorância insuperável.

– Sim, espero que seja.

– Não o estou insultando, papai. É apenas uma questão teológica. Você será salvo como todos os bons pagãos. Como Sócrates e Cetewayo.

– Quem é Cetewayo?

– Era o rei dos zulus.

– Por quem mais você reza?

– Bem, é claro que ultimamente tenho me concentrado na égua.

Wormold deu-lhe um beijo de boa-noite.

– Aonde vai? – ela perguntou.

– Tenho que providenciar algumas coisas relativas à égua.

– Dou um bocado de trabalho para você – comentou da boca para fora. Depois suspirou, contente, puxando o lençol até o pescoço. – É maravilhoso, não é? Como a gente sempre consegue aquilo por que reza!

## Capítulo 4

### 1

Em todas as esquinas havia homens que lhe ofereciam "táxi" como se ele fosse um desconhecido, e por todo o Paseo, a intervalos de poucos metros, os cafetões o abordavam automaticamente, sem nenhuma esperança real: "Posso lhe ser útil, *sir*?" "Conheço todas as garotas bonitas daqui." "Gostaria de uma linda mulher?" "Cartões-postais?" "Que tal um filme obsceno?" Não passavam de crianças quando chegou a Havana, haviam vigiado seu carro em troca de alguns *cents* e, embora tivessem envelhecido junto com ele, nunca se acostumaram com sua presença. A seus olhos, ele jamais se tornara um residente: seguia sendo um turista permanente, e, assim, lançavam-se em sua direção. Estavam certos de que, mais cedo ou mais tarde, como todos os demais, ele desejaria ver o Super-Homem em ação no bordel San Francisco. Ao menos, como o palhaço, eles tinham o conforto de não aprender por experiência.

Na esquina da Virtudes, o dr. Hasselbacher o saudava do Wonder Bar.

– Sr. Wormold, aonde vai com tanta pressa?

– Tenho um encontro.

– Sempre há tempo para um uísque.

Era óbvio, pelo modo como pronunciou "uísque", que o dr. Hasselbacher já tivera tempo para muitos outros.

– Acontece que estou atrasado.

– Nesta cidade não existe esse negócio de "atrasado", sr. Wormold. E tenho um presente para o senhor.

Wormold voltou-se do Paseo para o bar. Sorriu com tristeza ante os próprios pensamentos.

– O senhor tem simpatia pelo Oriente ou pelo Ocidente, dr. Hasselbacher?

– Oriente ou Ocidente de quê? Oh, o senhor se refere a *isso*. Uma praga... tanto um quanto o outro.

– Que presente tem para mim?

– Pedi a um de meus pacientes que as trouxesse de Miami – respondeu Hasselbacher, retirando do bolso duas garrafas de uísque em miniatura: uma de Lord Calvet e a outra de Old Taylor. – Tem alguma destas? – perguntou, ansioso.

– Tenho a Calvet, mas não a Taylor. Gentileza sua lembrar-se de minha coleção, Hasselbacher.

Sempre parecera estranho a Wormold que ele continuasse existindo para os outros quando não estava presente.

– Quantas o senhor tem agora?

– Cem, com o *bourbon* e o irlandês. Setenta e seis uísques.

– E quando vai bebê-los?

– Talvez quando chegarem a duzentos.

– Sabe o que faria com elas, se fosse o senhor? – perguntou Hasselbacher. – Jogaria damas. Sempre que comesse uma peça, eu a beberia.

– É uma grande idéia.

– Um *handicap* natural – disse Hasselbacher. – Aí está a beleza disso. O melhor jogador tem que beber mais. Pense na *finesse*. Tome outro uísque.

– Talvez eu tome.

– Preciso de sua ajuda. Fui picado por uma vespa esta manhã.

– O senhor é que é o médico, não eu.

– Não se trata disso. Uma hora depois, quando ia atender a um paciente, atropelei uma galinha a caminho do aeroporto.

– Ainda não compreendo.

– Sr. Wormold, sr. Wormold, seus pensamentos estão muito longe... Volte à terra. Precisamos encontrar um bilhete de loteria imediatamente, antes da extração. Vinte e sete é vespa. Trinta e sete é galinha.

– Mas tenho um encontro.

– Os encontros podem esperar. Beba logo esse uísque. Temos que procurar esse bilhete no mercado.

Wormold acompanhou-o até seu carro. Como Milly, o dr. Hasselbacher tinha fé. Era controlado pelos números, tal como Milly pelos santos.

Por todo o mercado, viam-se dependurados os números importantes em azul e vermelho; os ditos números "feios" achavam-se sob o balcão: eram ali deixados para a ralé e os vendedores itinerantes. Não tinham importância, não continham nenhum número significativo, nada que representasse uma freira, um gato, uma vespa ou uma galinha.

– Veja. Ali está o 27483 – indicou Wormold.

– Uma vespa de nada vale sem uma galinha – respondeu o dr. Hasselbacher.

Estacionaram o automóvel e seguiram a pé. Não havia cafetões nos arredores desse mercado: a loteria era um negócio sério, não corrompido pelos turistas. Uma vez por semana, os números eram distribuídos por um departamento do governo, e um político recebia bilhetes de acordo com o valor de seu apoio. Pagava ao departamento dezoito dólares por bilhete e o revendia aos grandes negociantes por 21. Mesmo que sua parte consistisse de meros vinte bilhetes, ele podia contar com um lucro de sessenta dólares semanais. Um belo número que contivesse bons augúrios populares podia ser vendido pelos comerciantes por até trinta dólares. Naturalmente, esses lucros estavam além das possibilidades de um humilde vendedor de rua. Dispondo de apenas números "feios", pelos quais pagava até 23 dólares, ele tinha realmente de trabalhar para viver. Dividia um bilhete em cem partes de 25 *cents* cada; revistava os automóveis estacionados até encontrar aquele com o mesmo número de um de seus bilhetes (nenhum proprietário poderia resistir a uma coincidência como essa); chegava até mesmo a procurar seus números na lista telefônica, arriscando seus *cents* numa chamada: "Minha senhora, tenho aqui comigo um bilhete de loteria com o mesmo número de seu telefone".

Wormold apontou-lhe:

– Veja, aqui está um 37 com um 72.

– Não é bom o bastante – respondeu o dr. Hasselbacher insipidamente.

Hasselbacher folheou as páginas de números que não eram considerados suficientemente atraentes para ser exibidos. Nunca se podia saber: a beleza não era beleza para todos os homens. Poderia haver aqueles para quem uma vespa era algo insignificante. Uma sirene de polícia veio ressoando pelos três lados obscuros do mercado, e um carro passou. Na margem da calçada, achava-se sentado um homem com um único número exposto em sua camisa, como um condenado.

– O Abutre Vermelho – disse Hasselbacher.

– Quem é o Abutre Vermelho? – indagou Wormold.

– O capitão Segura, claro – respondeu o médico. – Que vida alienada o senhor leva!

– Por que é que o chamam assim?

– É especialista em tortura e mutilação.

– Tortura?

– Não há nada aqui – disse o dr. Hasselbacher. – Melhor tentarmos em Obispo.

– Por que não espera até amanhã?

– Porque hoje é o último dia antes da extração. Além disso, que tipo de sangue-frio corre em suas veias, sr. Wormold? Quando o destino nos dá uma indicação como esta – uma vespa e uma galinha –, devemos segui-la sem delongas. Há que se merecer a própria sorte.

Retornaram ao carro e se dirigiram para Obispo.

– Esse tal de capitão Segura... – começou Wormold.

– Pois não?

– Nada.

Eram já onze horas da noite quando encontraram um bilhete que satisfazia às exigências do dr. Hasselbacher, mas, como a loja que o exibia estaria fechada até a manhã seguinte, não havia nada a fazer senão tomar outro drinque.

– Onde é o seu encontro?

– No Seville-Biltmore.

– Um lugar é tão bom quanto qualquer outro – observou o dr. Hasselbacher.

– Não acha que o Wonder Bar...?

– Não, não. Uma mudança virá bem. Quando nos sentimos incapazes de mudar de bar, é porque ficamos velhos.

Às apalpadelas, penetraram a escuridão do bar do Seville-Biltmore. Tinham a consciência apenas vaga da presença dos outros fregueses, os quais se achavam contraídos no silêncio e na escuridão, como pára-quedistas à lúgubre espera do sinal para saltar. Só a empolgação etílica do dr. Hasselbacher não se apagava.

– Você ainda não ganhou – sussurrou Wormold, tentando contê-lo, mas mesmo esse simples sussurro fez com que uma cabeça se voltasse para eles no escuro, em sinal de reprovação.

– Esta noite ganhei – respondeu ao dr. Wormold, com a voz firme e sonora. – Amanhã talvez perca, mas nada poderá me tirar a vitória esta noite. Cento e quarenta mil dólares, sr. Wormold. É uma pena que eu já esteja velho demais para as mulheres: poderia ter feito muito feliz uma bela mulher presenteando-a com um colar de rubis. Agora, estou perdido. Como gastarei meu dinheiro, sr. Wormold? Doando-o a um hospital?

– Perdão – sussurrou uma voz entre as sombras –, esse sujeito ganhou realmente cento e quarenta mil dólares?

– Sim, meu senhor, ganhei – disse firmemente o dr. Hasselbacher, antes que Wormold pudesse responder. – Que os ganhei é coisa tão certa quanto a sua existência, meu semi-invisível amigo. O senhor não existiria se eu não acreditasse em sua existência... tampouco existiriam esses dólares. Creio; logo, o senhor existe.

– Que quer dizer com “eu não existiria”?

– Que o senhor só existe em meus pensamentos, meu amigo. Se eu saísse deste salão...

– Você é maluco.

– Então, prove que o senhor existe.

– O que quer dizer com “prove”? É claro que eu existo. Tenho um negócio imobiliário de primeira classe, uma esposa e dois filhos em Miami; voei para cá, esta manhã, pela Delta; estou tomando este uísque, não estou?

A voz continha um prenúncio de lágrimas.

– Pobre camarada – disse o dr. Hasselbacher –, o senhor merece um criador mais imaginativo do que eu. Por que é que não lhe consegui algo melhor que Miami e o negócio imobiliário? Algo imaginativo. Um nome para recordar.

– O que tem de errado com o meu nome?

Os pára-quedistas de ambos os lados do bar mostravam-se tensos em sua desaprovação: não se devia revelar nervosismo diante do salto.

– Nada que eu não possa remediar, se refletir um pouco.

– Pergunte a qualquer um em Miami quem é Harry Morgan...

– Decididamente, deveria ter me saído melhor do que isso. Mas vou lhe dizer o que farei – anunciou o dr. Hasselbacher –: vou sair do bar por um minuto e o eliminarei. Depois, voltarei com uma versão melhorada.

– Como assim... "versão melhorada"?

– Ora, se meu amigo que aqui está, o sr. Wormold, o tivesse inventado, o senhor seria um homem mais feliz. Ele teria lhe proporcionado uma formação em Oxford, um nome como Pennyfeather...

– Que quer dizer com "Pennyfeather"? O senhor andou bebendo.

– É claro que andei bebendo. A bebida embaça a imaginação. É por isso que o concebi de modo tão banal: Miami e imóveis, vôo pela Delta. Pennyfeather teria vindo da Europa pela K.L.M., estaria bebendo sua bebida nacional: um *pink gin*.

– Estou bebendo uísque e isso me agrada.

– O senhor pensa que está bebendo uísque. Ou melhor, para ser mais exato, eu o imaginei bebendo uísque. Mas agora mesmo mudaremos tudo isso – disse alegremente o dr. Hasselbacher. – Sairei até o vestíbulo por um minuto e pensarei em algumas melhorias reais.

– Não pode brincar comigo desse jeito – disse o homem, angustiado.

O dr. Hasselbacher tragou seu drinque, colocou um dólar sobre o bar e levantou-se com hesitante dignidade.

– O senhor ainda me agradecerá por isso – disse ele. – O que será? Confie em mim e neste meu amigo aqui, o sr. Wormold. Um pintor, um poeta... Quem sabe não prefere uma vida de aventuras...? Que tal um contrabandista de armas, um agente secreto?

Da porta, inclinou-se na direção da agitada sombra.

– Peço desculpas pelo negócio imobiliário.

– Ele está bêbado ou é louco – disse a voz nervosamente, em busca de concordância, mas os pára-quedistas nada responderam.

– Bem – disse Wormold –, vou me despedindo, Hasselbacher. Estou atrasado.

– O mínimo que posso fazer, sr. Wormold, é acompanhá-lo e explicar por que fiz com que chegasse atrasado a seu encontro. Estou certo de que, quando contar minha boa sorte a seu amigo, ele compreenderá.

– Não é necessário. Realmente não é necessário – disse Wormold.

Hawthorne, ele bem o sabia, tiraria conclusões precipitadas. Um Hawthorne razoável, se é que ele existia, já era ruim o bastante, mas um Hawthorne desconfiado... Espantou-se só de pensar nessa possibilidade.

Dirigiu-se ao elevador, com o dr. Hasselbacher em seu encalço. Ignorando um sinal vermelho e a advertência "Cuidado com o degrau", o dr. Hasselbacher tropeçou.

– Oh, Cristo, meu tornozelo!

– Vá para casa – suplicou Wormold, desesperado.

Entrou no elevador, mas o dr. Hasselbacher, dobrando a velocidade, entrou junto com ele.

– Não há dor que o dinheiro não cure – observou. – Há muito tempo não passo uma noite tão agradável.

– Sexto andar – disse Wormold. – Quero ficar sozinho, Hasselbacher.

– Por quê? Desculpe-me. Estou com soluço.

– É um encontro privado.

– Alguma mulher encantadora, sr. Wormold? O senhor terá parte de meus ganhos e poderá entregar-se às suas loucuras.

– Claro que não se trata de uma mulher. São negócios, apenas isso.

– Negócios privados?

– Já lhe disse que sim.

– O que pode haver de tão privado em relação a um aspirador, sr. Wormold?

– Uma nova filial – respondeu Wormold, quando o ascensorista anunciou: – Sexto andar.

Wormold estava um tanto à frente e tinha a mente mais clara que a de Hasselbacher. Os quartos estavam dispostos como celas de prisão em torno de um balcão retangular; no andar térreo, duas cabeças calvas brilhavam como esferas de semáforo. Ele mancou até o canto do balcão onde estava a escadaria, com o dr. Hasselbacher mancando às suas costas. Mas, no mancar, Wormold tinha mais prática.

– Sr. Wormold! – gritou o dr. Hasselbacher. – Eu teria enorme prazer em investir cem mil dos meus dólares...

Wormold chegou ao fim da escada, enquanto o dr. Hasselbacher ainda lidava com o primeiro degrau. O aposento 501 estava perto. Abriu a porta. Uma pequena luminária de mesa mostrou-lhe uma sala de estar vazia. Fechou a porta muito suavemente: o dr. Hasselbacher ainda não havia alcançado o fim da escada. Pôs-se a escutar junto à porta e ouviu o andar saltitante e os soluços do médico ao passar em frente ao quarto e voltar. Wormold pensou: "Sinto-me como um espião, ajo como um espião. Isso é absurdo. O que direi a Hasselbacher amanhã?"

A porta do dormitório estava fechada, e ele caminhou até ela. Mas logo se deteve: não havia por que despertar os cães adormecidos. Se Hawthorne queria ter com ele, então que o procurasse; de qualquer modo, a curiosidade sobre Hawthorne o levou a examinar o aposento antes de partir.

Sobre a escrivaninha havia dois livros – exemplares idênticos de *Contos de Shakespeare*, de Lamb. Num bloco de memorando – no qual talvez Hawthorne tivesse feito anotações sobre o encontro que teriam –, lia-se: "1. Salário. 2. Despesas. 3. Transmissão. 4. Charles Lamb. 5. Tinta." Estava prestes a abrir o livro de Lamb quando uma voz exclamou:

– Mãos ao alto! *Arriba los manos*!

– *Las manos* – corrigiu Wormold, aliviado ao ver que era Hawthorne.

– Oh, é o senhor... – constatou Hawthorne.

– Estou um pouco atrasado. Desculpe-me. Saí com Hasselbacher.

Hawthorne vestia um pijama de seda cor de malva, com o monograma H.R.H. bordado no bolso. Isso lhe conferia um ar de realeza.

– Adormeci e em seguida ouvi sua movimentação.

Era como se ele tivesse sido apanhado sem o seu linguajar; ainda não tivera tempo de vesti-lo com suas roupas.

– O senhor mudou o Lamb de lugar – disse em tom de acusação, como se estivesse encarregado de guardar a capela do Exército da Salvação.

– Desculpe. Estava só olhando...

– Não faz mal. Isso demonstra que o senhor tem o instinto certo.

– Parece ter um apreço especial por esse livro.

– Um dos exemplares é para o senhor.

– Mas já o li há muitos anos, e não gosto de Lamb.

– Não é para lê-lo. Então nunca ouviu falar em livro de código?

– Para a falar a verdade, não.

– Num minuto já lhe mostro como funciona. Eu fico com um exemplar. Tudo o que senhor tem que fazer, quando se comunicar comigo, é indicar a página e a linha onde começa o seu código. Claro que não é tão difícil quanto desvendar um código de máquina, mas é bastante difícil para os simples Hasselbachers.

– Gostaria que tirasse Hasselbacher da cabeça.

– Quando tivermos seu escritório devidamente organizado e com a segurança adequada – um cofre com segredo, rádio, equipe treinada e todo o necessário –, então, naturalmente, poderemos abrir mão de um código tão primitivo como esse, se bem que, a não ser para um especialista em criptologia, é danado de difícil decifrá-lo se a gente não conhece o nome e a edição do livro.

– Por que foi que escolheu Lamb?

– Foi o único livro que consegui encontrar em duplicata, com exceção de *A cabana do pai Tomás*. Estava com pressa e tinha que achar algo na livraria C.T.S., em Kingston, antes de partir. Oh, havia também algo intitulado *A lâmpada acesa: manual de devoção vespertina*, mas pensei que, de certa forma, um livro como esse saltaria à vista em sua estante, no caso de o senhor não ser um homem religioso.

– Não sou religioso.

– Trouxe-lhe também um pouco de tinta. O senhor tem chaleira elétrica?

– Sim. Por quê?

– Para abrir cartas. Gostamos que nossos homens estejam equipados para qualquer emergência.

– Para que a tinta? Já tenho bastante em casa.

– Tinta secreta, naturalmente. Para o caso de precisar mandar algo pelo correio comum. Sua filha deve ter uma agulha de tricô, suponho.

– Ela não faz tricô.

– Então o senhor terá que comprar uma. Melhor que seja de plástico. O aço às vezes deixa marcas.

– Marcas em quê?

– Nos envelopes que a gente abre.

– Por que diabos eu ia querer abrir envelopes?

– Talvez precise examinar a correspondência do dr. Hasselbacher. Mas para isso, é claro, teria que arranjar um subagente no Departamento dos Correios.

– Recuso-me absolutamente a...

– Não torne as coisas difíceis. Receberei de Londres informações a respeito dele. Decidiremos quanto à correspondência dele depois que a lermos. Uma boa dica: se ficar sem tinta, use excremento de ave. Estou indo muito depressa?

– Eu nem sequer disse se aceitava...

– Londres concorda em lhe pagar 150 dólares mensais, mais 150 para as despesas – despesas que o senhor terá que justificar, naturalmente. Pagamentos de subagentes, etc. Tudo o que passar disso precisará de autorização especial.

– O senhor está indo rápido demais.

– Livre de impostos, é claro – disse Hawthorne, piscando o olho com malícia. De certo modo, a piscadela não combinava com o seu monograma real.

– O senhor tem que me dar tempo...

– Seu número de código é 59200 traço 5. – Em seguida, acrescentou com orgulho: – O 59200 sou *eu*, é claro. Seus subagentes o senhor numera 59200 traço 5 traço 1, e assim por diante. Entendeu a idéia?

– Não vejo como posso lhe ser útil.

– É inglês, não? – disse Hawthorne energicamente.

– É claro que sou inglês.

– E se recusa a servir o seu país?

– Eu não disse isso. É que os aspiradores me tomam um bocado de tempo.

– São um excelente disfarce – disse Hawthorne. – Muito bem pensado. Sua profissão tem um ar realmente natural.

– Mas ela é natural!

– Agora, se não se importa – disse Hawthorne com firmeza –, precisamos nos concentrar em nosso Lamb.

## 2

– Milly – disse Wormold –, você não tocou nos seus cereais.

– Desisti deles.

– Colocou apenas um torrão de açúcar no seu café. Não está de dieta, está?

– Não.

– Nem fazendo penitência?

– Não.

– Vai estar faminta na hora do almoço.

– Já pensei nisso. Vou comer um montão de batatas.

– Que é que está havendo, Milly?

– De agora em diante, vou economizar. De repente, no meio da noite, percebi quanto custo para você. Era como se uma voz me dissesse isso. Cheguei quase a perguntar: “Quem é?”, mas fiquei com medo de que a voz me respondesse: “Teu Senhor e Teu Deus”. Estou na idade, você sabe.

– Na idade de quê?

– De ouvir vozes. Sou mais velha do que santa Teresa quando entrou para o convento.

– Ora, Milly, não venha me dizer que está pensando em...

– Não, não estou. Acho que o capitão Segura está certo. Disse que eu não era matéria-prima para o convento.

– Milly, você sabe como chamam o seu capitão Segura?

– Sei, Abutre Vermelho. Tortura prisioneiros.

– Ele admite isso?

– Oh, claro que comigo ele se porta da melhor maneira possível, mas tem uma cigarreira feita de pele humana. Diz que é de bezerro, como se eu não fosse capaz de reconhecer um bezerro quando vejo um.

– Você precisa se afastar dele, Milly.

– Vou fazer isso... aos poucos. Mas primeiro preciso arranjar meu estábulo. E isso me faz lembrar da voz.

– Que foi que a voz lhe disse?

– Disse... só que no meio da noite soava muito mais apocalíptica...: "Você mordeu mais do que pode mastigar, minha menina. E o Country Club?"

– O que tem o Country Club?

– É o único lugar onde posso cavalgar de verdade, só que não somos sócios. E de que adianta um cavalo preso num estábulo? Claro que o capitão Segura é sócio, mas eu sabia que você não gostaria que eu dependesse dele. Então pensei que, talvez, se eu lhe ajudasse a reduzir as despesas de casa jejuando...

– E para que isso serviria...?

– Bem, nesse caso, talvez você pudesse adquirir um título de sócio-família. Deveria me registrar como Seraphina. De certa forma, soa mais apropriado que Milly.

Pareceu a Wormold que tudo o que ela lhe dizia tinha um caráter sensato; era Hawthorne quem pertencia ao cruel e inexplicável mundo da infância.

# Interlúdio em Londres

No subsolo do enorme edifício de aço e concreto, localizado nas cercanias de Maida Vale, a luz que havia sobre uma porta mudou de vermelho para verde, e Hawthorne entrou. Deixara sua elegância para trás, nas Antilhas, e agora vestia um terno de flanela cinza que já conhecera dias melhores. Na Inglaterra, não precisava manter as aparências: ele fazia parte do janeiro cinzento de Londres.

O chefe estava sentado atrás de uma mesa, onde um grande peso de mármore jazia sobre uma solitária folha de papel. Um copo de leite bebido até a metade, um frasco de pílulas gris e uma caixa de toalhas de papel Kleenex achavam-se junto ao telefone negro (o vermelho estava reservado para as altercações). Seu fraque negro, a gravata negra e o monóculo negro ocultando o olho esquerdo conferiam-lhe o aspecto de um coveiro, assim como aquela sala subterrânea produzia o efeito de uma câmara mortuária, um mausoléu, um túmulo.

– Queria me ver, senhor?

– Apenas um bate-papo, Hawthorne. Apenas um bate-papo.

Era como se um mudo sombriamente tornasse a falar, depois de encerrados os sepultamentos do dia.

– Quando voltou, Hawthorne?

– Há uma semana, senhor. Voltarei à Jamaica na sexta-feira.

– Está tudo indo bem?

– Creio que agora temos as Antilhas sob controle, senhor – respondeu Hawthorne.

– E a Martinica?

– Nenhuma dificuldade por lá, senhor. Deve estar lembrado de que, em Fort de France, trabalhamos com o Deuxième Bureau.

– Somente até certo ponto?

– Oh, sim, claro... somente até certo ponto. O Haiti era um problema maior, mas o 59200-2 está se mostrando bastante eficiente. No início, eu não estava tão seguro quanto ao 59200-5.

– Traço 5?

– Nosso homem em Havana, senhor. Não havia muito o que escolher por lá, e no início ele não parecia muito interessado no trabalho. Um pouco teimoso.

– Esses tipos às vezes se revelam os melhores.

– Sem dúvida, senhor. Também me preocupavam um pouco os seus contatos. Há um alemão chamado Hasselbacher, mas ainda não descobrimos nada contra ele. De qualquer modo, nosso agente parece estar indo bem. Recebemos um pedido para despesas extras, justamente quando eu estava de partida de Kingston.

– Isso é sempre um bom sinal.

– Sem dúvida, senhor.

– Prova que a imaginação está funcionando.

– Certamente. Queria tornar-se sócio do Country Club. Refúgio de milionários, como o senhor deve saber. A melhor fonte de informações políticas e econômicas. A taxa de admissão é muito alta, cerca de dez vezes mais que a de White, mas concordei assim mesmo.

– Fez bem. E que tal os seus relatórios?

– Bem, para ser franco, ainda não recebemos nenhum... mas, claro, ele precisará de tempo para organizar seus contatos. Talvez eu tenha exagerado a necessidade de fazer tudo com segurança.

– De maneira nenhuma. De nada vale um condutor elétrico se há curto-circuito.

– Acontece que ele se encontra numa posição muito vantajosa. Mantém excelentes contatos comerciais, muitos deles com funcionários do governo e ministros importantes.

– Ah! – exclamou o chefe, tirando o monóculo negro e tratando de poli-lo com um lenço de papel Kleenex. O olho que revelava era de vidro; de um azul pálido e nada convincente, poderia ter vindo de uma boneca que dissesse “mamãe”.

– E qual é o seu ramo de negócios?

– Oh, ele trabalha com importações. Maquinaria... esse tipo de coisa.

Era sempre importante para a própria carreira empregar agentes que fossem homens de boa posição social. Os detalhes insignificantes do arquivo secreto referentes à loja da rua Lamparilla jamais teriam, sob circunstâncias normais, chegado àquela sala subterrânea.

– Por que razão ele não era sócio do Country Club?

– Bem, acho que tem vivido um tanto recluso nos últimos anos. Alguns problemas domésticos.

– Não é o tipo que corre atrás de mulheres, espero...

– Oh, nada disso, senhor. A esposa o deixou. Fugiu com um americano.

– Espero que não seja antiamericano. Havana não é lugar para preconceitos desse tipo. Temos que trabalhar com eles... até certo ponto, naturalmente.

– Oh, ele não é assim, absolutamente, senhor. É um homem muito centrado, muito equilibrado. Aceitou bem o divórcio e mantém a filha numa escola católica, seguindo o desejo da esposa. Disseram-me que envia a ela telegramas de felicitações todos os natais. Creio que consideraremos seus relatórios, quando começarem a chegar, cem por cento confiáveis.

– Muito tocante isso sobre a filha, Hawthorne. Bem, estimule-o para que possamos avaliar sua utilidade. Se ele for tudo isso que você diz, poderíamos pensar em ampliar a sua equipe. Havana poderia ser um ponto-chave. Os comunistas sempre estão onde há confusão. E como ele se comunicará conosco?

– Providenciei para que envie seus relatórios em duplicatas, via mala semanal, para Kingston. Manterei um relatório comigo e enviarei o outro para Londres. Dei a ele o livro de código, para os telegramas. Mandará os relatórios pelo consulado.

– Não gostarão disso.

– Disse a eles que é uma medida temporária.

– Eu preferiria estabelecer um transmissor de rádio, se ele provar que é um bom homem. Ele poderia aumentar seu pessoal, não?

– Oh, é claro. Pelo menos... o senhor compreende que não é um escritório muito grande. É antiquado. O senhor sabe como esses negociantes especuladores se viram.

– Conheço o tipo, Hawthorne. Uma escrivaninha miserável. Meia dúzia de homens metidos numa saleta contígua que dá para apenas dois. Máquinas de calcular obsoletas. Uma secretária completando quarenta anos de firma.

Hawthorne sentiu que agora podia relaxar: o chefe assumira o comando. Mesmo que algum dia ele viesse a ler o arquivo secreto, as palavras não lhe significariam nada. A pequena loja de aspiradores havia submergido irremediavelmente nas ondas da imaginação literária do chefe. O agente 59200-5 estava estabelecido.

– Tudo faz parte do caráter do homem – explicou o chefe a Hawthorne, como se tivesse sido ele, e não Hawthorne, quem abrira a porta da loja da rua Lamparilla. – Um homem que sempre aprendeu a contar os tostões e a arriscar as libras. É por isso que não é sócio do Country Club... o casamento arruinado nada tem a ver com isso. Você é um romântico, Hawthorne. As mulheres entraram e saíram da vida desse homem; chego a supor que jamais significaram tanto para ele quanto o seu trabalho. O segredo de aproveitar um agente com êxito está em compreendê-lo. Nosso homem em Havana pertence, poderíamos dizer, à era de Kipling. "Caminhando com os reis..." – como é que continua, mesmo? – "...e mantendo a virtude e a naturalidade, entre as multidões..." Espero que em algum lugar de sua escrivaninha manchada de tinta ainda haja aquela velha agenda de couro negro, onde ele anotava suas primeiras despesas: um quarto de grosa de borrachas, seis caixas de penas de aço...

– Não creio que ele seja do tempo das penas de aço, senhor.

O chefe suspirou e repôs a lente escura. O olho inocente tornava a ocultar-se ante a suspeita de oposição.

– Pormenores não importam, Hawthorne – retrucou o chefe, irritado. – Mas, para que possa manipulá-lo com êxito, você terá que encontrar essa agenda de despesas. Falo metaforicamente.

– Certamente, senhor.

– Essa história de viver como recluso por ter perdido a mulher é uma avaliação equivocada, Hawthorne. Um homem como esse reage de modo completamente diferente. Ele não expõe a sua perda, não explicita os sentimentos. Se sua avaliação está correta, então por que é que ele já não era sócio do clube antes de a esposa falecer?

– Ela o abandonou.

– Abandonou? Tem certeza disso?

– Absoluta, senhor.

– Ah, ela jamais encontrou aquela agenda... Encontre-a, Hawthorne, e o terá nas mãos para sempre. Mas sobre o que falávamos, mesmo?

– Sobre o tamanho de seu escritório, senhor. Não será fácil para ele instalar tanta gente nova.

– Vamos eliminando os velhos aos poucos. Aposente aquela sua velha secretária...

– Na verdade...

– Claro que tudo isso não passa de especulação, Hawthorne. Afinal de contas, é possível que ele não seja o homem indicado. São coisa fina esses velhos reis mercantes, mas às vezes não conseguem enxergar além de seus escritórios comerciais, para que possam ser úteis a gente como nós. Avaliaremos sua utilidade com base nos primeiros relatórios que ele nos enviar, mas é sempre bom planejar o próximo passo. Converse com a srta. Jenkinson e veja se ela tem em seu departamento alguém que fale espanhol.

Hawthorne subiu de elevador, andar por andar, desde o subsolo: era como se tivesse a visão do mundo dentro de um foguete. A Europa Ocidental mais abaixo, o Oriente Próximo em seguida, a América Latina mais acima. Os arquivos cercavam a srta. Jenkinson como pilares de um templo ao redor de um oráculo que envelhecesse. Ela era a única conhecida pelo sobrenome. Por alguma razão de segurança inescrutável, todos os outros ocupantes do edifício eram conhecidos pelo seu prenome. Estava ditando à secretária quando Hawthorne entrou. "Memorando a A.O. Angelica foi transferida para a C.5 com aumento salarial de oito libras semanais. Favor providenciar para que esse aumento seja efetivado imediatamente. Antecipandome às suas objeções, destacaria que Angelica está agora se aproximando do nível financeiro de um condutor de ônibus."

– Pois não? – perguntou prontamente a srta. Jenkinson.

– O chefe me disse para que viesse vê-la.

– Não posso abrir mão de ninguém.

– Não queremos ninguém no momento. Estamos apenas discutindo possibilidades.

– Ethel, querida, telefone para D.2 e diga que não permitirei que minhas secretárias continuem trabalhando depois das sete horas da noite, exceto em caso de emergência nacional. Se for declarada uma guerra, ou se estiver a ponto de ser declarada, diga que o departamento de secretárias deve ser informado.

– Talvez precisemos ter, nas Antilhas, uma secretária que fale espanhol.

– Não posso abrir mão de ninguém – respondeu mecanicamente a srta. Jenkinson.

– Havana... Uma temporada curta. Clima agradável.

– Quantos há na equipe?

– No momento, apenas um homem.

– Não sou agência matrimonial – disse a srta. Jenkinson.

– Trata-se de um homem de meia-idade com uma filha de dezesseis anos.

– Casado?

– Pode-se dizer que sim – respondeu Hawthorne vagamente.

– É estável?

– Estável?

– Confiável, tranqüilo, emocionalmente seguro?

– Oh, sim, sim, pode estar certa disso. É um desses típicos comerciantes antiquados – respondeu Wormold, recomeçando onde o chefe havia parado. – Construiu o seu negócio do nada. Não se interessa por mulheres. Pode-se dizer que está acima do sexo.

– Ninguém está acima do sexo – disse a srta. Jenkinson. – Sou responsável pelas moças que mando para o estrangeiro.

– Pensei que não tivesse ninguém disponível.

– Bem – respondeu a srta. Jenkinson –, talvez eu possa, sob certas circunstâncias, ceder Beatrice.

– Beatrice, srta. Jenkinson! – exclamou uma voz detrás dos arquivos.

– Disse Beatrice, Ethel, e quis dizer Beatrice.

– Mas, srta. Jenkinson...

– Beatrice precisa de certa experiência prática... é só o que lhe falta. Esse posto conviria a ela. Não é muito jovem. Adora crianças.

– O que o posto precisa é de alguém que fale espanhol – disse Hawthorne. – O amor pelas crianças não é essencial.

– Beatrice é meio francesa. A bem da verdade, fala francês melhor que inglês.

– Eu disse espanhol.

– É praticamente a mesma coisa. Ambas são línguas latinas.

– Talvez eu pudesse vê-la, trocar uma palavra com ela. É bem treinada?

– É excelente com códigos e concluiu um curso de microfotografia em Ashley Park. É fraca em taquigrafia, mas exímia datilógrafa. Tem bom conhecimento de eletrodinâmica.

– Que é isso?

– Não tenho muita certeza, mas uma caixa de fusíveis não é nenhum motivo de terror para ela.

– Então se sairia bem com aspiradores elétricos?

– Ela é uma secretária, não uma empregada doméstica.

A gaveta de um dos arquivos fechou-se com estrondo.

– É pegar ou largar – disse a srta. Jenkinson.

Hawthorne teve a impressão de que ela, de bom grado, teria se referido a Beatrice como a um objeto.

– É a única secretária que pode sugerir?

– A única.

Novamente uma das gavetas dos arquivos fechou-se com estardalhaço.

– Ethel – disse a srta. Jenkinson –, a menos que você extravase seus sentimentos de modo mais silencioso, eu a mandarei de volta à D.3.

Hawthorne retirou-se pensativo; tinha a impressão de que a srta. Jenkinson, com notável agilidade, vendera-lhe algo em que ela própria não acreditava: uma barra de ouro falso, um cãozinho sem raça... ou melhor, uma cadelinha.

# Segunda parte

## Capítulo 1

### 1

Wormold saiu do departamento do consulado carregando um telegrama no bolso do paletó. Havia lhe sido entregue rudemente e, quando procurara falar, fora reprimido.

– Não queremos saber nada a esse respeito. É apenas um arranjo temporário. Quanto mais cedo terminar, mais contentes ficaremos.

– O sr. Hawthorne disse...

– Não conhecemos nenhum sr. Hawthorne. Faça o favor de ter isso em mente. Ninguém com esse nome trabalha aqui. Passar bem.

Voltou a pé para casa. A extensa cidade desdobrava-se ao longo do desatado Atlântico: as ondas quebravam-se sobre a avenida de Maceo e embaçavam os pára-brisas dos automóveis. Os pilares cor-de-rosa, cinzentos e amarelos daquilo que outrora havia sido o bairro aristocrático achavam-se corroídos pela erosão, como as rochas; um velho escudo de armas manchado e desfigurado encimava a porta de um hotel ordinário, e as persianas de um *nightclub* estavam pintadas em cores cruas e brilhantes, como proteção contra a umidade e o sal do mar. A oeste, os arranha-céus de aço da cidade nova ascendiam, mais altos que faróis, ao límpido céu de fevereiro. Era uma cidade para se visitar, não para se viver nela, mas era a cidade onde Wormold pela primeira vez se apaixonara, de sorte que estava preso a ela como à cena de um desastre. O tempo conferia poesia a um campo de batalha, e talvez Milly se assemelhasse a uma pequena flor brotada numa velha trincheira onde um ataque tivesse sido repelido, muitos anos antes, à custa de duras perdas. Na rua, mulheres passavam por ele com a testa manchada de cinzas, como se tivessem surgido à luz do sol, vindas dos subterrâneos. Lembrou-se de que era Quarta-feira de Cinzas.

Apesar do feriado escolar, Milly não estava em casa quando ele chegou: talvez ainda estivesse na missa ou, quem sabe, cavalgando no Country Club. Lopez estava demonstrando o turbojato para a governanta de um sacerdote que rejeitara o aspirador de pilha atômica. Os piores receios de Wormold em relação ao novo modelo haviam se justificado, pois não conseguira vender uma só peça. Subiu até o andar superior e abriu o telegrama: estava endereçado a um departamento do consulado inglês, e os algarismos que se seguiam tinham um aspecto feio, como os bilhetes de loteria que não eram vendidos nem no dia da extração. Lá constava o número 2674, seguido por uma seqüência de números com cinco algarismos: 42811, 79145, 72312, 59200, 80947, 62533, 10605, e assim por diante. Era o seu primeiro telegrama, e percebeu que fora remetido de Londres. Nem sequer estava certo (tão remota parecia a lição que recebera) de que podia decifrá-lo, mas reconheceu um grupo de algarismos, 59200, cujo aspecto afigurava-se abrupto e admonitório, como se, naquele momento, Hawthorne acusadoramente tivesse irrompido das escadas. Abatido, tomou nas mãos *os Contos de Shakespeare*, de Lamb – como sempre detestara Elia e o ensaio sobre o Porco Assado! O primeiro grupo de algarismos, lembrava-se, indicava a página, a linha e a palavra com que o código começava. "Dionísia, a perversa esposa de Cleon", leu, "teve o fim correspondente a seus méritos". Começou a decifrar a partir da palavra "méritos". Para a sua surpresa, algo realmente surgiu. Era como se algum estranho papagaio herdado tivesse começado a falar: "Nº 1 de 24 de janeiro depois de 59200 começa parágrafo A".

Depois de trabalhar três quartos de hora adicionando e subtraindo, decifrou toda a mensagem, exceto o parágrafo final, onde algo tinha falhado: ou ele, ou o 59200, ou, quem sabe, Charles Lamb. "Depois de 59200 começa parágrafo A quase um mês desde aprovado ingresso em Country Club e nenhuma repetimos nenhuma informação sobre possíveis subagentes até agora recebida ponto esperamos repetimos esperamos que não recrute nenhum subagente antes de investigá-lo adequadamente ponto começa parágrafo B relatório econômico e político conforme questionário em seu poder deve ser despachado imediatamente para 59200 ponto começa parágrafo C maldito galão deve ser enviado a Kingston tuberculoso primário termina mensagem."

O último parágrafo tinha o efeito de uma furiosa incoerência, o que preocupava Wormold. Pela primeira vez lhe ocorreu que aos olhos deles – fossem *eles* quem fossem – ele havia recebido dinheiro sem nada dar em troca. Isso o perturbava. Até então lhe parecera que havia sido o beneficiário de uma excêntrica dádiva que permitia a Milly cavalgar no Country Club e, a ele, encomendar da Inglaterra alguns livros que tanto cobiçara. O restante do dinheiro estava agora depositado no banco: quase acreditava que algum dia estaria em situação de devolvê-lo a Hawthorne.

Pensou: "Preciso fazer algo, dar a eles alguns nomes para investigar, recrutar um agente, deixá-los contentes". Lembrou-se de como Milly costumava brincar nas lojas, dando-lhe seu dinheirinho para compras imaginárias. Era necessário fazer o jogo das crianças, mas, mais cedo ou mais tarde, Milly sempre pedia o dinheiro de volta.

Perguntou-se como deveria recrutar um agente. Era-lhe difícil lembrar exatamente como *ele* fora recrutado por Hawthorne, exceto que a coisa toda havia começado num banheiro. Mas isso seguramente não era um aspecto essencial. Resolveu então começar com um caso razoavelmente fácil.

– Me chamou, *señor* Vormell?

Por alguma razão, o nome Wormold estava muito além da capacidade de pronúncia de Lopez, mas, como lhe parecia impossível decidir-se por um substituto satisfatório, era raro que Wormold fosse chamado pelo mesmo nome duas vezes seguidas.

– Quero falar com você, Lopez.

– *Si, señor* Vomell.

– Você já está comigo há muitos e muitos anos. Confiamos um no outro.

Lopez expressou a plenitude de sua confiança levando a mão ao coração.

– Que tal ganhar um pouco mais de dinheiro todos os meses?

– Ora, sim, claro... Ia lhe falar sobre isso eu mesmo, *señor* Ommel. Tenho um filho a caminho. Quem sabe uns vinte pesos?

– Isso não tem nada a ver com a firma. Os negócios estão péssimos, Lopez. Será um trabalho confidencial... feito para mim pessoalmente, compreende?

– Ah, sim, *señor*. Serviços pessoais, compreendo. Pode confiar em mim. Sou discreto. Claro que não vou dizer nada à *señorita*.

– Creio que talvez *não* compreenda.

– Quando um homem chega a uma certa idade – disse Lopez –, já não deseja, ele mesmo, procurar uma mulher: quer descansar das complicações. Quer ordenar: "Esta noite, sim; amanhã à noite, não". Dar suas ordens a alguém em quem confie...

– Não me refiro a nada disso. O que estava tentando dizer... bem, não tem nada a ver com...

– Não precisa ficar envergonhado de falar comigo, *señor* Vormole. Já estou com o *señor* há muitos anos.

– Você está cometendo um erro – disse Wormold. – Eu não tinha intenção...

– Compreendo que, para um inglês de sua posição, lugares como o San Francisco não são apropriados. Nem mesmo o Mamba Club.

Wormold sabia que nada do que pudesse dizer refrearia a eloqüência de seu assistente, agora que embarcara no grande assunto de Havana: as relações sexuais não eram apenas o principal comércio da cidade, mas a *raison d'être** da vida de um homem. Vendia-se ou comprava-se sexo – algo imaterial, mas do qual jamais se abria mão.

– Um jovem precisa de variedade – disse Lopez –, mas isso também é necessário a um homem de certa idade. Para o jovem, é a curiosidade da ignorância; para o velho, é o apetite que precisa ser revigorado. Ninguém pode servi-lo melhor do que eu, porque eu o estudei, *señor* Venell. O *señor* não é cubano: para o *señor*, a forma do traseiro de uma mulher é menos importante que uma certa delicadeza de conduta...

– Você me interpretou de maneira completamente equivocada – disse Wormold.

– A *señorita* vai a um concerto esta noite.

– Como sabe?

---

* Em francês no original: razão de ser (N.T.)

Lopez não fez caso da pergunta.

– Enquanto ela estiver fora, vou trazer uma mocinha para o *señor* ver. Se não gostar dela, trago outra.

– Você não vai fazer nada disso. Não é esse o tipo de serviço que desejo, Lopez. Quero... bem, quero que mantenha os olhos e os ouvidos bem abertos e me informe...

– Sobre a *señorita*?

– Santo Deus, não!

– Então o que devo informar, *señor* Vommold?

– Bem, coisas como...

Mas não tinha a mais vaga idéia das coisas que Lopez pudesse lhe relatar. Lembrava-se apenas de alguns pontos do extenso questionário, e nenhum deles parecia apropriado: "Possível infiltração comunista nas forças armadas. Valores reais da produção de açúcar e tabaco no ano anterior." Havia, naturalmente, o conteúdo das cestas de papel dos escritórios onde Lopez consertava os aspiradores, mas não era certo que mesmo Hawthorne estava gracejando quando mencionou o caso Dreyfuss... se é que homens dessa espécie gracejavam...

– Coisas como o que, *señor*?

– Mais tarde lhe digo – respondeu Wormold. – Agora volte para a loja.

## 2

Era a hora do daiquiri, e, no Wonder Bar, o dr. Hasselbacher deleitava-se com seu segundo uísque.

– Ainda preocupado, sr. Wormold?

– Sim, ainda.

– Ainda o aspirador... o aspirador atômico?

– Não, não se trata do aspirador – respondeu, esvaziando seu daiquiri de um só gole e pedindo outro.

– O senhor está bebendo muito depressa hoje.

– Hasselbacher, você jamais sentiu necessidade de dinheiro, não é mesmo? Se bem que não tem filhos.

– Em breve o senhor também não terá.

– Creio que não.

O consolo era tão frio quanto o daiquiri.

– Quando essa hora chegar, Hasselbacher, quero que ambos estejamos longe daqui. Não quero que Milly seja despertada por nenhum capitão Segura.

– Isso eu posso compreender.

– Outro dia me ofereceram dinheiro.

– Sim?

– Para obter algumas informações.

– Que tipo de informações?

– Informações secretas.

O dr. Hasselbacher suspirou.

– O senhor é um homem de sorte, sr. Wormold. É sempre fácil dar essas informações.

– Fácil?

– Se são suficientemente secretas, então o senhor é o único que as conhece. Só precisa de um pouco de imaginação, sr. Wormold.

– Querem que eu recrute agentes. Como se faz para recrutar agentes, Hasselbacher?

– Também pode inventá-los, sr. Wormold.

– Fala como se tivesse experiência.

– A medicina é minha experiência, sr. Wormold. Alguma vez já leu os anúncios dos remédios secretos? Um tônico capilar cuja composição foi revelada pelo cacique agonizante de uma tribo de peles-vermelhas. No caso de um remédio secreto, não há por que imprimir a fórmula. Os segredos têm algo que faz com que as pessoas acreditem... talvez vestígios de magia. Já leu *sir* James Frazer?

– Já ouviu falar em livros de código?

– De todo modo, não me revele coisas demais, sr. Wormold. Sigilo não é meu negócio... E não tenho filhos. Faça o favor de não me inventar como seu agente.

– Não, não posso fazer isso. Essa gente não aprova nossa amizade, Hasselbacher. Querem que eu fique longe de você. Eles o estão investigando. Como acha que fazem para investigar um homem?

– Não sei. Tenha cuidado, sr. Wormold. Receba o dinheiro deles, mas não lhes dê nada em troca. O senhor é vulnerável aos Seguras. Limite-se a mentir e conserve sua liberdade. Eles não merecem a verdade.

– A quem se refere por *eles*?

– Reinos, repúblicas, governos – respondeu Hasselbacher, esvaziando o copo. – Preciso voltar para a minha cultura, sr. Wormold.

– Já conseguiu alguma coisa?

– Não, graças a Deus. Mas enquanto nada acontece, tudo é possível, não concorda? É uma pena que os prêmios de loteria sejam sempre sorteados. Perco 140 mil dólares por semana e sou um homem pobre.

– Não vai se esquecer do aniversário de Milly?

– Talvez as descobertas da investigação sejam más e o senhor não queira que eu vá. Mas lembre-se de que, enquanto mentir, não estará fazendo mal a ninguém.

– Mas estou tomando o dinheiro deles.

– Eles não têm dinheiro, exceto o que tiram de homens como o senhor e eu.

Empurrou a porta e se foi. O dr. Hasselbacher jamais falava em termos de moralidade: era algo que estava além de sua alçada.

## 3

Wormold encontrou uma lista de sócios do Country Club no quarto de Milly. Sabia onde procurá-la: entre o último volume do *Housewoman's Year Book* e uma novela intitulada *A égua branca*, de Miss "Pony" Traggers. Associara-se ao Country Club para encontrar agentes apropriados, e eis que ali estavam todos eles, em coluna dupla, ao longo de vinte páginas. Pousou os olhos em um nome anglo-saxão: Vincent C. Parkman. Talvez se tratasse do pai de Earl. Para Wormold, parecia mais que correto manter os Parkmans na família.

Ao sentar-se para cifrar sua mensagem, já havia escolhido dois outros nomes: um engenheiro Cifuentes e um professor Luís Sanchez. O professor, fosse quem fosse, parecia um candidato razoável para a inteligência econômica, o engenheiro poderia fornecer informações técnicas e o sr. Parkman, as de caráter político. Com os *Contos de Shakespeare* abertos à sua frente (escolhera como trecho-chave a frase "Que o que se segue seja feliz"), pôs-se a codificar sua mensagem: "Nº 1 de 25 de janeiro começa parágrafo A recrutei meu assistente e lhe atribuí o número 59200-5-1 ponto pagamento proposto quinze pesos mensais ponto começa parágrafo B favor investigar os seguintes..."

Toda essa separação de parágrafos parecia a Wormold uma extravagância em matéria de tempo e dinheiro, mas Hawthorne lhe dissera que fazia parte da disciplina, tal como Milly quando insistia que todas as compras em sua loja fossem embrulhadas em papel, até mesmo uma simples conta de vidro. "Começa parágrafo C relatório econômico conforme solicitado seguirá em breve por mala postal."

Nada mais havia a fazer senão aguardar as respostas e preparar o relatório econômico. Isso o preocupava. Mandara Lopez comprar todos os boletins do governo que encontrasse referentes às indústrias do açúcar e do tabaco: era a primeira missão de Lopez. Quanto a ele, agora passava horas e horas, dia após dia, lendo os jornais locais e assinalando qualquer passagem que conviesse ao professor ou ao engenheiro: era improvável que alguém em Kingston ou Londres examinasse os periódicos de Havana. Até mesmo ele descobrira um mundo novo naquelas páginas mal-impressas; quiçá, no passado, tivesse dependido demasiado do *New York Times* ou do *Herald Tribune* para formar sua visão do mundo. Na esquina do Wonder Bar, uma jovem morrera esfaqueada: "uma mártir do amor". Havana estava repleta de mártires de uma espécie ou de outra. Um homem, certa noite, ao perder uma fortuna no Tropicana, subiu ao palco, abraçou uma cantora de cor e, depois, em seu carro, lançou-se em direção ao porto, morrendo afogado. Outro estrangulara-se, a duras penas, com os próprios suspensórios. Mas também havia milagres: uma virgem chorava lágrimas de sal, e uma vela acesa diante da imagem de Nossa Senhora de Guadalupe ardeu inexplicavelmente por uma semana, de uma sexta-feira a outra. Desse quadro de violência, paixão e amor só não faziam parte as vítimas do capitão Segura: estas sofriam e morriam sem o benefício da imprensa.

O relatório econômico provou-se uma tarefa tediosa, pois Wormold jamais havia aprendido a datilografar com mais de dois dedos ou a usar o tabulador da máquina. Era necessário alterar as estatísticas oficiais, para o caso de alguém, no escritório central, pensar em comparar os dois relatórios, e às vezes Wormold esquecia que tinha alterado um algarismo. Somar e subtrair jamais haviam sido seus pontos fortes. Uma vírgula decimal deslocada tinha de ser caçada, de alto a baixo, em dezenas de colunas. Era como guiar um carro em miniatura num caça-níqueis.

Ao cabo de uma semana, começou a preocupar-se com a ausência de respostas. Teria Hawthorne desconfiado da tramóia? Mas se sentiu temporariamente estimulado por um chamado do consulado, onde um funcionário carrancudo lhe entregou um envelope selado, dirigido, por alguma razão que lhe escapava, ao "sr. Luke Penny". Dentro deste havia um outro envelope, no qual se lia: "Henry Leadbetter. Serviços de Investigação Civil"; num terceiro envelope estava escrito o número 59200-5, e continha três meses de salários e despesas em notas cubanas. Levou tudo para o seu banco em Obispo.

– Conta comercial, sr. Wormold?

– Não. Pessoal.

Mas, enquanto o caixa contava as notas, experimentou um sentimento de culpa: sentiu como se tivesse desviado o dinheiro da firma.

## Capítulo 2

### 1

Dez dias se passaram sem que ele recebesse nenhuma notícia. Não podia sequer enviar seu relatório econômico enquanto o agente imaginário que o fornecia não tivesse sido investigado e aprovado. Chegou a época de sua visita anual aos distribuidores de fora de Havana, localizados em Matanzas, Cienfuegos, Santa Clara e Santiago. Costumava visitar essas cidades em seu velho Hillman. Antes de partir, enviou um telegrama a Hawthorne. "Sob pretexto visitar distribuidores aspiradores proponho investigar possibilidades recrutamento porto Matanzas, centro industrial Santa Clara, base naval Cienfuegos e centro dissidente Santiago calculo gastos de viagem cinqüenta dólares diários." Beijou Milly, fez com que prometesse não aceitar carona do capitão Segura durante sua ausência e depressa rumou para o Wonder Bar, para um drinque de despedida em companhia do dr. Hasselbacher.

## 2

Uma vez por ano, e sempre durante sua viagem, Wormold escrevia à sua irmã mais nova, que vivia em Northampton. (Talvez escrever a Mary remediasse momentaneamente a solidão que sentia longe de Milly.) Invariavelmente, também incluía na carta os últimos selos postais cubanos, destinados ao sobrinho. O menino começara a colecionar selos aos seis anos de idade, mas, com o rápido passar dos anos, Wormold de certa forma acabou esquecendo que seu sobrinho havia muito alcançara os dezessete anos e que provavelmente já devia ter abandonado sua coleção muitos anos antes. De todo modo, já estava crescido demais para o tipo de bilhete que Wormold dobrou em torno dos selos: um bilhete demasiado juvenil mesmo para Milly, e o sobrinho era vários anos mais velho do que ela.

"Querido Mark", escreveu Wormold, "aqui estão alguns selos para a sua coleção. A esta altura, já deve ser uma coleção enorme! Receio que estes não sejam muito interessantes. Quem dera tivéssemos em Cuba pássaros, feras e borboletas tão belos quanto aqueles da Guatemala que você me mostrou. Afetuosamente, seu tio. *P.S.*: Estou sentado defronte ao mar, e faz muito calor."

À irmã, escreveu mais explicitamente: "Estou sentado diante da baía, em Cienfuegos, e a temperatura está acima dos trinta graus, mesmo o sol já tendo se posto há uma hora. Estão passando um filme de Marilyn Monroe no cinema, e no porto há um barco chamado, de forma bastante peculiar, *Juan Belmonte*. (Está lembrada daquele inverno, em Madri, em que fomos a uma tourada?) O capitão – creio que seja o capitão – está sentado na mesa ao lado, tomando conhaque espanhol. Não há nada que ele possa fazer senão ir ao cinema. Este deve ser um dos portos mais tranqüilos do mundo. Apenas a rua cor-de-rosa e amarela, umas poucas cantinas, a grande chaminé da refinaria de açúcar e, ao fim de um caminho coberto de ervas daninhas, o *Juan Belmonte*. De certa forma, gostaria de estar viajando nele com Milly, mas não imagino como poderia... Os aspiradores não estão vendendo bem; nestes tempos tumultuados, a corrente elétrica não é algo com que a gente pode contar. A noite passada, em Matanzas, as luzes se apagaram três vezes – na primeira delas, eu estava no banho. De qualquer forma, essas são coisas tolas para se escrever a Northampton.

"Não pense que sou infeliz. Há muito de bom a dizer sobre o lugar onde vivemos. Às vezes, tenho medo de voltar para os Boots e Woolworths, para as cafeterias, já que agora eu seria um estranho mesmo no White Horse. O capitão tem consigo uma jovem – espero que também tenha outra em Matanzas. Está lhe despejando conhaque garganta abaixo, tal como se dá remédio a um gato. A luz daqui, antes do pôr do sol, é maravilhosa – um longo fio de ouro – e as aves são manchas negras sobre as vagas plúmbeas. A grande estátua branca do Paseo, que à luz do dia se parece com a rainha Vitória, é agora uma massa de ectoplasma. Os engraxates guardaram todos as suas caixas debaixo das cadeiras de braços dispostas junto à colunata cor-de-rosa: a gente se senta muito acima da calçada, como se estivesse na escadaria de uma biblioteca, e descansa os pés sobre o dorso de dois cavalos-marinhos de bronze que bem poderiam ter sido trazidos para cá por um fenício. Por que será que estou tão nostálgico? Creio que é porque tenho um pouco de dinheiro guardado e logo devo decidir-me a ir embora para sempre. Gostaria de saber se Milly conseguirá se adaptar a uma dessas escolas para secretárias de alguma rua cinzenta ao norte de Londres.

"Como vai a tia Alice e sua famosa cera de ouvido? E o tio Edward? Ou será que já morreu? Cheguei a uma etapa da vida em que os parentes morrem sem que a gente se dê conta."

Pagou a conta e perguntou o nome do capitão: ocorreu-lhe que seria conveniente ter alguns nomes anotados quando voltasse para casa, a fim de justificar suas despesas.

## 3

Em Santa Clara, o velho Hillman arriou debaixo dele como uma mula cansada. Havia algo seriamente danificado nas entranhas do automóvel: somente Milly saberia o quê. O homem da garagem disse que o conserto demoraria vários dias, de sorte que Wormold decidiu seguir para Santiago de ônibus. De qualquer forma, assim talvez fosse mais rápido e seguro, pois, na província de Oriente, onde os mesmos rebeldes de sempre controlavam as montanhas e as tropas do governo controlavam as estradas e as cidades, eram freqüentes os bloqueios, estando os ônibus menos sujeitos a atrasos do que os carros particulares.

Chegou a Santiago ao anoitecer, durante as horas vazias e perigosas do toque de recolher extra-oficial. Todas as lojas na praça construída defronte à fachada da catedral estavam fechadas. Um único casal passava apressado em frente ao hotel; a noite era quente e úmida, e a folhagem das árvores movia-se sombria e pesada sob a pálida luz dos postes de iluminação, que funcionavam a meia potência. Na recepção do hotel, cumprimentaram-no com desconfiança, como se suspeitassem que ele fosse algum tipo de espião. Sentia-se como um impostor, pois aquele era um hotel freqüentado por espiões, informantes policiais e agentes rebeldes. Um bêbado falava incessantemente no bar deprimente, como se estivesse dizendo, no estilo de Gertrude Stein: “Cuba é Cuba, é Cuba”.

Wormold jantou um omelete seco e chato, descolorado e gasto como um velho manuscrito, e bebeu um pouco de vinho azedo. Enquanto comia, escreveu, num cartão-postal, algumas linhas endereçadas ao dr. Hasselbacher. Sempre que deixava Havana, enviava a Milly e ao dr. Hasselbacher, e às vezes até mesmo a Lopez, fotografias desagradáveis de hotéis desagradáveis, com uma cruz marcada na janela do quarto em que estava hospedado, a exemplo da cruz que, nas histórias de detetives, indica o local em que o crime foi cometido. “Carro danificado. Tudo muito quieto. Espero estar de volta na quinta-feira.” Um cartão-postal é um sintoma de solidão.

Às nove horas, Wormold saiu à procura de seu distribuidor. Esquecera-se de quão abandonadas ficavam as ruas de Santiago após o anoitecer. As persianas das casas estavam fechadas atrás das grades de ferro e, como numa cidade ocupada, as casas voltavam as costas para os transeuntes. Um cinema lançava à rua uma luz tímida, mas ninguém entrava: por lei, tinha de permanecer aberto, mas, após o anoitecer, era pouco provável que alguém o visitasse, exceto um soldado ou um policial. Numa rua secundária, Wormold viu passar uma patrulha militar.

Sentou-se com o seu distribuidor em um quartinho quente. A porta aberta dava para um pátio, uma palmeira e uma fonte de ferro batido, mas o ar do lado de fora era tão quente quanto do lado de dentro. Estavam sentados em cadeiras de balanço, frente a frente, e, ao embalar-se, aproximavam-se e afastavam-se constantemente, formando pequenas correntes de ar.

Os negócios iam mal – *roc*, *roc* –, ninguém estava comprando aparelhos elétricos em Santiago – *roc*, *roc*. – E por que deveriam? – *roc*, *roc*. Como que para ilustrar a indagação, a luz elétrica apagou-se, e eles seguiram balançando-se no escuro. Perdendo o ritmo, suas cabeças colidiram levemente.

– Desculpe.

– A culpa foi minha.

*Roc*, *roc*, *roc*.

Alguém arrastou uma cadeira no pátio.

– Sua esposa? – perguntou Wormold.

– Não. Não é ninguém. Estamos completamente a sós.

Wormold balançou-se para a frente, depois para trás, depois para a frente de novo, à escuta dos movimentos furtivos do pátio.

– Naturalmente.

Aquela era Santiago. Qualquer casa podia ocultar um fugitivo. Era melhor não ouvir nada, e não ver nada não era problema, mesmo quando a luz voltou timidamente, com um débil brilho amarelo no filamento.

Ao voltar para o hotel, foi abordado por dois policiais. Queriam saber o que fazia na rua tão tarde.

– São apenas dez horas – ele respondeu.

– Que é que está fazendo nesta rua às dez horas?

– Não há nenhum toque de recolher, há?

De repente, sem qualquer aviso prévio, um dos policiais lhe esbofeteou o rosto. Sentiu-se mais chocado que furioso. Pertencia à classe que obedecia à lei: os policiais eram seus protetores naturais. Levou a mão à face e disse:

– Pelo amor de Deus, pode-se saber o que vocês...?

O outro policial, com um golpe nas costas, fez com que tropeçasse na calçada. Seu chapéu caiu na imundície da sarjeta.

– Devolvam o meu chapéu! – gritou, sentindo que tornavam a empurrá-lo.

Começou a dizer algo sobre o cônsul inglês e, aos empurrões, fizeram-no atravessar a rua. Desta vez, foi parar diante de uma escrivaninha, onde um homem dormia com a cabeça sobre os braços. Ao acordar, gritou alguma coisa para Wormold – sua expressão mais suave foi "porco".

– Sou súdito inglês, meu nome é Wormold e resido em Havana, na rua Lamparilla, 37. Tenho 45 anos, sou divorciado e quero telefonar para o cônsul – disse.

O homem que o chamara de porco e que trazia no braço a divisa de sargento mandou-lhe mostrar o passaporte.

– Não posso. Está em minha pasta, no hotel.

– Foi encontrado na rua sem documentos – disse, com satisfação, um de seus captores.

– Esvaziem os bolsos dele – ordenou o sargento.

Tomaram-lhe a carteira e o cartão-postal destinado ao dr. Hasselbacher, que ele havia esquecido de remeter, e uma garrafa de uísque em miniatura, Old Granddad, que comprara no bar do hotel. O sargento examinou a garrafa e o cartão-postal.

– Por que carrega esta garrafa? Que contém ela?

– Que lhe parece?

– Os rebeldes fazem granadas com as garrafas.

– Mas não com garrafas tão pequenas, certamente.

O sargento retirou a rolha, cheirou e despejou um pouco da bebida na palma da mão.

– Parece ser uísque – disse, voltando-se para o cartão-postal. – Por que é que fez uma cruz nesta foto?

– É a janela de meu quarto.

– Por que mostrar a janela de seu quarto?

– E por que não mostrá-la? É simplesmente uma... bem, é uma dessas coisas que a gente faz quando viaja.

– Estava esperando alguém à janela?

– É claro que não.

– Quem é o dr. Hasselbacher?

– Um velho amigo.

– Ele virá a Santiago?

– Não.

– Então por que motivo quer lhe mostrar onde fica o seu quarto?

Wormold começou a perceber aquilo que a classe criminosa conhece tão bem: a impossibilidade de explicar o que quer que seja a um homem investido de autoridade.

– O dr. Hasselbacher é uma mulher – disse, com ar petulante.

– Uma mulher médica! – exclamou o sargento, em tom de desaprovação.

– Doutora em filosofia. Uma bela mulher – completou Wormold, fazendo duas curvas no ar.

– E ela virá encontrá-lo em Santiago?

– Não, não. Mas o senhor sabe como são as mulheres, não é, sargento? Gostam de saber onde o seu homem dorme.

– É amante dela? – O ambiente havia melhorado. – Mas isso ainda não justifica o senhor andar vagando pelas ruas à noite.

– Não há lei que...

– Não há lei que proíba isso, mas as pessoas prudentes ficam em casa. Só os desordeiros é que saem.

– Não podia dormir pensando em Emma.

– Quem é Emma?

– A dr. Hasselbacher.

– Tem coisa errada aí – disse lentamente o sargento. – Meu faro me diz isso. O senhor não está falando a verdade. Se está apaixonado por Emma, o que faz em Santiago?

– O marido dela está desconfiado.

– Ela tem marido? *No es muy agradable*. O senhor é católico?

– Não.

O sargento apanhou o cartão-postal e tornou a examiná-lo.

– Uma cruz na janela de um quarto... Isso também não é lá muito agradável. Como ela explicará isso ao marido?

– O marido é cego – respondeu Wormold, após pensar rapidamente.

– Isso também não é nada agradável. Nada agradável.

– Devo bater nele de novo? – perguntou um dos policiais.

– Não há pressa. Preciso interrogá-lo primeiro. Há quanto tempo conhece essa mulher, Emma Hasselbacher?

– Há uma semana.

– Há uma semana? Nada do que diz é agradável... O senhor é protestante e adúltero. Quando conheceu essa mulher?

– Fui apresentado a ela pelo capitão Segura.

O sargento susteve o cartão-postal no ar. Wormold ouviu um dos policiais engolir em seco, às suas costas. Por um longo tempo, ninguém disse nada.

– Capitão Segura?

– Sim.

– O senhor conhece o capitão Segura?

– É amigo de minha filha.

– Quer dizer então que tem uma filha. E é casado.

No momento em o sargento tornava a dizer "isso não é nada agrad...", um dos policiais o interrompeu:

– Ele conhece o capitão Segura.

– Como vou saber que o senhor está dizendo a verdade?

– Pode telefonar para ele e verificar.

– Demoraria várias horas para conseguir uma ligação telefônica com Havana.

– Não posso partir de Santiago à noite. Vou esperar o senhor no hotel.

– Ou numa cela, aqui mesmo na delegacia.

– Não creio que o capitão Segura gostaria disso.

O sargento considerou o assunto por um longo tempo, examinando o conteúdo da carteira de Wormold enquanto refletia. Depois, ordenou que um dos homens acompanhasse Wormold ao hotel e examinasse seu passaporte (pensava, evidentemente, que assim estava salvando as aparências). Ambos retornaram ao hotel num silêncio embaraçoso, e só ao deitar-se Wormold lembrou-se de que o cartão-postal destinado ao dr. Hasselbacher ainda permanecia na mesa do sargento. Pareceu-lhe que isso não tinha importância, já que poderia enviar-lhe um outro pela manhã. Quanto tempo de nossa vida demoramos para perceber as intrincadas configurações das quais tudo – até mesmo um cartão-postal – pode fazer parte, e a imprudência que é menosprezar alguma coisa por julgá-la sem importância! Três dias depois, Wormold tomou o ônibus de volta a Santa Clara: seu Hillman já estava pronto, e a estrada para Havana não lhe apresentou quaisquer problemas.

## Capítulo 3

Uma grande quantidade de telegramas o aguardava quando chegou em Havana, à noitinha. Havia também um bilhete de Milly: "Por onde andava? Um tal de 'você-sabe-quem' (mas ele não sabia) esteve aqui. Um sujeito muito insistente... mas não no mau sentido. O dr. Hasselbacher quer falar com você urgentemente. Com amor. *P.S.*: Fui ao Country Club andar a cavalo. Um fotógrafo tirou uma foto de Seraphina. Será isso a fama? Ide, ordenai aos soldados que atirem."

O dr. Hasselbacher podia esperar. Dois dos telegramas estavam marcados "urgente".

"N° 2 de 5 de março começa parágrafo A investigação de Hasselbacher ambígua ponto tenha máxima cautela em todos os contatos e limite-os ao mínimo termina mensagem."

Vincent C. Parkman foi prontamente rejeitado como agente. "Não deve repetimos não deve entrar em contato com ele ponto probabilidade de já estar trabalhando para serviço secreto americano."

O telegrama seguinte – Nº 1 de 4 de março – dizia friamente: "Favor no futuro conforme instruções limitar cada telegrama a um assunto".

Já o N° 1 de 5 de março era mais animador: "Nada contra professor Sanchez e engenheiro Cifuentes ponto pode recrutá-los ponto presumivelmente homens de sua posição não exijam mais do que gastos gerais".

Por outro lado, o último telegrama era um tanto anticlimático: "Segundo A.O. recrutamento de 59200-5-1 (tratava-se de Lopez) protocolado mas favor notar pagamento proposto inferior a reconhecido padrão europeu devendo ser corrigido para 25 repetimos 25 pesos mensais termina mensagem".

Lopez gritava lá de baixo:

– É o dr. Hasselbacher.

– Diga-lhe que estou ocupado. Telefonarei mais tarde.

– Ele pede para que venha falar com ele imediatamente. Parece estranho...

Wormold foi até o telefone. Antes que pudesse falar, ouviu uma voz agitada, idosa. Jamais lhe havia ocorrido que o dr. Hasselbacher fosse um homem velho.

– Por favor, sr. Wormold...

– Sim. O que se passa?

– Faça o favor de vir aqui. Aconteceu algo.

– Onde você está?

– Em meu apartamento.

– O que é que houve, Hasselbacher?

– Não posso lhe dizer pelo telefone.

– Está doente... ferido?

– Se fosse apenas isso... – lamentou Hasselbacher. – Por favor, venha.

Ao longo de todos aqueles anos em que se conheciam, Wormold jamais visitara o dr. Hasselbacher. Encontravam-se no Wonder Bar e, nos aniversários de Milly, num restaurante, sendo que apenas uma vez o dr. Hasselbacher o visitara na rua Lamparilla, por ocasião de uma febre alta. Houve também uma ocasião em que chorara diante de Hasselbacher, ambos sentados num banco do Paseo, ao contar-lhe que a mãe de Milly partira, no avião da manhã, para Miami. Mas a amizade que mantinham estava assentada numa distância segura: eram sempre as amizades mais íntimas as que mais estavam sujeitas a romper-se. Agora, precisava até mesmo perguntar a Hasselbacher como chegar à sua casa.

– Então o senhor não sabe? – perguntou Hasselbacher, perplexo.

– Não.

– Por favor, venha o quanto antes – pediu Hasselbacher. – Não quero ficar sozinho.

Mas, àquela hora da noite, era impossível ser rápido. Obispo era um sólido bloco de tráfego, e só depois de meia hora Wormold chegou ao edifício ordinário em que residia Hasselbacher: doze andares de concreto cor de chumbo. Vinte anos antes, havia sido uma construção moderna, mas a nova arquitetura de aço que despontara a oeste a sobrepujara em altura e brilho.

Era uma construção pertencente à época das cadeiras tubulares, e foi justamente uma cadeira tubular o que Wormold viu primeiro, quando o dr. Hasselbacher o fez entrar. Isso e uma velha gravura colorida de um castelo à margem do Reno.

O dr. Hasselbacher, como sua voz, havia subitamente envelhecido. Não era uma questão de cor: aquela pele sulcada e sangüínea não podia mudar mais que a de uma tartaruga, e nada poderia tornar seus cabelos mais brancos do que já os tornara o peso dos anos. Era a sua expressão que havia mudado. Todo um jeito de viver sofrera violência: o dr. Hasselbacher já não se mostrava mais otimista.

– Bondade sua ter vindo, sr. Wormold – disse humildemente.

Wormold lembrou-se do dia em que o velho o arrastara do Paseo até o Wonder Bar, onde o enchera de bebida, falando todo o tempo, cauterizando-lhe o sofrimento com álcool, riso e uma irresistível esperança.

– Que foi que aconteceu, Hasselbacher? – perguntou Wormold.

– Vamos lá para dentro – respondeu Hasselbacher.

Na sala de estar reinava a confusão: era como se uma criança malvada estivesse solta entre as cadeiras tubulares, abrindo isto, derrubando aquilo, destruindo e poupando o que visse pela frente conforme lhe ditava algum impulso irracional. Uma fotografia de um grupo de rapazes que seguravam canecas de cerveja fora arrancada da moldura e rasgada em pedaços; uma reprodução colorida de *O cavaleiro risonho* ainda pendia da parede sobre o sofá, onde uma de suas três almofadas fora completamente estraçalhada. O conteúdo de um armário – velhas cartas e recibos – estava espalhado pelo chão, e um chumaço de cabelos muito louros, atados por uma fita negra, jazia entre os escombros qual um peixe abatido.

– Por que tudo isso? – indagou Wormold.

– Isso não tem tanta importância – respondeu Hasselbacher. – Mas venha até aqui.

Um pequeno quarto, que havia sido convertido em laboratório, fora reconvertido em caos. Um bico de gás ardia entre as ruínas. O dr. Hasselbacher fechou-o. Ergueu um tubo de ensaio: o conteúdo fora vertido sobre a pia.

– O senhor não compreenderá. Eu estava tentando fazer uma cultura de... não importa. Sabia que não daria em nada. Era apenas um sonho.

Sentou-se pesadamente sobre uma alta cadeira tubular ajustável, que de súbito se curvou sob o seu peso, lançando-o ao chão. Há sempre alguém para deixar uma casca de banana na cena de uma tragédia. Hasselbacher levantou-se e espanou as calças.

– Quando foi que isso aconteceu?

– Alguém me telefonou... um enfermo. Senti que havia alguma coisa errada, mas tinha de ir. Não podia correr o risco de não ir. Ao voltar, deparei com *isto*.

– E quem fez isto?

– Não sei. Há uma semana, alguém me telefonou. Um desconhecido. Queria que eu o ajudasse. Mas não era um serviço médico. Disse a ele que não. Perguntou-me se eu tinha simpatia pelo Oriente ou pelo Ocidente. Tentei gracejar com ele. Disse que minha simpatia estava entre ambos. – E, em tom de acusação, acrescentou: – Algumas semanas atrás, o senhor me fez a mesma pergunta.

– Estava apenas brincando, Hasselbacher.

– Eu sei. Desculpe-me. A pior coisa que fazem é criar todas essas suspeitas. – Fitou a pia: – Um sonho infantil. Claro que sei disso. Fleming descobriu a penicilina graças a um acidente inspirado. Um velho médico de segunda classe jamais teria um acidente como esse, mas não era da conta deles – era? – se eu queria sonhar.

– Não compreendo. O que há por trás disto? Algo político? Qual era a nacionalidade desse homem?

– Falava inglês como eu... com sotaque. Hoje em dia, no mundo todo as pessoas falam com sotaque.

– Telefonou para a polícia?

– Pelo que sei – respondeu o dr. Hasselbacher –, ele *era* a polícia.

– Levaram alguma coisa?

– Sim. Alguns papéis.

– Importantes?

– Jamais devia tê-los guardado. Tinham mais de trinta anos. Quando a gente é jovem, acaba se metendo em certas coisas. Nenhuma vida é totalmente limpa, sr. Wormold. Mas eu pensava que o passado era o passado. Era otimista demais. O senhor e eu não somos como as pessoas daqui; não temos nenhum confessionário onde possamos enterrar um passado ruim.

– Mas você deve ter alguma idéia... O que será que farão agora?

– Possivelmente me colocarão num fichário – respondeu o dr. Hasselbacher. – Precisam se fazer de importantes. Talvez, nessa ficha, eu seja promovido a cientista atômico.

– Não há como recomeçar seus experimentos?

– Oh, sim, sim. Suponho que sim. Mas, veja o senhor, jamais acreditei neles, e eis que agora se foram pelo ralo. – Abriu a torneira para limpar a pia. – A única coisa que recordarei é esta... imundície. Aquilo era um sonho, isto é a realidade. – Algo que parecia um fragmento de cogumelo ficou preso na saída do cano da pia. Hasselbacher o empurrou para baixo com o dedo. – Obrigado por ter vindo, sr. Wormold. O senhor é um amigo de verdade.

– É tão pouco o que posso fazer...

– O senhor me deixou falar. Já me sinto melhor. Só temo pelos meus papéis. Talvez tenham desaparecido por acidente. Talvez eu não os tenha enxergado no meio de toda esta confusão.

– Permita-me ajudá-lo a procurá-los.

– Não, sr. Wormold. Não quero que veja algo de que me envergonho.

Tomaram dois drinques juntos, em meio às ruínas da sala de estar, e em seguida Wormold partiu. O dr. Hasselbacher achava-se de joelhos, sob *O cavaleiro risonho*, vasculhando embaixo do sofá. Fechado em seu automóvel, Wormold sentiu a culpa mordiscá-lo por todos os lados, como um camundongo numa cela de prisão. É possível que ambos logo se acostumassem um com o outro e a culpa viesse comer em sua mão. Pessoas semelhantes a ele haviam feito isso, homens que se deixavam recrutar enquanto sentados em privadas, que abriam portas de hotéis com chaves que não lhes pertenciam, que recebiam instruções grafadas com tinta secreta e através de usos insólitos dos *Contos de Shakespeare*, de Lamb. Havia sempre o outro lado de uma piada: o lado da vítima.

Soavam os sinos em Santo Cristo, e as pombas erguiam-se do telhado, no entardecer dourado, voando em círculos sobre as casas lotéricas da rua O'Reilley e os bancos de Obispo; meninos e meninas, quase tão indistinguíveis no sexo quanto os pássaros, irrompiam da Escola dos Santos Inocentes em seus uniformes brancos e negros, carregando mochilas pretas. Sua idade os separava do mundo adulto do agente 59200, e sua credulidade era de outra natureza. Pensou com ternura que Milly logo estaria em casa. Alegrava-o que Milly ainda acreditasse em contos de fada: uma virgem que dava à luz uma criança, imagens que choravam ou proferiam palavras de amor na escuridão. Hawthorne e os de seu feitio eram igualmente crédulos, mas o que engoliam eram pesadelos, histórias grotescas tiradas da ficção científica.

De que adiantava participar de um jogo sem se entregar por inteiro? Que pelo menos os fizesse crer que seu dinheiro estava sendo bem empregado, que lhes desse algo melhor para pôr em seus arquivos do que um relatório econômico. Redigiu um breve rascunho: "N° 1 de 8 de março começa parágrafo A em minha recente viagem a Santiago ouvi relatos de várias fontes sobre construção de grandes instalações militares nas montanhas da província de Oriente ponto essas construções demasiado extensas para visar grupos rebeldes lá instalados ponto rumores de enormes derrubadas de floresta sob alegação de incêndios ponto camponeses de vários vilarejos forçados a transportar cargas de pedra começa parágrafo B em bar de hotel em Santiago conheci piloto espanhol de linha aérea cubana em avançado estágio de embriaguez ponto revelou ter observado em vôo Havana-Santiago grande plataforma de concreto demasiado extensa para qualquer edifício parágrafo C 59200-5-3 que me acompanhou a Santiago empreendeu perigosa missão perto de Q.G. militar em Bayamo e fez desenhos de estranha maquinaria em transporte para floresta ponto esses desenhos seguirão por mala postal parágrafo D solicito permissão para pagar-lhe bônus em vista dos sérios riscos de sua missão e suspender envio de relatório econômico em vista natureza inquietante e vital desses relatórios de Oriente parágrafo E solicito informações sobre piloto cubano Raul Dominguez que proponho recrutar como 59200-5-4."

Wormold cifrou a mensagem alegremente. Pensou: "Jamais acreditei que levasse jeito para isso". Orgulhou-se ante a idéia de que o agente 59200-5 conhecia seu trabalho. Seu bom humor acolhia até mesmo Charles Lamb. Escolheu para a mensagem a página 217, linha 12: "Mas correrei a cortina e mostrarei o quadro. Não será bem feito?"

Da loja, Wormold chamou Lopez. Entregou-lhe 25 pesos.

– Este é o salário adiantado de seu primeiro mês.

Conhecia Lopez bem demais para esperar qualquer gratidão pelos cinco pesos extras, mas ainda assim ficou um tanto perplexo quando ele lhe disse:

– Trinta pesos seriam um salário decente.

– Como assim... salário decente? A empresa já lhe paga muito bem.

– Isso vai significar um bocado de trabalho – respondeu Lopez.

– Vai significar, é? Que trabalho?

– Serviços pessoais.

– Que tipo de serviços pessoais.

– Claro que deve significar muito trabalho, ou o senhor não me pagaria 25 pesos.

Jamais conseguira se sair melhor do que Lopez num debate financeiro.

– Quero que me traga da loja um aspirador de pilha atômica – pediu Wormold.

– Só temos um na loja.

– Traga-o aqui para cima.

Lopez suspirou:

– Isso é um serviço pessoal?

– É.

Uma vez a sós, Wormold desparafusou várias partes do aspirador. Depois, sentou-se à sua mesa e começou a fazer uma série de desenhos meticulosos. Ao reclinar-se em sua cadeira, contemplando os esboços que fizera do pulverizador destacado da mangueira do aspirador, do bocal e do tubo telescópico, pensou: "Será que não estou indo longe demais?" Percebeu que esquecera de indicar a escala. Riscou uma linha com a régua e a numerou: uma polegada representava três pés. Em seguida, para facilitar a medição, desenhou um homenzinho de duas polegadas debaixo do bocal. Vestiu-o num elegante terno negro e deu-lhe um chapéu-coco e um guarda-chuva.

Quando Milly chegou em casa aquela noite, ele ainda estava ocupado, redigindo seu primeiro relatório, com um mapa de Cuba estendido sobre a mesa.

– O que está fazendo, papai?

– Estou dando o primeiro passo numa nova carreira.

Ela olhou por cima dos ombros de Wormold:

– Vai se tornar escritor?

– Sim, um escritor imaginativo.

– E vai ganhar um montão de dinheiro?

– Uma renda moderada, Milly, se eu me dedicar a isso e escrever com regularidade. Planejo compor um ensaio como este todos os sábados à noite.

– E ficará famoso?

– Duvido. Ao contrário da maioria dos escritores, darei todo o crédito aos meus escritores fantasmas.

– Escritores fantasmas?

– É como chamam aqueles que fazem o trabalho real enquanto o autor recebe o pagamento. No meu caso, farei o trabalho real e meus escritores fantasmas é que levarão o crédito.

– Mas você receberá o pagamento?

– Oh, sim.

– Então posso comprar um par de esporas?

– Certamente.

– Está se sentindo bem, papai?

– Nunca me senti melhor. Que grande sensação de alívio você deve ter sentido ao pôr fogo em Thomas Earl Parkman Jr.!

– Por que é que você insiste em trazer esse assunto à tona, papai? Já faz tantos anos que isso aconteceu.

– Porque a admiro por isso. Não poderia fazê-lo de novo?

– Claro que não! Sou velha demais para essas coisas. Além disso, não há meninos na escola secundária. Papai, outra coisa: posso comprar um cantil de caça?

– Tudo o que você quiser... Opa, espere aí! Que é que vai colocar nele?

– Limonada.

– Seja uma boa menina e me alcance uma folha de papel. O engenheiro Cifuentes é um homem de muitas palavras.

– Fez um bom vôo? – perguntou o chefe.

– Um pouco turbulento sobre os Açores – respondeu Hawthorne.

Desta vez, não tivera tempo de trocar seu terno tropical da cor cinza-pastel: já em Kingston recebera uma convocação urgente, e um carro fora buscá-lo no aeroporto de Londres. Sentou-se o mais próximo possível do radiador a vapor, mas, vez ou outra, não podia evitar um arrepio.

– Que flor estranha é essa que está usando?

Hawthorne a esquecera por completo. Levou a mão à lapela.

– Parece que já foi uma orquídea – observou o chefe, em tom de desaprovação.

– A Pan American, ontem à noite, nos ofereceu orquídeas junto com o jantar – explicou Hawthorne, arrancando a murcha flor malva e a colocando no cinzeiro.

– Junto com o jantar? Que coisa mais esquisita – comentou o chefe. – Não deve ter melhorado muito a refeição. Pessoalmente, detesto orquídeas. Coisa decadente. Havia alguém que usava orquídeas verdes, não havia?

– Só a coloquei na lapela para desocupar a bandeja do jantar. Havia tão pouco espaço com todos aqueles bolinhos, champanhe, salada doce, sopa de tomate, frango à Maryland, sorvete...

– Que mistura horrível! Devia ter viajado pela B.O.A.C.

– O senhor não me deu tempo suficiente para reservar passagem.

– Bem, é que o assunto é bastante urgente. Como sabe, nosso homem em Havana tem nos mandado um material bastante inquietante ultimamente.

– É um homem eficiente – disse Hawthorne.

– Não o nego. Quem dera tivéssemos mais outros como

ele. O que me custa compreender é que os americanos não tenham percebido nada disso que ele nos relata.

– Já perguntou a eles, senhor?

– Claro que não. Não confio na discrição dos americanos.

– Talvez eles não confiem na nossa.

– Estes desenhos... já os examinou?

– Não entendo muito disso, senhor. Despachei-os imediatamente para cá.

– Bem, então dê uma boa olhada neles.

O chefe estendeu os desenhos sobre a mesa. Relutante, Hawthorne afastou-se do radiador e na mesma hora foi tomado por um arrepio.

– Algum problema?

– Ontem, em Kingston, a temperatura era de 35 graus.

– Seu sangue está ficando fino. Um pouco de frio vai lhe fazer bem. O que acha deles?

Hawthorne fitou os desenhos. Eles lhe lembravam... algo. Sentiu-se dominado, sem saber o motivo, por uma estranha inquietação.

– Deve estar lembrado dos relatórios que vieram junto com eles – disse o chefe. – A fonte é o traço três. Quem é ele?

– Creio que deve ser o engenheiro Cifuentes, senhor.

– Bem, até ele ficou perplexo. Com todo o conhecimento técnico que tem. Essas máquinas estavam sendo transportadas, por caminhão, desde o quartel-general de Bayamo até a beira da floresta. A partir daí, usavam mulas para carregá-las. Não foi explicada a direção geral dessas plataformas de concreto.

– O que disse o Ministério da Aeronáutica, senhor?

– Estão preocupados, muito preocupados. Interessados também, evidentemente.

– E o pessoal incumbido da pesquisa atômica?

– Ainda não lhes mostramos os desenhos. Sabe como são esses camaradas. Criticam pormenores, dizem que a coisa toda não é digna de crédito, que o tubo é desproporcional ou que aponta na direção errada. Não se pode esperar que um agente consiga, de memória, reproduzir todos os detalhes com precisão. Quero fotografias, Hawthorne.

– Isso já é pedir demais, senhor.

– Temos de obtê-las. Custe o que custar. Sabe o que o Savage me disse? Algo que me fez ter um pesadelo terrível. Disse que um dos desenhos lembrava um gigantesco aspirador.

– Um aspirador! – exclamou Wormold, inclinando-se sobre a mesa e voltando a examinar os desenhos, tomado novamente por um arrepio.

– É de dar calafrios, não é mesmo?

– Mas isso é impossível, senhor! – protestou, sentindo como se estivesse suplicando pela própria carreira. – Não poderia ser um aspirador, senhor. Não um aspirador!

– Diabólico, não? A engenhosidade, a simplicidade, a imaginação demoníaca aí contida!

Tirou o monóculo negro, e o olho azul-celeste, ao captar a luz, fez com que seu reflexo dançasse na parede, em cima do radiador.

– Veja isto aqui... tem seis vezes a altura de um homem. Como um pulverizador gigantesco. E isto... o que lhe sugere?

– Um bocal com dupla abertura.

– O que é um bocal com dupla abertura?

– Às vezes a gente os encontra nos aspiradores de pó.

– De novo os aspiradores de pó! Hawthorne, creio que talvez estejamos diante de algo tão grande que fará da bomba H uma arma convencional.

– E isso é desejável, senhor?

– Claro que é desejável. Ninguém se preocupa com armas convencionais.

– O que está planejando, senhor?

– Não sou cientista – respondeu o chefe –, mas olhe este tanque enorme. Deve ser tão alto quanto as árvores da floresta. Uma imensa boca aberta no topo. E este encanamento aqui... o homem apenas o indicou. Pelo que sabemos, talvez se estenda por vários quilômetros: desde as montanhas até o mar, provavelmente. Como sabe, dizem que os russos estão desenvolvendo uma grande idéia... algo a ver com a energia solar, com a evaporação dos mares. Não sei do que se trata, mas sei que isto aqui é coisa grande. Diga a nosso homem que precisamos de fotografias.

– Não vejo como ele fará para chegar perto o suficiente...

– Que frete um avião e se perca por esse território! Não ele pessoalmente, claro, mas o traço três ou o traço dois. Quem é o traço dois?

– O professor Sanchez, senhor. Mas ele seria abatido. Eles têm aviões da Força Aérea patrulhando toda aquela região.

– Têm, é?

– Para localizar os rebeldes.

– Isso é o que eles dizem. Quer saber? Tenho um palpite, Hawthorne.

– Qual, senhor?

– De que os rebeldes não existem. São puramente imaginários. Isso dá ao governo toda as justificativas de que precisa para interditar aquela área.

– Espero que esteja certo, senhor.

– Seria melhor para todos nós – disse o chefe, tomado de entusiasmo – que eu estivesse enganado. Essas coisas me assustam, Hawthorne... me assustam. – Voltou a colocar o monóculo e o reflexo da luz desapareceu da parede. – Hawthorne, na última vez que esteve aqui, você falou com a srta. Jenkinson a respeito de uma secretária para o agente 59200-5?

– Sim, senhor. Ela não tinha nenhuma candidata específica para o trabalho, mas achou que uma moça chamada Beatrice daria conta do recado.

– Beatrice? Como odeio esses nomes cristãos! É bem treinada?

– Sim, senhor.

– Chegou a hora de dar uma mão ao nosso homem em Havana. Essa tarefa é demasiado grande para um agente destreinado e sem auxílio. É melhor mandar um operador de rádio junto com ela.

– Não seria melhor se eu fosse primeiro para encontrá-lo? Poderia ver como estão as coisas e conversar com ele.

– É pouco seguro, Hawthorne. Não podemos correr o risco de perdê-lo agora. Com um rádio, ele poderá se comunicar diretamente com Londres. Não me agrada esse vínculo com o consulado... nem a eles.

– E quanto aos relatórios, senhor?

– Ele terá que arranjar um mensageiro para Kingston.

Pode ser um de seus caixeiros-viajantes. Mande instruções pela secretária. Você já a viu?

– Não, senhor.

– Vá vê-la imediatamente. Verifique se é do tipo indicado. Capaz de encarregar-se do lado técnico. Terá que colocá-la a par de todos os pormenores referentes ao estabelecimento dele. A secretária antiga terá de ser afastada. Converse com A.O. a respeito de uma pensão razoável até que ela atinja a idade de se aposentar.

– Sim, senhor – respondeu Hawthorne. – Poderia olhar mais uma vez esses desenhos?

– Este aqui parece interessá-lo. O que vê nele?

– Parece um... acoplador de ação instantânea – disse Hawthorne, angustiado.

Ao alcançar a porta, o chefe tornou a lhe falar:

– Sabe, Hawthorne, devemos grande parte disso a você. Certa vez me disseram que você não sabia julgar o caráter de um homem, mas confiei em meu próprio juízo. Bom trabalho, Hawthorne.

– Obrigado, senhor.

Já tinha a mão sobre a maçaneta da porta.

– Hawthorne.

– Pois não, senhor?

– Encontrou aquela velha agenda de couro?

– Não, senhor.

– Talvez Beatrice a encontre.

# Terceira parte

## Capítulo 1

Foi uma noite que Wormold provavelmente jamais esqueceria. Escolhera a ocasião do aniversário de dezessete anos de Milly para levá-la ao Tropicana. Era um estabelecimento mais inocente que o Nacional, apesar das salas de roleta pelas quais os freqüentadores tinham de passar antes de chegar ao cabaré. O palco e a pista de dança estavam instalados ao ar livre. As coristas exibiam-se a uma altura de seis metros, entre as altas palmeiras, enquanto holofotes de luzes róseas e malvas varriam o palco. Um homem em traje a rigor azul brilhante cantava, num inglês anglo-americano, algo sobre "Parri". Logo o piano foi arrastado para baixo dos arbustos, e as bailarinas desceram dentre os ramos como pássaros desajeitados.

– É como a Floresta de Arden! – exclamou Milly, extasiada. A aia já não estava presente: retirara-se depois da primeira taça de champanhe.

– Não creio que houvesse palmeiras na Floresta de Arden. Tampouco bailarinas.

– Você é tão literal, papai.

– Gosta de Shakespeare? – perguntou o dr. Hasselbacher.

– Oh, Shakespeare, não... Há poesia demais. O senhor sabe... é aquele tipo de coisa: *Entra um mensageiro*: "Meu senhor, o duque avança pela direita". "Partamos, pois, de coração alegre, para a luta."

– Isso é Shakespeare?

– É como Shakespeare.

– Quanta besteira você está dizendo, Milly!

– De qualquer forma, a Floresta de Arden também é Shakespeare, creio eu – contemporizou o dr. Hasselbacher.

– Sim, mas só o li nos *Contos de Shakespeare*, de Lamb. Ele exclui todos os mensageiros, subduques e toda a poesia.

– Ensinam isso na escola?

– Oh, não. Encontrei um exemplar no quarto de papai.

– Então lê Shakespeare desse modo, sr. Wormold? – perguntou o dr. Hasselbacher, um tanto surpreso.

– Oh, não, não. Claro que não. Na verdade, comprei-o para Milly.

– Então por que é que ficou tão irritado aquele dia que o tomei emprestado?

– Não estava irritado. Apenas não gosto que fique bisbilhotando... coisas que não lhe dizem respeito.

– Fala como seu eu fosse uma espiã.

– Milly, minha querida, por favor, não brigue em seu aniversário. Você não está dando atenção ao dr. Hasselbacher.

– Por que está calado, dr. Hasselbacher? – perguntou Milly, enchendo sua segunda taça de champanhe.

– Um dia você precisa me emprestar os *Contos* de Lamb, Milly. Também acho Shakespeare difícil.

Um homem pequenino, metido num uniforme muito apertado, acenou com a mão na direção da mesa em que estavam os três.

– Não está preocupado, não é mesmo, dr. Hasselbacher?

– Com o que deveria estar preocupado, querida Milly, no dia de seu aniversário? Tão-somente com os anos, é claro.

– Dezessete anos é tanta idade assim?

– Para mim, passaram rápido demais.

O homenzinho de uniforme apertado aproximou-se da mesa, curvando-se em sinal de reverência. Tinha o rosto esburacado e corroído como os pilares da praia. Carregava uma cadeira quase tão grande quanto ele próprio.

– Este é o capitão Segura, papai.

– Posso me sentar? – perguntou, metendo-se entre Milly e o dr. Hasselbacher, sem esperar a resposta de Wormold. – É um imenso prazer conhecer o pai de Milly.

Sua indolência era tão rápida, tão fácil, que não se tinha tempo sequer de ficar ressentido, antes que ele desse motivo para um novo desgosto.

– Apresente-me ao seu amigo, Milly.

– Este é o dr. Hasselbacher.

O capitão Segura ignorou o dr. Hasselbacher e encheu a taça de Milly.

– Traga-me outra garrafa.

– Estamos de saída, capitão Segura – disse Wormold.

– Conversa fiada! São meus convidados. Mal passamos da meia-noite.

A manga de Wormold enganchou-se numa taça, que caiu e destroçou-se tal qual aquela festa de aniversário.

– Garçom, outra taça – ordenou o capitão Segura, que, inclinando-se sobre Milly e voltando as costas para o dr. Hasselbacher, começou a cantar em voz baixa: "A rosa que colhi no jardim..."

– Você está se portando muito mal.

– Mal? Com você?

– Com todos nós. Estou comemorando meu aniversário de dezessete anos, e quem está dando a festa é meu pai... não você.

– Seu aniversário de dezessete anos? Então, definitivamente, vocês são meus convidados. Chamarei algumas bailarinas para que venham à nossa mesa.

– Não queremos nenhuma bailarina – disse Milly.

– Então caí no descrédito?

– Sim.

– Ah – disse com satisfação –, é porque não a esperei à porta da escola, para lhe dar uma carona. É que às vezes, Milly, meu trabalho na polícia é prioridade. Garçom, diga ao maestro para tocar *Happy Birthday to You*.

– Não faça isso – disse Milly. – Como é que você pode ser tão... tão vulgar?

– Eu? Vulgar? – sorriu alegremente o capitão Segura. – É uma pequena brincalhona! – exclamou, dirigindo-se a Wormold. – Acontece que também gosto de brincar. É por isso que nos damos tão bem.

– Ela me disse que o senhor tem uma cigarreira feita de pele humana.

– Como ela gosta de implicar com isso! Sempre lhe digo que a pele dela daria uma encantadora...

– Vou ver como está a roleta – disse o dr. Hasselbacher, levantando-se abruptamente.

– Ele não gosta de mim? – perguntou o capitão Segura. – Talvez seja um velho admirador de Milly, não? Um admirador bastante velho, he, he, he!

– É um velho amigo – respondeu Wormold.

– Mas o senhor e eu sabemos, sr. Wormold, que esse negócio de amizade entre homem e mulher não existe.

– Milly ainda não é mulher.

– O senhor fala como pai, sr. Wormold. Nenhum pai conhece a própria filha.

Wormold olhou para a garrafa de champanhe e para a cabeça do capitão Segura. Estava terrivelmente tentado a fazer com que ambas se encontrassem. Numa mesa logo atrás do capitão, uma jovem que ele jamais vira antes acenou-lhe positivamente com a cabeça, de modo a encorajá-lo. Wormold tocou na garrafa de champanhe e ela uma vez mais lhe fez um aceno positivo. Devia ser tão inteligente quanto bonita para ler seus pensamentos tão precisamente, pensou Wormold. Sentiu inveja de seus companheiros: dois pilotos da K.L.M. e uma aeromoça.

– Vamos dançar, Milly – convidou o capitão Segura –, e mostre que me perdoou.

– Não quero dançar.

– Prometo que amanhã estarei esperando-a junto ao portão do convento.

Wormold fez um gesto rápido, como se quisesse dizer: "Não tenho coragem. Ajude-me." A jovem encarou-o com o semblante sério: pareceu a Wormold que ela estava avaliando a situação e que qualquer decisão que viesse a tomar seria definitiva e exigiria ação imediata. Com o sifão, a jovem esguichou um pouco de soda em seu uísque.

– Vamos, Milly. Você não deve estragar a minha festa.

– A festa não é sua. É de papai.

– Tanto tempo zangada! Você precisa compreender que às vezes tenho que colocar meu trabalho antes mesmo da minha pequena e querida Milly.

A jovem sentada atrás do capitão Segura alterou o ângulo do sifão.

– Não! – interveio Wormold instintivamente. – Não!

O bico do sifão tinha como alvo o pescoço do capitão Segura. O dedo da jovem estava pronto para entrar em ação. Pesava-lhe o fato de que uma moça tão bela o olhasse com tamanho desprezo.

– Sim, por favor, sim – disse Wormold, e ela prontamente acionou o sifão.

O jato de soda, sibilante, atingiu o pescoço do capitão Segura, escorrendo para dentro de seu colarinho. "Bravo!" – ressoou, por entre as mesas, a voz do dr. Hasselbacher, enquanto o capitão Segura exclamava: "*Coño*!"

– Sinto muito – desculpou-se a jovem. – Era para o meu uísque.

– Seu uísque?!?

– Meu Dimpled Haig – disse a moça.

Milly deixou escapar um risinho.

O capitão Segura curvou-se formalmente, em reverência. Não se podia calcular sua periculosidade pelo seu tamanho, como acontece com as bebidas fortes.

– Seu sifão acabou, senhora. Permita-me que lhe traga outro.

Os holandeses da mesa cochicharam entre si, constrangidos.

– Não creio que devam me confiar outro – replicou ela.

O capitão Segura espremeu um sorriso que parecia sair do lugar errado, como pasta de dente quando o tubo se rompe.

– Pela primeira vez fui atingido pelas costas – disse. – Fico feliz que tenha sido por uma mulher.

Havia se recomposto de maneira admirável; entretanto, a água ainda escorria por seus cabelos, ensopando-lhe o colarinho.

– Em outra oportunidade teria lhe oferecido um revide à altura, mas já é tarde e me esperam no quartel. Espero poder vê-la de novo.

– Vou ficar por aqui.

– Em férias?

– Não. Trabalho.

– Se tiver algum problema com o seu visto – disse de modo ambíguo –, procure-me. Boa noite, sr. Wormold. Direi ao garçom que são meus convidados. Peçam o que quiserem.

– Ele teve uma saída honrosa – observou a moça.

– Foi um tiro honroso.

– Acertá-lo com uma garrafa de champanhe teria sido um tanto exagerado. Quem é ele?

– Muitos o chamam de Abutre Vermelho.

– Tortura prisioneiros – acrescentou Milly.

– Parece que arranjei um amigo e tanto.

– Eu não estaria tão certo disso – disse o dr. Hasselbacher.

Juntaram as mesas. Os dois pilotos fizeram uma reverência e proferiram nomes impronunciáveis. Horrorizado, o dr. Hasselbacher disse aos holandeses:

– Os senhores estão tomando Coca-Cola!

– É o regulamento. Decolamos às três e meia para Montreal.

– Se é o capitão Segura quem vai pagar a conta, que tomemos mais champanhe. E Coca-Cola – disse Wormold.

– Não creio que possa tomar mais Coca-Cola. E você, Hans?

– Eu tomaria um Bols – respondeu o piloto mais jovem.

– Você não pode tomar nenhum Bols até chegarmos a Amsterdã – disse-lhe, com firmeza, a aeromoça.

O jovem piloto sussurrou a Wormold:

– Quero me casar com ela.

– Com quem?

– Senhorita Pfunk – pronunciou o piloto, ou algo perto disso, conforme pareceu a Wormold.

– E ela não quer?

– Não.

O holandês mais velho comentou:

– Tenho mulher e três filhos. – Desabotoou o bolso interno do paletó. – Aqui está a foto deles.

Passou a Wormold um cartão-postal colorido, no qual se via uma moça com um apertado suéter amarelo e roupas de banho, ajustando os patins. No suéter estava escrito *Mamba Club*, e embaixo da foto Wormold leu: *Garantimos muita diversão. Cinqüenta lindas garotas. Você não estará sozinho.*

– Acho que não é esta a fotografia certa... – comentou Wormold.

A jovem, que tinha cabelos castanhos e, pelo que lhe era dado distinguir em meio às confusas luzes do *Tropicana*, olhos castanho-claros, disse:

– Vamos dançar.

– É que não danço muito bem...

– Isso não importa, não é mesmo?

Wormold a arrastou pela pista de dança.

– Agora entendo o que quis dizer... Esta devia ser uma rumba. Aquela é sua filha?

– Sim.

– É muito bonita.

– Acaba de chegar a Cuba?

– Sim. A tripulação estava atrás de um pouco de diversão e me juntei a eles. Não conheço ninguém por aqui.

A cabeça da jovem alcançava o seu queixo; podia cheirar-lhe os cabelos, os quais lhe tocavam a boca quando os corpos se moviam. Sentiu-se vagamente desencantado ao perceber que ela usava aliança.

– Me chamo Severn – disse ela. – Beatrice Severn.

– E eu, Wormold.

– Então sou sua secretária.

– Como assim? Eu não tenho secretária.

– Oh, é claro que tem! Eles não lhe avisaram que eu estava por chegar?

– Não.

Não era necessário perguntar quem eram "eles".

– Mas eu mesma enviei o telegrama...

– Recebi um na semana passada, mas não tinha pé nem cabeça.

– Qual é a sua edição dos *Contos* de Lamb?

– A da Everyman.

– Mas que diabo! Me deram a edição errada. Imagino que o telegrama *devia* estar mesmo uma bagunça! De qualquer forma, estou contente por tê-lo encontrado.

– Também estou. Um pouco perplexo, é claro. Onde você está hospedada?

– Esta noite, no Inglaterra. Mas pensei em me mudar.

– Mudar para onde?

– Para o seu escritório, é claro. Não me importa onde tenha que dormir. Vou me instalar numa das salas de seu pessoal.

– Não tenho pessoal. O escritório é muito pequeno.

– Bem, deve haver uma sala para a secretária.

– Nunca tive secretária, srta. Severn.

– Pode me chamar de Beatrice. Creio que é melhor assim, para fins de segurança.

– Segurança?

– *É* um problema e tanto se não há nem mesmo uma sala para secretária. Vamos sentar.

Um homem metido num *smoking* preto convencional cantava, entre as árvores da floresta, como um oficial distrital inglês:

*Homens sensatos os cercam,*
*velhos amigos.*
*Dizem que a Terra é redonda:*
*minha loucura ofendem.*
*Dizem que as laranjas têm sementes,*
*e as maçãs, cascas.*
*Digo que a noite é dia*
*E não tenho machado para afiar*

*Por favor, não acreditem...*

Sentaram-se a uma mesa vazia, ao fundo do salão da roleta. Podiam ouvir o soluçar das bolinhas. Ela tornou a exibir seu olhar sério, um pouco constrangida, como uma garota trajando seu primeiro vestido de baile.

– Se eu soubesse que seria sua secretária, jamais teria mirado o sifão naquele policial... não sem o senhor ordenar.

– Não há por que se preocupar.

– Na verdade, me mandaram para cá para lhe facilitar as coisas. Não para torná-las mais difíceis.

– O capitão Segura não tem importância.

– Veja o senhor, passei por um treinamento bastante completo... Fui aprovada em código e microfotografia... Posso estabelecer contato com os seus agentes.

– Oh!

– O senhor se saiu tão bem que eles estão ansiosos para que não corra o risco de se queimar. O que não importaria tanto se acontecesse a mim...

– Detestaria vê-la queimada. Bronzeada já estaria bem.

– Não entendi.

– Esqueça.

– Se o telegrama estava truncado, o senhor não deve estar sabendo de nada a respeito do radioperador.

– Não.

– Ele também está hospedado no Inglaterra. Ficou enjoado com o vôo. Precisamos encontrar um lugar para ele também.

– Se está enjoado, talvez...

– Pode torná-lo ajudante de contador. Foi treinado para isso.

– Mas não preciso de nenhum ajudante de contador. Não tenho sequer um contador...

– Não se preocupe. Amanhã cedo resolverei tudo. É para isso que estou aqui.

– Tem algo na senhorita que lembra a minha filha – disse Wormold. – Não faz novenas?

– O que é isso?

– Não sabe? Graças a Deus.

O homem de *smoking* preto encerrava a canção:

*Digo que maio é inverno*
*E não tenho machado para afiar*

As luzes mudaram de azul para cor-de-rosa, e as bailarinas voltaram a empoleirar-se entre as palmeiras. Os dados chacoalhavam nas mesas de jogo, e Milly e o dr. Hasselbacher dirigiam-se alegremente para a pista de dança. Era como se sua festa de aniversário tivesse se reconstruído dos próprios destroços.

## Capítulo 2

### 1

Na manhã seguinte, Wormold levantou-se cedo. Sentia uma ligeira ressaca do champanhe, e a irrealidade da noite passada no Tropicana estendia-se até seu escritório. Beatrice lhe dissera que estava se saindo bem – e ela era o porta-voz de Hawthorne e "daquela gente". Experimentou uma sensação de desencanto ante a idéia de que, como Hawthorne, ela pertencia ao mundo irreal de seus agentes. Seus agentes...

Sentou-se diante de seu fichário. Tinha de fazer com que as fichas de seus agentes parecessem o mais plausíveis possível antes de ela chegar. Alguns deles agora lhe pareciam beirar o improvável. O professor Sanchez e o engenheiro Cifuentes estavam profundamente comprometidos, e não podia livrar-se deles: já haviam sacado quase dois mil pesos, a título de despesas. López também já tinha posição fixa. O piloto bêbado da linha aérea Cubana havia recebido uma generosa bonificação de quinhentos pesos pela história das construções nas montanhas, mas talvez pudesse ser descartado, por motivos de segurança. Havia o capitão do *Juan Belmonte*, que ele vira bebendo em Cienfuegos: parecia um personagem bastante verossímil e não sacava mais que 75 pesos mensais. Mas havia outros personagens que, temia ele, não resistiriam a uma inspeção mais minuciosa: Rodriguez, por exemplo, descrito em sua ficha como rei dos *nightclubs*, e Teresa, uma bailarina do Teatro Shangai, que ele registrara como amante simultânea do ministro da Defesa e do diretor dos Correios e Telégrafos (não era de admirar que Londres não tivesse encontrado rastro nem de Rodriguez nem de Teresa). Estava disposto a livrar-se de Rodriguez, pois qualquer um que conhecesse bem Havana acabaria, mais cedo ou mais tarde, questionando a sua existência. Mas não podia abrir mão de Teresa: era sua única espiã – a sua Mata Hari. Era pouco provável que a nova secretária visitasse o Teatro Shangai, onde a cada noite, entre números com dançarinas em pêlo, eram exibidos três filmes pornográficos.

Milly sentou-se a seu lado.

– Que fichas são essas?

– Fregueses.

– Quem era aquela moça de ontem à noite?

– Vai ser minha secretária.

– Você está ficando importante.

– Gostou dela?

– Não sei. Você não me deu chance de conversar com ela. Estava muito ocupado dançando e flertando.

– Eu não estava flertando.

– Ela quer casar com você?

– Santo Deus, não!

– E você, quer casar com ela?

– Milly, seja sensata. Só a conheci ontem à noite.

– Marie, uma menina francesa do convento, diz que todo amor verdadeiro é um *coup de foudre**.

– É sobre esse tipo de coisa que vocês conversam no convento?

– Naturalmente. É o nosso futuro, não é? Não temos um passado sobre o qual conversar, embora a irmã Agnes tenha.

– Quem é a irmã Agnes?

– Já lhe falei sobre ela. Triste e encantadora. Marie disse que, quando jovem, ela teve um *coup de foudre* infeliz.

– Ela disse isso a Marie?

– Não, claro que não. Mas Marie sabe. Ela própria teve dois *coups de foudre* infelizes. Aconteceram de uma hora para a outra, como se tivessem caído do céu.

– Sou velho o suficiente para estar a salvo disso.

– Oh, não. Havia um velho, de uns cinqüenta anos, que teve um *coup de foudre* pela mãe de Marie. Era casado, como você.

– Bem, minha secretária também é casada, de modo que está tudo certo.

– É casada de verdade, ou uma viúva encantadora?

– Não sei. Não perguntei a ela. Acha que é encantadora?

– Bastante encantadora. De certo modo.

Lopez gritou da escada:

– Está aí uma senhora. Diz que o senhor a espera.

– Diga-lhe para subir.

– Vou ficar aqui – avisou Milly.

– Beatrice, esta é Milly.

Os olhos de Beatrice, notou Wormold, eram da mesma cor da noite anterior, assim como os seus cabelos: afinal, não havia sido o efeito do champanhe e das palmeiras. Pensou: "Ela parece real".

– Bom dia – disse Milly, na voz da aia. – Espero que tenha dormido bem.

---

* Em francês no original: amor à primeira vista, amor fulminante. (N.T.)

– Tive pesadelos terríveis – respondeu Beatrice, olhando o fichário, Wormold e Milly. – Mas me diverti muito ontem à noite.

– Você esteve maravilhosa com aquele sifão – disse Milly generosamente –, senhorita...

– Sra. Severn. Mas, por favor, me chame de Beatrice.

– Oh, é casada? – perguntou Milly, com falsa curiosidade.

– *Fui* casada.

– Ele morreu?

– Não que eu saiba. Digamos que desapareceu...

– Oh.

– Isso acontece com gente desse tipo.

– De que tipo era ele?

– Milly, já está na hora de você se retirar. Não é da sua conta perguntar à sra. Severn... Beatrice...

– Na minha idade – interrompeu Milly –, a gente tem que aprender com a experiência dos outros.

– Você tem toda a razão. Suponho que era do tipo intelectual e sensível. Eu o achava muito bonito: tinha o rosto que lembrava o de um filhote de passarinho, desses que aparecem nos filmes sobre a natureza, olhando para fora do ninho, com as penas arrepiadas em torno do pomo-de-adão, um pomo-de-adão bastante grande. O problema foi que, mesmo depois de completar quarenta anos, ele ainda parecia um filhote de passarinho. As moças o adoravam. Costumava ir às conferências da UNESCO em Veneza,Viena e lugares desse tipo. O senhor tem um cofre-forte, sr. Wormold?

– Não.

– E o que aconteceu? – perguntou Milly.

– Oh, comecei a ver através dele. Falo num sentido literal, não de modo obsceno. Era muito magro, côncavo, e ficou meio que transparente. Quando olhava para ele, podia ver, por entre suas costelas, todos os delegados sentados e o orador principal erguendo-se e declarando: "A liberdade é importante para os escritores criativos". Era algo bastante esquisito para a hora do desjejum.

– E você não sabe se ele ainda está vivo?

– Estava vivo no ano passado, pois li nos jornais que tinha proferido, em Taormina, um discurso intitulado "O intelectual e a bomba de hidrogênio". Devia ter um cofre-forte, sr. Wormold.

– Por quê?

– Não pode deixar suas coisas jogadas por aí. É o que se espera de um rei mercante à moda antiga como o senhor.

– Quem foi que me chamou de rei mercante à moda antiga?

– É a impressão que eles têm em Londres. Vou sair agora mesmo e lhe arranjar um cofre-forte.

– Também vou sair – disse Milly. – Comporte-se bem, papai. Você sabe o que quero dizer.

## 2

Aquele foi de fato um dia exaustivo. Primeiro Beatrice saiu e comprou um enorme cofre-forte, cujo transporte exigiu um caminhão e seis homens. Enquanto o carregavam escada acima, quebraram os balaústres e um quadro. Lá fora, reuniu-se uma multidão, incluindo vários gazeteiros da escola ao lado, duas belas negras e um policial. Quando Wormold se queixou de que aquela movimentação toda o punha em evidência, Beatrice replicou que a maneira de alguém se pôr realmente em evidência era tentar passar despercebido.

– Aquele sifão, por exemplo – disse ela. – Todos se lembrarão de mim como a mulher que esguichou soda no policial. Ninguém mais fará perguntas sobre quem sou eu. Eles já têm a resposta.

Enquanto ainda lutavam com o cofre-forte, estacionou um táxi em frente à loja, e dele desceu um jovem descarregando a maior mala que Wormold jamais havia visto.

– Este é Rudy – disse Beatrice.

– Quem é Rudy?

– O seu assistente de contabilidade. Comentei a respeito dele ontem à noite.

– Graças a Deus – disse Wormold –, parece que há algo sobre ontem à noite que esqueci.

– Entre, Rudy, e fique à vontade.

– Não adianta nada dizer para ele entrar. Entrar onde? Não há quarto para ele.

– Pode dormir no escritório – respondeu Beatrice.

– Não há espaço suficiente para uma cama, esse cofre e a minha mesa.

– Vou lhe arranjar uma mesa menor. Como está o enjôo, Rudy? Este é o sr. Wormold, o patrão.

Rudy era muito jovem e muito pálido, e tinha os dedos amarelados pela nicotina ou pelo ácido. Ele disse:

– Vomitei duas vezes durante a noite, Beatrice. Quebraram um tubo de Röntgen.

– Isso não importa agora. Por enquanto, tratemos das preliminares. Vá comprar uma cama de armar.

– É para já – respondeu Ruddy, desaparecendo em seguida.

Uma das negras aproximou-se de Beatrice:

– Sou britânica.

– Eu também – respondeu Beatrice. – Prazer em conhecê-la.

– Você é a moça que jogou água no capitão Segura?

– Bem, mais ou menos. Na verdade, foi só um esguicho.

A negra voltou-se e, falando espanhol, explicou à multidão o que havia ocorrido. Várias pessoas aplaudiram. Desconcertado, o policial afastou-se.

– Você é muito bonita, *miss*.

– Você também é muito bonita – respondeu Beatrice. – Me dê uma mão aqui com esta mala.

Lutaram com a mala de Rudy, puxando-a e empurrando-a.

– Com licença – disse um homem, abrindo caminho entre a multidão. – Com licença, por favor.

– O que quer? – perguntou Beatrice. – Não vê que estamos ocupados? Marque uma entrevista.

– Só quero comprar um aspirador.

– Oh, um aspirador. Creio que é melhor o senhor entrar. Consegue passar por cima desta mala?

Wormold chamou Lopez.

– Encarregue-se dele. Pelo amor de Deus, tente lhe vender um aspirador de pilha atômica. Não vendemos nenhum até agora.

– Vai morar aqui? – perguntou a negra.

– Vou trabalhar aqui. Muito obrigada pela ajuda.

– Nós, britânicos, temos que ficar unidos – disse a negra.

Os homens que haviam instalado o cofre-forte desceram a escada cuspindo nas mãos e as esfregando nas calças, para mostrar quão difícil havia sido o trabalho. Wormold deu-lhes uma gorjeta. Em seguida, subiu as escadas e olhou com tristeza para o seu escritório. O maior problema era que havia espaço justamente para uma cama de armar, o que o privava de qualquer desculpa.

– Não há lugar para Rudy guardar suas roupas – ele disse.

– Rudy está acostumado com a falta de conforto. De qualquer modo, há a escrivaninha. O senhor pode esvaziar as gavetas e colocar o conteúdo no cofre-forte, para que Rudy guarde suas coisas nelas.

– Nunca usei um cofre com segredo.

– É muito simples. O senhor escolhe três conjuntos de números que possa memorizar. Qual é o número desta casa?

– Não sei.

– Bem, o número de seu telefone.... Não, isso não é seguro. É o tipo de coisa que um ladrão poderia tentar. Qual a data de seu nascimento?

– 1914.

– E de seu aniversário?

– Seis de dezembro.

– Bem, então vamos usar a combinação 19-6-14.

– Não vou me lembrar dela.

– Oh, sim, é claro que vai. Não é possível que esqueça o próprio aniversário. Agora, observe-me. Vire o botão no sentido anti-horário quatro vezes; depois, para a frente, até o 19; depois, no sentido horário, três vezes, até o 6; duas vezes no sentido anti-horário, até o 14; por fim, dê uma volta completa no botão e o cofre estará fechado. Para abri-lo, basta seguir o mesmo procedimento: 19-6-14 e, pronto!, estará aberto.

Dentro do cofre havia um rato morto.

– É usado! – protestou Beatrice. – Deviam ter me dado um desconto.

Começou a abrir a mala de Rudy, tirando pedaços e peças de um aparelho de rádio, baterias, câmeras e tubos misteriosos enrolados nas meias do jovem.

– Com os diabos, como foi que conseguiram passar toda essa tralha pela alfândega?

– Não passamos. O 59200-4-5 nos trouxe tudo de Kingston.

– Quem é ele?

– Um contrabandista crioulo. Faz contrabando de cocaína, ópio e maconha. Claro que tem o consentimento de toda a alfândega. Desta vez, pensaram que se tratava de sua carga habitual.

– Seria necessário muita droga para encher essa mala.

– Sim. Tivemos que pagar bastante por ela.

Arrumou tudo rápida e caprichosamente, depois de transferir o conteúdo das gavetas para o cofre-forte.

– As camisas de Rudy vão ficar um pouco amassadas, mas não se preocupe – ela disse.

– Não estou preocupado – respondeu Wormold.

– O que é isto? – indagou, apanhando as fichas que Wormold estivera examinando.

– Meus agentes.

– Quer dizer então que as deixa aí, jogadas sobre sua mesa?

– Oh, eu as guardo à noite.

– O senhor não tem muita noção de segurança, não é mesmo? – observou, enquanto verificava uma ficha. – Quem é Teresa?

– Ela dança nua.

– Totalmente nua?

– Sim.

– Que interessante para o senhor. Londres quer que eu estabeleça contato com os seus agentes. Terá que me apresentar a Teresa numa ocasião em que ela esteja vestida.

– Não creio que ela trabalharia para uma mulher. Você sabe como são essas garotas.

– Não sei, não. Mas o senhor sabe. Ah, o engenheiro Cifuentes! Londres está muito entusiasmada com ele. Não vá me dizer que ele se importaria de trabalhar para uma mulher...

– Ele não fala inglês.

– Talvez eu pudesse aprender espanhol. Não seria um mau disfarce, tomar lições de espanhol. É tão atraente quanto Teresa?

– Tem uma esposa bastante ciumenta.

– Oh, acho que posso lidar com ela.

– É um absurdo, naturalmente, pela idade dele.

– Que idade ele tem?

– Sessenta e cinco. Além do mais, com aquela pança, nenhuma outra mulher o olharia. Mas, se quiser, posso falar com ele sobre as lições de espanhol.

– Não há pressa. Vamos esquecê-lo por enquanto. Eu poderia começar com este outro, o professor Sanchez. Acostumei-me com os intelectuais, pela convivência com o meu marido.

– Ele também não fala inglês.

– Espero que fale francês. Minha mãe era francesa. Sou bilíngüe.

– Não sei se fala ou não. Vou verificar.

– Sabe, o senhor não devia ter todos esses nomes escritos assim, *en clair**, nas fichas. Suponhamos que o capitão Segura o investigasse. Detestaria pensar na pança do engenheiro Cifuentes sendo esfolada para virar cigarreira. Basta o senhor colocar, sob o número de identificação dos agentes, alguns detalhes que o ajudem a recordá-los: por exemplo, 59200-5-3, esposa ciumenta e pança. Escreverei isso para o senhor e queimarei as fichas antigas. Com os diabos! Onde é que estão aquelas folhas de celulóide?

– Folhas de celulóide?

– Para ajudar a queimar os papéis com rapidez. Oh, espero que Rudy as tenha guardado entre suas camisas.

– Quantas bugigangas vocês carregam!

– Agora, temos que preparar a câmara escura.

– Não tenho câmara escura.

– Ninguém mais tem hoje em dia. Vim preparada. Cortinas escuras e um globo vermelho. E um microscópio, claro.

– Para que queremos um microscópio?

– Microfotografia. Se houver algo realmente urgente, que não possamos colocar num telegrama, Londres exige que nos comuniquemos diretamente, para poupar todo o tempo que perderíamos via Kingston. Podemos enviar uma micro-

* Em francês no original: claro, explícito. (N.T.)

fotografia numa carta comum. A gente a cola no texto à guisa de ponto final, e eles mergulham a carta na água até o ponto se descolar. Imagino que eventualmente o senhor escreva cartas para Londres. Cartas comerciais, talvez?

– Essas eu mando para Nova York.

– E quanto a seus amigos e parentes?

– Perdi o contato com eles nos últimos dez anos. Exceto com minha irmã. Envio a ela cartões de Natal, naturalmente.

– Talvez não possamos esperar até o Natal.

– Às vezes, mando selos para meu sobrinho pequeno.

– Perfeito! Poderíamos colocar uma microfotografia no verso de um dos selos.

Rudy subiu a escada a passos pesados, carregando a sua cama de armar, e a moldura do quadro foi definitivamente quebrada. Beatrice e Wormold retiraram-se para o quarto ao lado, para dar-lhe espaço, e sentaram-se na cama. Ouviram-se ruídos, batidas e algo que se despedaçava.

– Rudy não leva muito jeito com as mãos – comentou Beatrice, passeando os olhos pelo quarto. – Nem uma única fotografia. O senhor não tem uma vida privada?

– Não creio que tenha muita. Exceto no que diz respeito a Milly e ao dr. Hasselbacher.

– Londres não gosta do dr. Hasselbacher.

– Londres pode ir para o inferno! – replicou Wormold.

De repente, quis descrever-lhe as ruínas do apartamento do dr. Hasselbacher e a destruição de seus vãos experimentos.

– É gente como vocês, de Londres... Desculpe-me. A senhora é um deles.

– O senhor também.

– Sim, claro. Eu também.

Rudy gritou do outro quarto:

– Já aprontei a cama.

– Gostaria que a senhora não fosse um deles – disse Wormold.

– É uma maneira de ganhar a vida – ela respondeu.

– Não é uma vida real. Toda essa espionagem... Espionar o quê? Agentes secretos descobrindo o que todo mundo já sabe...

– Ou apenas inventando histórias...

Wormold deteve-se, sobressaltado, e ela prosseguiu sem nenhuma alteração de voz:

– Há muitos outros trabalhos que também não são reais. Desenhar uma nova saboneteira de plástico, fazer pirogravuras para *pubs*, escrever *slogans* publicitários, ser membro do Parlamento, discursar nas conferências da UNESCO. Mas o dinheiro é real. O que acontece depois do trabalho é real. Quero dizer, sua filha é real e seu aniversário de dezessete anos é real.

– Que é que você faz depois do trabalho?

– Agora, nada de mais, mas quando estava apaixonada... íamos ao cinema, tomávamos café nos bares e, nas noites de verão, sentávamo-nos no Hyde Park.

– E o que aconteceu?

– É preciso duas pessoas para que algo continue sendo real. Ele estava o tempo todo representando um personagem. Pensava ser o grande amante. Às vezes, cheguei a desejar que ele ficasse impotente por um tempo, só para que perdesse um pouco de sua autoconfiança. Não se pode amar e ser tão confiante como ele era. Quando a gente ama, tem medo de perder nosso amor, não é verdade? Oh, mas por que diabos estou lhe contando tudo isso? Vamos fazer microfotografias e cifrar alguns telegramas. – Olhou através da porta: – Rudy está deitado na cama. Acho que voltou a ficar enjoado. Como é que alguém pode ficar tanto tempo nesse estado? Não há aqui algum quarto que não tenha cama? As camas sempre fazem a gente falar. – Abriu uma outra porta: – Mesa posta para o almoço. Frios e salada. Dois lugares. Quem organiza tudo isso? Uma fadinha?

– Uma mulher trabalha aqui todas as manhãs, durante duas horas.

– E aquele quarto do outro lado?

– É o quarto de Milly. Também tem uma cama.

## Capítulo 3

### 1

A situação, por qualquer ângulo que ele a observasse, era pouco confortável. Wormold já se habituara a sacar dinheiro para despesas ocasionais do engenheiro Cifuentes e do professor, além de salários mensais para si próprio, para o capitão do *Juan Belmonte* e para Teresa, a bailarina nua. O piloto bêbado normalmente era pago em uísque. Já o dinheiro que acumulava, Wormold o depositava em sua poupança: algum dia, serviria para o dote de Milly. Naturalmente, para justificar tais pagamentos, ele tinha de compor uma série regular de relatórios. Com o auxílio de um grande mapa, do número semanal do *Time*, que dedicava generoso espaço a Cuba em sua seção "Hemisfério Ocidental", de várias publicações de economia editadas pelo governo e, acima de tudo, com o auxílio de sua própria imaginação, conseguira despachar pelo menos um informe por semana e, até a chegada de Beatrice, reservava suas noites de sábado para o cumprimento dessas atividades. O professor era a autoridade nas questões econômicas, e o engenheiro Cifuentes lidava com as misteriosas construções nas montanhas da província de Oriente (seus relatórios eram, às vezes, confirmados e, outras vezes, contestados pelo piloto da companhia aérea Cubana – contradição que lhes conferia um sabor de autenticidade). O capitão do *Juan Belmonte* fornecia descrições das condições de trabalho em Santiago, Matanzas e Cienfuegos, bem como sobre um crescente descontentamento na Marinha. Quanto à bailarina nua, fornecia detalhes picantes da vida privada e das excentricidades sexuais do ministro da Defesa e do diretor dos Correios e Telégrafos. Seus informes em muito se assemelhavam aos artigos sobre as estrelas de cinema publicados na revista *Confidential*, pois a imaginação de Wormold, nessa área, não era muito rica.

Agora que Beatrice lá estava, Wormold tinha muito mais motivos de preocupação do que seus exercícios das noites de sábado. Não se tratava apenas do treinamento básico em microfotografia que Beatrice insistia em lhe dar, mas também dos telegramas que ele tinha de elaborar para que Rudy se sentisse feliz, sendo que quanto mais telegramas enviava, mais respostas recebia. Agora, todas as semanas, Londres o aborrecia com solicitações de fotografias das instalações em Oriente e, a cada semana, Beatrice se mostrava mais impaciente por entrar em contato com seus agentes. Era contra todas as normas, ela dizia, que o chefe de um posto se comunicasse pessoalmente com suas fontes. Certa vez, ele a levou para jantar no Country Club e, para seu azar, o engenheiro Cifuentes foi chamado pelos alto-falantes do clube. Um homem extremamente alto, delgado e estrábico levantou-se de uma mesa ao lado.

– É esse o engenheiro Cifuentes? – indagou Beatrice, num tom mordaz.

– É.

– Mas você me disse que ele tinha 65 anos.

– É que ele não aparenta a idade que tem.

– E também disse que tinha uma pança...

– Pança, não: *ponch*. Significa estrabismo no dialeto local.

Escapara por pouco.

Depois disso, Beatrice começou a se interessar por um personagem mais romântico da imaginação de Wormold: o piloto da companhia aérea Cubana. Trabalhava com entusiasmo, a fim de tornar a ficha dele o mais completa possível; para tanto, queria saber os detalhes mais íntimos de sua vida. Raul Dominguez era certamente uma figura patética. Perdera a mulher em um massacre, durante a guerra civil espanhola, e se desiludira com ambos os lados, sobretudo com os seus amigos comunistas. Quanto mais Beatrice lhe perguntava a respeito de Raul, mais o personagem se desenvolvia e mais ela ficava ansiosa por conhecê-lo. Por vezes, sentindo uma ponta de ciúmes do piloto, Wormold procurava escurecer o quadro que pintara:

– Ele bebe uma garrafa de uísque por dia.

– É a maneira que ele encontrou para fugir da solidão e das recordações – respondeu Beatrice. – O *senhor* nunca procura uma fuga?

– Creio que todos nós procuramos, às vezes.

– Conheço bem esse tipo de solidão – ela disse, com simpatia. – Ele bebe o dia todo?

– Não. O seu pior momento é às duas da madrugada. Ao despertar nessa hora, os pensamentos não o deixam dormir... Então ele bebe.

Espantava Wormold a rapidez com que podia responder a quaisquer perguntas a respeito de seus personagens: pareciam viver no limiar de sua consciência – bastava acender uma luz e lá estavam eles, congelados em alguma ação característica. Logo depois da chegada de Beatrice, Raul fez aniversário, e ela sugeriu que deviam presentear-lhe com uma caixa de champanhe.

– Nem vai tocar nela – disse Wormold, sem saber por quê. – Sofre de acidez. Quando toma champanhe, logo aparecem manchas em sua pele. Já o professor não bebe outra coisa.

– Um gosto caro.

– Gosto depravado! – replicou Wormold, sem pensar. – Prefere champanhe espanhol.

Às vezes, assustava-o o modo como aquela gente crescia no escuro, sem o seu conhecimento. O que Teresa estaria fazendo lá embaixo, longe de seus olhos? Não queria nem pensar nisso. A descarada descrição da vida que levava com os seus dois amantes às vezes o chocava. Mas o problema imediato era Raul. Havia momentos em que ele pensava que tudo talvez lhe tivesse sido mais fácil se houvesse recrutado agentes de verdade.

Wormold sempre raciocinava melhor durante o banho. Certa amanhã, quando entregue a um intenso esforço de concentração, percebeu o ruído indignado que vinha do lado de fora do banheiro: um punho que golpeava a porta diversas vezes e o estrondo de passos na escada; mas um momento de criatividade lhe ocorrera, e ele não dera atenção ao mundo exterior ao vapor em que estava imerso. Raul fora demitido da companhia aérea Cubana por embriaguez. Estava desesperado, sem trabalho. Sucedera uma desagradável entrevista entre ele e o capitão Segura, que o ameaçara de...

– Está se sentindo bem? – gritou Beatrice do lado de fora. – Está morrendo? Devo arrombar a porta?

Wormold enrolou uma toalha em volta da cintura e saiu para o seu quarto, que agora era também escritório.

– Milly saiu furiosa – disse Beatrice. – Não pôde tomar o seu banho.

– Aí está um desses momentos – respondeu Wormold – que poderiam mudar o curso da história... Onde está Rudy?

– Bem sabe que lhe deu folga no fim de semana.

– Não importa. Vamos ter que mandar o telegrama pelo consulado. Pegue o livro de código.

– Está no cofre. Qual é a combinação? Seu aniversário, não é? Seis de dezembro?

– Eu mudei.

– O seu aniversário?

– Não, não... a combinação, é claro. – E acrescentou, sentenciosamente: – Quanto menos gente conhecê-la, tanto melhor para todos nós. Rudy e eu somos suficientes. Você sabe, é a disciplina que conta.

Foi até o quarto de Rudy e começou a girar o botão do cofre: quatro vezes para a esquerda, três vezes – pensativamente – para a direita. A toalha escorregava constantemente de sua cintura.

– Além do mais, qualquer um pode descobrir a data de meu nascimento em minha carteira de identidade. Deveras inseguro! O tipo de número que testariam imediatamente.

– Continue – disse Beatrice. – Mais uma volta.

– Este número aqui ninguém poderia descobrir. Absolutamente seguro.

– Que é que está esperando?

– Devo ter cometido algum engano. Terei que começar novamente.

– Essa realmente parece ser uma combinação segura...

– Por favor, não olhe. Fico nervoso.

Beatrice virou-se de frente para a parede.

– Diga quando posso me virar de novo.

– É muito esquisito! Esta maldita coisa deve ter quebrado. Telefone para Rudy.

– Não posso. Não sei onde ele está hospedado. Foi à praia de Varadero.

– Inferno!

– Talvez se me dissesse como fazia para lembrar o número, se é que se pode chamar isso de lembrar...

– Era o número do telefone da minha tia-avó.

– E onde é que ela mora?

– 95 Woodstock Road, Oxford.

– Por que sua tia-avó?

– Por que não minha tia-avó?

– Creio que poderíamos consultar a companhia telefônica de Oxford.

– Duvido que pudessem nos ajudar.

– Qual é o nome dela?

– Esqueci também.

– A combinação é segura mesmo, hein?

– Costumávamos chamá-la de tia-avó Kate. Seja como for, já faz quinze anos que ela morreu, e o número provavelmente deve ter mudado.

– Não compreendo por que foi escolher logo esse número.

– E por acaso não há certos números que ficam a vida inteira gravados na nossa cabeça, sem que a gente saiba por quê?

– Este não parece ter ficado muito bem gravado...

– Daqui a pouco já me lembro dele. É algo como 7, 7, 5, 3, 9.

– Oh, meu Deus! Tinham que ter cinco números em Oxford!

– Poderíamos tentar todas as combinações de 77539.

– Tem idéia de quantas delas existem? Algo em torno de seiscentas, imagino. Espero que o telegrama não seja urgente.

– Tenho certeza de todos os números, menos do 7.

– Ótimo! Qual dos 7? Imagino que agora vamos ter que testar umas seis mil combinações. E não sou nenhuma matemática...

– Rudy deve ter anotado o número em algum lugar.

– Provavelmente em algum papel à prova d'água, para que possa levá-lo junto consigo para o banho. Somos um escritório realmente eficiente!

– Talvez fosse melhor usar o velho código.

– Não é muito seguro. No entanto...

Encontraram, enfim, o Charles Lamb junto à cama de Milly: uma página dobrada indicava que ela estava na metade de *Os dois cavalheiros de Verona*.

– Prepare o seguinte telegrama – disse Wormold –: tanto de março de tanto.

– Não sabe nem o dia do mês?

– "Depois de 59200-5 começa parágrafo A 59200-5-4 despedido por embriaguez em serviço ponto teme deportação para Espanha onde vida corre perigo ponto."

– Pobre Raul.

– "Começa parágrafo B 59200-5-4..."

– Eu não poderia dizer simplesmente "ele"?

– Tudo bem. Ele. "Ele poderia dispor-se sob tais circunstâncias e por bonificação razoável com refúgio assegurado a pilotar avião particular sobre construções secretas para obter fotografias ponto começa parágrafo C ele teria de voar de Santiago e pousar em Kingston se 59200 puder tomar providências para recepção ponto."

– Enfim, estamos realmente fazendo alguma coisa, não? – disse Beatrice.

– "Começa parágrafo D ponto solicito autorização quinhentos dólares para aluguel de avião de 59200-5-4 ponto mais duzentos dólares talvez necessários para subornar pessoal aeroporto Havana ponto começa parágrafo E bonificação para 59200-5-4 seria generoso devido considerável risco de interceptação por aviões de patrulhamento sobre montanhas Oriente ponto sugiro mil dólares ponto."

– Que bela soma de dinheiro! – disse Beatrice.

– "Termina a mensagem." Vamos lá! Que é que está esperando?

– Estou apenas tentando encontrar uma frase adequada. Não gosto muito dos *Contos* de Lamb. E você?

– Mil e setecentos dólares – disse Wormold, pensativo.

– Devia ter pedido dois mil dólares. A.O. gosta de números redondos.

– Não quero parecer extravagante – respondeu Wormold. – Mil e setecentos dólares seguramente cobririam um ano de escola para moças na Suíça.

– Parece satisfeito consigo mesmo – comentou Beatrice. – Não lhe ocorreu que pode estar mandando um homem para a morte?

"É exatamente o que planejo fazer", ele pensou.

– Diga ao pessoal do consulado que o telegrama deve ter prioridade máxima.

– É um telegrama longo. Acha que esta frase servirá? "Apresentou Polidoro e Cadwal ao rei, dizendo-lhe que eram seus dois filhos perdidos, Guidério e Arvirago." Há vezes em que Shakespeare é um bocado maçante, não acha?

## 2

Uma semana depois, levou Beatrice para jantar num restaurante de pescados e frutos do mar situado nas cercanias do porto. Sua autorização chegara, ainda que reduzida para duzentos dólares: A.O., afinal, conseguira arredondar a cifra. Wormold pensava em Raul, que àquela hora estaria se dirigindo ao aeroporto, para embarcar em seu perigoso vôo. A história ainda não estava completa. Como na vida real, poderiam ocorrer acidentes: outro personagem poderia assumir o controle. Talvez Raul fosse interceptado antes de embarcar; talvez fosse detido por um carro da polícia no meio do caminho. Poderia desaparecer nas câmaras de tortura do capitão Segura. Nenhuma referência apareceria nos jornais. Wormold avisaria Londres de que partiria por via aérea, caso Raul fosse forçado a falar. O aparelho radiotelegráfico seria desmontado e escondido depois de enviada a última mensagem, as folhas de celulóide estariam prontas para a conflagração final... Ou talvez Raul decolasse em segurança, e eles jamais viessem a descobrir exatamente o que lhe acontecera sobre as montanhas de Oriente. Só uma coisa na história era certa: Raul jamais chegaria à Jamaica e não haveria quaisquer fotografias.

– Em que está pensando? – perguntou Beatrice, ao perceber que ele não havia tocado em sua lagosta recheada.

– Estava pensando em Raul.

O vento soprava do Atlântico. O Castillo Del Morro, do outro lado do porto, afigurava-se como um navio que estivesse refém de uma tormenta.

– Nervoso?

– Claro que estou nervoso.

Se Raul tivesse decolado à meia-noite, teria de reabastecer um pouco antes do amanhecer, em Santiago, onde o pessoal da terra era amigável, visto que, na província de Oriente, todos, no fundo, eram rebeldes. Assim, quando houvesse luz suficiente para tirar fotografias e fosse ainda demasiado cedo para que os aviões de patrulhamento inspecionassem o território, começaria o reconhecimento das montanhas e das florestas.

– Ele não esteve bebendo?

– Prometeu que não beberia. Mas nunca se sabe.

– Pobre Raul.

– Pobre Raul.

– Ele nunca se divertiu muito, não é mesmo? Devia tê-lo apresentado a Teresa.

Olhou-a com rispidez, mas ela parecia profundamente ocupada com sua lagosta.

– Não teria sido uma medida muito segura, não acha?

– Oh, que se dane a segurança! – replicou ela.

Depois do jantar, caminharam de volta pela avenida do Maceo. Havia pouca gente e pouco trânsito na noite úmida e ventosa. As vagas vinham do Atlântico e chocavam-se contra o quebra-mar. A espuma cobria a estrada, ao longo de suas quatro pistas, e açoitava como chuva os pilares esburacados pelos quais eles passavam. As nuvens moviam-se rápidas do leste, e ele sentiu que fazia parte da lenta erosão de Havana. Quinze anos era muito tempo.

– Uma daquelas luzes, lá em cima, pode ser ele. Imagino a solidão que deve estar sentindo...

– Fala como se fosse um novelista.

Ele se deteve junto a um pilar e a encarou com angústia e receio.

– Que quer dizer?

– Oh, nada em particular. Às vezes penso que trata seus agentes como personagens de ficção. Há um homem real lá em cima, não há?

– Não é uma coisa muito agradável isso que você diz a meu respeito.

– Oh, esqueça. Fale-me sobre alguma pessoa por quem realmente se interesse. Sua esposa. Fale-me sobre ela.

– Era bonita.

– Sente falta dela?

– É claro. Quando penso nela.

– Não sinto falta de Peter.

– Peter?

– Meu marido. O homem da UNESCO.

– É uma mulher de sorte, então. Está livre. – Consultou o relógio e olhou para o céu. – A esta altura, ele já deve estar sobrevoando Matanzas. A menos que tenha se atrasado.

– Mandou que fizesse esse trajeto?

– Oh, é ele, naturalmente, quem escolhe a sua própria rota.

– E o seu próprio fim?

Algo na voz de Beatrice – uma espécie de inimizade – tornou a sobressaltá-lo. Era possível que já começasse a suspeitar dele? Seguiu caminhando rapidamente. Passaram pelo Carmen Bar e pelo Cha Cha Club – anúncios brilhantes pintados nas velhas persianas da fachada setecentista. Rostos adoráveis olhavam dos interiores escuros, olhos castanhos, cabelos negros, espanholas e morenas: belas nádegas apoiavam-se contra os balcões dos bares, à espera de qualquer vida que viesse da rua úmida do mar. Viver em Havana era como viver numa fábrica que confeccionasse beleza em sua esteira de produção. Ele parou debaixo de uma luminária e olhou diretamente para os olhos que o fitavam. Queria honestidade.

– Aonde vamos?

– Não sabe? Não está tudo planejado, como o vôo de Raul?

– Estava apenas passeando.

– Não quer sentar-se junto ao rádio? Rudy está trabalhando.

– Não teremos nenhuma notícia antes do amanhecer.

– Quer dizer então que não planejou uma mensagem tardia... o desastre em Santiago?

Os lábios dele estavam secos de sal e apreensão. Parecia-lhe que Beatrice adivinhara todo o blefe. E agora, será que o denunciaria a Hawthorne? Qual seria o próximo passo "deles"? Não podiam fazer nada do ponto de vista legal, mas Wormold supunha que talvez o impedissem para sempre de retornar à Inglaterra. Pensou: ela regressará no primeiro avião, a vida seguirá a mesma de antes e, claro, era melhor que fosse assim: sua vida pertencia a Milly.

– Não compreendo o que quer dizer – disse ele.

Uma grande onda rebentara contra o quebra-mar da avenida e agora se erguia como uma árvore de Natal coberta de geada plástica. Depois, perdeu-se de vista, e uma outra árvore ergueu-se para além da estrada, em direção ao Nacional.

– Esteve estranha a noite toda – ele comentou. Não havia motivo para protelar as coisas; se o jogo estava chegando ao fim, era melhor terminá-lo logo. Prosseguiu: – O que está insinuando?

– Quer dizer então que não haverá um desastre no aeroporto... ou no caminho?

– Como espera que eu saiba?

– Comportou-se a noite toda como se soubesse. Nenhuma vez se referiu a Raul como uma pessoa viva. Passou o tempo inteiro a compor seu elogio fúnebre como um mau novelista procurando criar um efeito dramático.

O vento fez com que seus corpos colidissem.

– Nunca se cansa de fazer os outros correrem perigo? E para quê? Para uma brincadeira do tipo *Boys' Own Paper**?

– Você faz parte da brincadeira.

– Não acredito nela como Hawthorne – respondeu, enfurecida. – Preferiria ser uma trapaceira a agir como uma simplória ou uma adolescente. Não ganha o suficiente com os aspiradores para ficar longe de tudo isso?

– Não. Tenho Milly para me preocupar.

– E se Hawthorne não tivesse entrado em sua vida?

– Talvez eu tivesse me casado de novo, por dinheiro – gracejou, sentindo-se infeliz.

– Voltaria um dia a se casar?

Parecia determinada a falar sério.

– Bem – ele respondeu –, não sei. Milly não veria nisso um casamento, e não se pode escandalizar a própria filha. Vamos para casa ouvir o rádio?

– Mas não está esperando uma mensagem, não é verdade? Foi o que você mesmo disse.

– Não pelas próximas três horas – respondeu evasivamente. – Mas espero que ele envie uma mensagem antes de pousar.

O estranho da coisa toda era que ele próprio começava a sentir-se tenso: estava quase desejando que o céu ventoso lhe trouxesse alguma mensagem.

– Você me garante que não preparou... nada?

---

* Periódico britânico destinado ao público infanto-juvenil, publicado de 1879 a 1967. Continha jogos de enigma, histórias de aventuras e competições narrativas. Entre os seus principais colaboradores estavam Arthur Conan Doyle e Júlio Verne. (N.T.)

Evitou responder, voltando-se para o palácio presidencial, com suas janelas escuras, onde o presidente jamais tornara a dormir desde o último atentado à sua vida; ali, caminhando pela calçada, com a cabeça inclinada para baixo a fim de evitar os respingos das ondas, vinha o dr. Hasselbacher. Provavelmente estava a caminho de casa, vindo do Wonder Bar.

– Dr. Hasselbacher! – chamou-o.

O velho ergueu a cabeça. Por um momento, Wormold pensou que ele lhe viraria as costas sem proferir uma única palavra.

– Que é que há, Hasselbacher?

– Oh, é o senhor, sr. Wormold. Estava justamente pensando no senhor. Por falar em diabo... – gracejou.

Mas Wormold podia jurar que o diabo o havia assustado.

– Está lembrado da sra. Severn, minha secretária?

– Sim, da festa de aniversário... e do sifão. O que faz aqui a esta hora da noite, sr. Wormold?

– Saímos para jantar... dar um passeio... e você?

– O mesmo.

Do vasto céu agitado desceu o som espasmódico de um motor: ganhou força, esmoreceu e, por fim, extinguiu-se entre os ruídos do vento e do mar.

– O avião vindo de Santiago – comentou o dr. Hasselbacher. – Mas está muito atrasado. O tempo deve estar ruim na província de Oriente.

– Está esperando alguém? – perguntou Wormold.

– Não, não. Ninguém. O senhor e a sra. Severn se importariam se eu os convidasse a tomar um drinque em meu apartamento?

A violência viera e se fora. Os quadros estavam de novo em seus lugares, e as cadeiras tubulares viam-se dispostas aqui e ali, como convidados canhestros. O apartamento achava-se reconstituído qual um homem aprontado para o próprio sepultamento. O dr. Hasselbacher serviu os uísques.

– É bom que o sr. Wormold tenha uma secretária – disse ele. – Há pouco tempo andava preocupado, lembro-me bem. Os negócios não iam às mil maravilhas. O novo aspirador...

– As coisas mudam sem que a gente saiba por quê.

Notou, pela primeira vez, a fotografia de um dr. Hasselbacher jovem, metido num antiquado uniforme de oficial da Primeira Guerra Mundial; talvez aquela tivesse sido uma das fotografias que os invasores haviam arrancado da parede.

– Nunca soube que tinha estado no exército, Hasselbacher.

– Ainda não havia concluído minha formação médica, sr. Wormold, quando eclodiu a guerra. Pareceu-me então que aquilo tudo era um negócio um tanto tolo... curar homens para logo serem mortos. A gente queria curar as pessoas para que elas pudessem viver mais.

– Quando deixou a Alemanha, dr. Hasselbacher? – indagou Beatrice.

– Em 1934. De modo que posso me declarar inocente, minha jovem, daquilo que deve estar se perguntando.

– Não quis dizer isso.

– Deve me perdoar, então. Pergunte ao sr. Wormold: houve um tempo em que eu não era tão desconfiado. Que tal ouvirmos um pouco de música?

Colocou um disco de *Tristão*. Wormold pensou na esposa: ela era ainda menos real que Raul. Nada tinha a ver com o amor e a morte; tudo o que lhe dizia respeito eram o *Woman's Home Journal*, um anel de noivado de brilhantes e seus sedativos. Olhou para Beatrice, sentada do outro lado da sala, e lhe pareceu que também ela pertencia ao mesmo mundo da bebida fatal, da desesperançada viagem desde a Irlanda, da rendição na floresta. De repente, o dr. Hasselbacher levantou-se e puxou o fio da vitrola, desconectando-o da tomada.

– Perdoem-me. Estou esperando uma ligação. A música está muito alta.

– Algum paciente?

– Não exatamente.

Serviu mais uísque.

– Já retomou seus experimentos, Hasselbacher?

– Não – respondeu, olhando, aturdido, em volta. – Lamento. Não há mais soda.

– Gosto do uísque puro – respondeu Beatrice, dirigindose à estante de livros. – Não lê outra coisa que não livros de medicina, dr. Hasselbacher?

– Muito pouco. Heine, Goethe. Tudo em alemão. Lê em alemão, sra. Severn?

– Não. Mas o senhor tem alguns livros em inglês.

– Ganhei-os de um paciente, a título de honorários. Receio não tê-los lido. Aqui está o seu uísque, sra. Severn.

Ela se afastou da estante e apanhou o uísque.

– É a sua casa, dr. Hasselbacher? – perguntou, olhando uma litografia vitoriana colorida, pendurada ao lado do retrato do jovem capitão Hasselbacher.

– Nasci lá. Sim. É uma cidadezinha muito pequena... Uma e outra muralha antiga, um castelo em ruínas...

– Estive lá – disse Beatrice –, antes da guerra. Meu pai nos levou. Fica perto de Leipzig, não?

– Sim, sra. Severn – respondeu o dr. Hasselbacher, olhando-a desconsolado. – Fica perto de Leipzig.

– Espero que os russos a tenham deixado como era.

No vestíbulo, o telefone começou a tocar. Hesitou um instante.

– Com licença, sra. Severn.

Dirigiu-se ao vestíbulo, fechando a porta atrás de si.

– Oriente, Ocidente... não há lugar como o próprio lar – sussurrou Beatrice, de si para si.

– Imagino que queira informar Londres a respeito disso, não? O caso é que conheço Hasselbacher há quinze anos, e ele vive aqui há mais de vinte. É um bom velho, o melhor amigo que se pode...

A porta abriu-se e o dr. Hasselbacher retornou.

– Desculpem-me. É que não me sinto muito bem. Talvez possam vir ouvir música uma outra noite.

Sentou-se pesadamente, apanhou o uísque, mas logo o depôs sobre a mesa. Gotas de suor pingavam-lhe da testa, mas, de qualquer forma, a noite estava úmida.

– Más notícias? – indagou Wormold.

– Sim.

– Há algo que eu possa fazer?

– O senhor? – exclamou o dr. Hasselbacher. – Não. Não há nada que o *senhor* possa fazer. Tampouco a sra. Severn.

– Algum paciente?

O dr. Hasselbacher meneou a cabeça negativamente. Apanhou um lenço e enxugou a testa.

– E quem não é paciente?

– É melhor irmos embora.

– Sim, vão. É como eu disse: a gente devia curar as pessoas para que elas pudessem viver mais.

– Não compreendo.

– Será que jamais existiu isso que chamam de paz? – perguntou o dr. Hasselbacher. – Desculpem-me. Supõe-se que um médico deva estar acostumado com a morte. Mas não sou um bom médico.

– Quem foi que morreu?

– Houve um acidente – respondeu o dr. Hasselbacher. – Apenas um acidente. Claro que um acidente. Um carro espatifou-se a caminho do aeroporto. Um jovem... – e, furioso, protestou: – Há sempre acidentes, acidentes em toda parte, não é verdade? E este deve ter sido um acidente, com toda a certeza. O infeliz gostava de um copo.

– Por acaso não se chamava Raul?

– Sim – respondeu o dr. Hasselbacher. – Era esse o seu nome.

# Quarta parte

## Capítulo 1

### 1

Wormold abriu a porta. A lâmpada da rua iluminava vagamente os aspiradores da loja, que se revelavam em torno como túmulos. Dirigiu-se à escada.

– Pare, pare! – sussurrou Beatrice. – Acho que ouvi alguma coisa...

– O que foi?

Eram as primeiras palavras que pronunciavam desde que haviam fechado a porta do apartamento do dr. Hasselbacher.

Ela estendeu a mão e agarrou uma peça metálica que encontrara sobre o balcão; segurou-a como se fosse um porrete e disse:

– Estou com medo.

"Seu medo não é nem a metade do meu", pensou ele. Será possível que com a pena se possa dar vida a seres de carne e osso? Que tipo de vida? Teria Shakespeare ouvido a notícia da morte de Duncan enquanto bebia numa taberna, ou escutado batidas à porta do seu quarto depois de ter terminado de escrever *Macbeth*? Parado no meio da loja, cantarolou uma canção para manter a coragem.

*Dizem que a Terra é redonda:*
*minha loucura ofendem.*

– Silêncio! – disse Beatrice. – Tem alguém lá em cima.

Wormold pensava estar com medo apenas de seus personagens imaginários, e não de uma entidade viva que pudesse fazer ranger uma tábua de assoalho. Correu escada acima e estacou diante de uma sombra. Sentiu-se tentado a desafiar suas criações todas ao mesmo tempo – Teresa, o capitão do *Juan Belmonte*, o professor, o engenheiro – e dar cabo delas.

– Isto são horas, papai? – soou a voz de Milly.

Era apenas a jovem que estava de pé no corredor, entre o banheiro e o seu quarto.

– Saímos para dar um passeio.

– Você a trouxe de volta? – perguntou Milly. – Por quê?

Beatrice subiu cautelosamente a escada, resguardando-se com seu porrete improvisado.

– Rudy está acordado?

– Acho que não.

– Caso ele tivesse recebido alguma mensagem, estaria de prontidão, à sua espera – disse Beatrice.

Se seus personagens estavam bastante vivos para morrer, eram sem dúvida bastante reais para enviar mensagens. Abriu a porta do escritório. Rudy moveu-se.

– Alguma mensagem, Rudy?

– Não.

– Vocês perderam o alvoroço todo – disse Milly.

– Que alvoroço?

– A polícia andou por toda parte. Devem ter ouvido as sirenes. Pensei que fosse uma revolução, então liguei para o capitão Segura.

– Sim?

– Alguém tentou assassinar um sujeito que saía do Ministério do Interior. Deve ter pensado que era o ministro... só que não era. Atirou da janela de um automóvel e fugiu.

– Quem era?

– Ainda não o pegaram.

– Refiro-me ao.... ao sujeito alvejado.

– Ninguém importante. Mas era parecido com o ministro. Onde jantaram?

– No Victoria.

– Comeram lagosta recheada?

– Comemos.

– Fico feliz que você não se pareça com o presidente. O capitão Segura me disse que o pobre dr. Cifuentes estava tão apavorado que molhou as calças e depois foi ao Country Club encher a cara.

– Dr. Cifuentes? – perguntou Beatrice.

– Você o conhece... o engenheiro.

– Atiraram nele?

– Já disse que foi por engano.

– Vamos nos sentar – disse Beatrice, falando por ambos.

– A sala de jantar...

– Não quero uma cadeira dura. Quero algo macio. Talvez me dê vontade de chorar.

– Bem, se não se importar com o meu quarto... – disse, vacilante, olhando para Milly.

– Conhece o dr. Cifuentes? – perguntou Milly, com simpatia.

– Não. Só sei que ele tem *ponch*.

– O que é *ponch*?

– Seu pai disse que significa estrabismo no dialeto local.

– Ele lhe disse isso? Pobre papai... Você está em maus lençóis.

– Escute, Milly, quer fazer o favor de ir para a sua cama? Beatrice e eu temos muito trabalho a fazer.

– Trabalho?

– Sim, trabalho.

– É um bocado tarde para trabalhar, não acha?

– Seu pai está me pagando hora extra – disse Beatrice.

– Então a senhora está aprendendo tudo sobre aspiradores? – perguntou Milly. – Isso que está segurando é um pulverizador.

– É mesmo? Só o peguei para o caso de ter que bater em alguém.

– Não é muito adequado para isso – respondeu Milly. – Tem um tubo telescópico.

– E o que isso tem a ver?

– Ele pode envergar no momento errado.

– Milly, por favor... – disse Wormold. – São quase duas horas.

– Não se preocupe. Já estou indo. E rezarei pelo dr. Cifuentes. Não tem a menor graça ser alvejado. A bala atravessou uma parede de tijolos. Imaginem o estrago que teria feito se acertasse o dr. Cifuentes.

– Reze também por um homem chamado Raul – pediu Beatrice. – Eles o acertaram.

Wormold estirou-se na cama e fechou os olhos.

– Não compreendo nada – disse ele. – Nada. É uma coincidência. Deve ser.

– Estão ficando violentos... quem quer que sejam.

– Mas por quê?

– A espionagem é uma profissão perigosa.

– Mas Cifuentes realmente não... quero dizer, não era alguém importante.

– As construções na província de Oriente são importantes. Seus agentes parecem ter o hábito de se estrepar. Pergunto-me como. Creio que terá de advertir o professor Sanchez e a moça.

– A moça?

– A bailarina nua.

– Mas como?

Não podia explicar-lhe que jamais tivera agentes, que nunca havia se encontrado com Cifuentes ou com o professor Sanchez, e que nem Teresa nem Raul sequer existiam: Raul vivera apenas para ser morto.

– Como foi mesmo que Milly chamou isto?

– Pulverizador.

– Já vi algo parecido em algum lugar.

– Espero que sim. A maioria dos aspiradores tem essa peça.

Tomou o pulverizador da mão de Beatrice. Não conseguia lembrar se o incluíra ou não nos desenhos que mandara a Hawthorne.

– O que vou fazer agora, Beatrice?

– Acho que a sua gente deveria passar um tempo escondida. Não aqui, é claro. Há pouquíssimo espaço e, além do mais, não é seguro. E quanto àquele seu capitão? Será que ele não poderia escondê-los a bordo?

– Está em alto-mar, a caminho de Cienfuegos.

– De qualquer maneira, é bem provável que ele também já tenha se estrepado – disse, pensativa. – Gostaria de saber como é que nos deixaram voltar até aqui.

– Que quer dizer?

– Poderiam facilmente ter atirado em nós enquanto passeávamos pelo porto. Talvez estejam nos usando como isca. Claro que, quando a isca não serve, joga-se fora.

– Que mulher macabra você é!

– Oh, não. Apenas voltamos ao mundo do *Boys' Own Paper*. Pode se considerar um homem de sorte.

– Por quê?

– Poderia ter sido o *Sunday Mirror*. Nos dias de hoje, o mundo é moldado de acordo com as revistas populares. Meu marido saiu direto das páginas da *Encounter*. A questão que temos de considerar é a que publicação *eles* pertencem.

– Eles?

– Suponhamos que também pertençam ao *Boys' Own Paper*. Seriam agentes russos, alemães, americanos ou o quê? O mais provável é que sejam cubanos. Aquelas plataformas de concreto devem ser obras do governo, não acha? Pobre Raul. Espero que tenha morrido instantaneamente.

Ele teve vontade de lhe contar tudo, mas o que era "tudo"? Já não sabia. Raul fora morto. O próprio Hasselbacher garantira.

– Primeiro o Teatro Shangai – ela disse. – Será que está aberto?

– A segunda apresentação ainda não deve ter terminado.

– Se é que a polícia já não chegou lá, antes de nós. Claro que não usaram a polícia contra Cifuentes. Ele deve ser uma figura muito importante. Ao assassinar alguém, há que se evitar escândalo.

– Não tinha pensado nisso sob esse aspecto.

Beatrice apagou a luz da mesa-de-cabeceira e foi até a janela.

– A casa tem porta nos fundos?

– Não.

– Então vamos ter que modificar tudo isso – disse categoricamente, como se também fosse arquiteta. – Conhece um negro manco?

– Deve ser o Joe.

– Está passando devagar aqui em frente.

– Vende cartões-postais obscenos. Está voltando para casa, só isso.

– Não se poderia esperar que ele o seguisse com essa perna manca, naturalmente. Talvez cumpra uma função tática.

De qualquer forma, vamos ter que correr o risco. Obviamente, estão fazendo uma varredura esta noite. Mulheres e crianças primeiro. O professor pode esperar.

– Mas jamais encontrei com Teresa no teatro. É bem provável que ela use um nome diferente lá.

– Pode identificá-la, mesmo sem roupa, não pode? Se bem que, nuas, creio que somos todas um pouco parecidas, como os japoneses.

– Acho que você não devia sair.

– Eu devo. Se um de nós for detido, o outro segue em frente.

– Quero dizer que você não devia ir ao Shangai. Não é exatamente um mundo como o do *Boys' Own Paper*.

– Tampouco como um casamento – ela respondeu. – Mesmo na UNESCO.

## 2

O Shangai ficava numa travessa da rua Zanja e era cercado por uma série de bares escuros. Um painel anunciava *Posiciones* e as entradas, por alguma razão, eram vendidas do lado de fora, na calçada – talvez porque não houvesse lugar para uma bilheteria, já que o *foyer* era ocupado por uma pequena livraria, onde se vendiam revistas pornográficas para o proveito dos que estivessem à procura de entretenimento durante o entreato. Na rua, os negros alcoviteiros os olhavam com curiosidade. Não estavam acostumados a ver mulheres européias por ali.

– Sinto-me muito longe de Londres – disse Beatrice.

Os ingressos custavam um peso e vinte e cinco, e havia pouquíssimos assentos desocupados no grande salão. O homem que lhes indicou seus lugares ofereceu a Wormold, por um peso, um pacote de cartões-postais pornográficos. Diante da recusa de Wormold, sacou do bolso um segundo pacote.

– Compre-os, se quiser – disse Beatrice. – Se isso o constrange, manterei meus olhos no espetáculo.

– Não há muita diferença entre o espetáculo e os cartões-postais – respondeu Wormold.

O atendente do teatro perguntou se a *señora* gostaria de um cigarro de maconha.

– *Nein, danke* – respondeu Beatrice, confundindo-se com seus idiomas.

Em ambos os lados do palco, cartazes anunciavam clubes da vizinhança onde, segundo diziam, havia belas garotas. Uma advertência em espanhol e em mau inglês proibia os espectadores de molestar as bailarinas.

– Qual delas é Teresa? – perguntou Beatrice.

– Creio que deve ser a gorda de máscara – respondeu Wormold, ao acaso.

Naquele instante, a moça acabava de deixar o palco, saracoteando suas grandes nádegas nuas, enquanto a platéia aplaudia e assobiava. Logo as luzes se apagaram e do teto desceu uma tela de cinema. Teve início, então, a exibição de um filme, a princípio bastante comedido. Mostrava uma ciclista, alguns cenários de bosque, um pneu furado, um encontro casual, um cavalheiro erguendo um chapéu de palha, luzes bruxuleantes e espessa neblina.

Beatrice seguia em silêncio. Havia uma estranha intimidade entre os dois, enquanto assistiam juntos àquela grosseira imitação do amor. Outrora, movimentos corporais semelhantes haviam significado mais para eles do que qualquer outra coisa que o mundo tivesse a lhes oferecer. O ato de luxúria e o ato de amor são iguais: não podem ser falsificados como um sentimento.

As luzes acenderam-se. Permaneceram em silêncio.

– Meus lábios estão secos – disse Wormold.

– Não me sobrou uma gota de saliva na boca. Não podemos ir agora aos bastidores, falar com Teresa?

– Passam um outro filme depois deste e, em seguida, as bailarinas retornam ao palco.

– Não sou forte o suficiente para agüentar outro filme desses – disse Beatrice.

– Não vão nos deixar ir até os bastidores enquanto o espetáculo não terminar.

– Podemos esperar na rua, não podemos? Ao menos saberemos se fomos ou não seguidos.

Saíram no momento em que iniciava o segundo filme. Foram os únicos a levantar-se, de sorte que, se alguém os tivesse seguido, já deveria estar na rua, à espera deles. Mas não havia nenhum candidato evidente entre os motoristas de táxi e os alcoviteiros. Um homem dormia escorado num poste de iluminação, com um bilhete de loteria preso de cabeça para baixo ao pescoço. Wormold lembrou-se de certa noite em que estivera com o dr. Hasselbacher. Foi quando aprendera o novo uso dos *Contos de Shakespeare*, de Lamb. O pobre Hasselbacher estava bastante embriagado naquela ocasião. Lembrava-se de como, ao descer do quarto de Hawthorne, encontrara-o sentado no saguão do hotel, inteiramente prostrado.

– É fácil decifrar um livro de código quando se tem o livro certo? – perguntou a Beatrice.

– Não é difícil para um especialista – ela respondeu. – Apenas uma questão de paciência.

Beatrice aproximou-se do vendedor de bilhetes e endireitou-lhe o número virado. O homem não acordou.

– Estava difícil lê-lo de cabeça para baixo – justificou.

Será que levava o Lamb debaixo do braço, no bolso ou na pasta? Teria deixado o livro em algum lugar, enquanto ajudava o dr. Hasselbacher a levantar-se? Não conseguia lembrar-se de nada, mas aquelas eram dúvidas mesquinhas.

– Pensei numa coincidência engraçada – disse Beatrice. – O dr. Hasselbacher lê os *Contos* de Lamb justamente na edição que usamos.

Era como se seu treinamento básico também incluísse a telepatia.

– Você viu o livro no apartamento de Hasselbacher?

– Vi.

– Mas ele o teria escondido – alegou Wormold –, se significasse alguma coisa.

– Ou talvez quisesse adverti-lo. Lembre-se de que nos levou até o seu apartamento. E que nos falou de Raul.

– Mas ele não podia saber que nos encontraria.

– Como sabe?

Queria protestar que nada daquilo fazia o menor sentido, que Raul não existia, que Teresa não existia. Pensou então que, se o fizesse, Beatrice arrumaria as malas, partiria e tudo seria como uma história sem propósito.

– Estão saindo do teatro – disse Beatrice.

Encontraram uma porta lateral que conduzia a um grande camarim. O corredor era iluminado por uma lâmpada que provavelmente ardia havia muitos dias e muitas noites. A passagem estava quase toda obstruída por enormes latas de lixo, e um negro varria restos de algodão manchado de pó-de-arroz, pedaços de batom e coisas ambíguas. O lugar cheirava a cascas de pêra. No fim das contas, talvez não houvesse ali alguém chamado Teresa; de todo modo, Wormold lamentou ter escolhido o nome de uma santa tão popular. Ao empurrar uma porta, viram-se diante de algo muito semelhante a um inferno medieval, repleto de fumaça e mulheres nuas.

– Não acha que seria melhor você voltar para casa? – perguntou a Beatrice.

– Aqui é você quem precisa de proteção – ela respondeu.

Ninguém sequer percebeu a presença deles. A máscara da mulher gorda pendia de uma de suas orelhas, e ela bebia um copo de vinho com uma das pernas esticada sobre uma cadeira. Uma moça muito magra, com costelas que pareciam teclas de piano, estava calçando suas meias. Seios balançavam, nádegas curvavam-se, tocos de cigarro fumegavam em pires; o ar denso cheirava a papel queimado. Do alto de uma escada, um homem fixava algo na parede com uma chave de parafuso.

– Onde está ela? – perguntou Beatrice.

– Não creio que esteja aqui. Talvez esteja doente, ou com o amante.

O ar cálido agitou-se em torno deles, quando alguém pôs um vestido. Partículas de pó-de-arroz assentaram como cinzas.

– Por que não experimenta chamá-la pelo nome?

– Teresa! – gritou ele, hesitante.

Ninguém prestou atenção. Tentou novamente, e o homem da chave de fenda desceu os olhos até ele.

– *Pasa algo*? – perguntou.

Em espanhol, Wormold lhe disse que estava à procura de uma moça chamada Teresa. O homem deu a entender que

Maria resolveria o problema da mesma forma. Com sua chave de fenda, apontou para a mulher gorda.

– Que é que ele está dizendo?

– Parece que ele não conhece Teresa.

O homem da chave de fenda sentou-se no topo da escada e começou a fazer um discurso. Disse que Maria era a melhor mulher que se podia encontrar em Havana. Sem roupa, pesava cem quilos.

– É evidente que Teresa não está aqui – explicou Wormold, aliviado.

– Teresa. Teresa. O que quer com Teresa?

– Sim, o que quer comigo? – interpelou a moça franzina, avançando na direção de Wormold com uma das meias na mão. Seus pequenos seios eram do tamanho de pêras.

– Quem é você?

– *Soy* Teresa.

– Esta aí é Teresa? – perguntou Beatrice. – Você me disse que ela era gorda... como aquela da máscara.

– Não, não – respondeu Wormold. – Esta não é Teresa. É a irmã de Teresa. *Soy* significa irmã. – E acrescentou: – Mandarei que leve um recado à irmã.

Tomou a moça pelo braço e a levou um pouco mais para longe. Tentou explicar-lhe, em espanhol, que ela precisava ter cuidado.

– Quem é o senhor? Não compreendo.

– Houve um engano. É uma longa história. Há pessoas que podem tentar feri-la. Por favor, fique em casa por alguns dias. Não venha ao teatro.

– Preciso vir. É aqui que encontro meus clientes.

Wormold tirou do bolso um rolo de notas de dinheiro.

– Tem parentes? – perguntou.

– Tenho a minha mãe.

– Vá para a casa dela.

– Mas ela está em Cienfuegos.

– Aqui tem dinheiro de sobra para levá-la a Cienfuegos.

Todos agora prestavam atenção à conversa. Espremiam-se em torno dos dois. O homem da chave de fenda havia descido da escada. Wormold viu Beatrice fora do círculo: tentava aproximar-se, a fim de compreender o que ele dizia.

– Essa garota pertence a Pedro – avisou o homem da chave de fenda. – Não pode levá-la assim, desse jeito. Deve primeiro falar com Pedro.

– Não quero ir para Cienfuegos – disse a jovem.

– Vai estar segura lá.

A moça apelou para o homem:

– Ele me assusta. Não consigo entender o que quer. – Exibiu os pesos: – Isto é muito dinheiro. – E, dirigindo-se aos demais, acrescentou: – Sou uma boa moça.

– Muito trigo não faz um ano mau – declarou, solene, a mulher gorda.

– Onde está o seu Pedro? – indagou o homem.

– Está doente. Por que é que esse homem está me dando todo este dinheiro? Sou uma moça decente. Vocês sabem que meu preço é quinze pesos. Não sou nenhuma vigarista.

– Quem deita com cão acorda com pulga – disse a gorda, que parecia ter um provérbio para cada ocasião.

– Que é que está acontecendo? – perguntou Beatrice.

– Sshh! Sshh! – sibilou alguém.

Era o negro que estava varrendo o corredor.

– Silêncio! *Policía*! – acrescentou.

– Diabos! – praguejou Wormold. – Isso estraga tudo. Tenho que tirá-la daqui.

Ninguém parecia excessivamente preocupado. A gorda terminou de beber seu vinho e vestiu um calção; a moça que se chamava Teresa calçou a outra meia.

– Não se preocupe comigo – disse Beatrice. – É *ela* quem você precisa tirar daqui.

– Que é que a polícia quer? – perguntou Wormold ao homem da escada.

– Uma garota – ele respondeu cinicamente.

– Quero tirar esta moça daqui – disse Wormold. – Há alguma saída pelos fundos?

– No caso da polícia, há sempre uma saída pelos fundos.

– Onde?

– O senhor não teria cinqüenta pesos sobrando?

– Sim, tenho.

– Então dê o dinheiro a ele. Ei, Miguel! – gritou, chamando o negro. – Diga a eles para ficarem "adormecidos" por três minutos. Agora, quem quer ser agraciado com a liberdade?

– Prefiro a delegacia de polícia – disse a gorda. – Mas a gente tem que estar vestida corretamente – acrescentou, enquanto ajustava o sutiã.

– Venha comigo – disse Wormold a Teresa.

– E por que eu deveria ir?

– Ainda não compreendeu? Eles querem você.

– Duvido – disse o homem da chave de fenda. – Magra demais. É melhor se apressarem. Cinqüenta pesos não duram para sempre.

– Aqui, tome o meu casaco – disse Beatrice, colocando-o sobre os ombros da jovem, que trazia no corpo as duas meias que calçara e nada mais.

– Mas eu quero ficar – disse a moça.

O homem deu-lhe um tapa nas nádegas e a empurrou:

– Você já ganhou o seu dinheiro. Agora vá com ele.

Conduziu-os até um pequeno toalete miserável e, depois, indicou-lhes uma janela, pela qual saíram. Viram-se na rua. Um policial que estava de guarda do lado de fora do teatro fez vistas grossas, ostensivamente, à sua presença. Um alcoviteiro assobiou e apontou para o carro de Wormold.

– Quero ficar – insistiu a moça.

Beatrice empurrou-a para o banco de trás e logo entrou no automóvel.

– Vou gritar! – ameaçou a jovem, inclinando-se para fora da janela.

– Não seja tola – disse Beatrice, puxando-a para dentro.

Wormold deu partida no veículo.

A moça gritou, mas sem muita veemência. O policial girou sobre os calcanhares e olhou na direção oposta: os cinqüenta pesos pareciam ainda surtir efeito. Dobraram à direita e prosseguiram rumo ao porto. Nenhum carro os seguiu. Tudo muito fácil. A jovem, agora que não tinha outra escolha, ajustou o casaco com humildade e recostou-se confortavelmente.

– *Hay mucha corriente* – ela disse.

– Que é que ela está dizendo?

– Está se queixando da corrente de ar.

– Não parece ser uma moça muito grata. Onde está a sua irmã?

– Em Cienfuegos, com o diretor dos Correios e Telégrafos. Poderia levá-la até lá, naturalmente. Chegaríamos à hora do desjejum. O problema é Milly.

– Há outros problemas além de Milly. Você se esqueceu do professor Sanchez.

– O professor Sanchez certamente pode esperar.

– Parecem estar agindo rápido, quem quer que sejam...

– Não sei onde ele mora.

– Eu sei. Verifiquei seu nome na lista do Country Club, antes de sairmos.

– Leve a moça para casa e me espere lá.

Chegaram ao porto.

– Dobre à esquerda, aqui – disse Beatrice.

– Não. Vou levá-la para casa.

– É melhor ficarmos juntos.

– Milly...

– Não quer comprometê-la, não é mesmo?

Relutante, Wormold virou à esquerda.

– Para onde?

– Para Vedado – respondeu Beatrice.

## 3

Os arranha-céus da cidade nova erguiam-se à frente deles como pingentes de gelo ao luar. Um imenso *H.H.* estava estampado no céu, como o monograma gravado no bolso de Hawthorne, embora tampouco denotasse realeza: apenas anunciava um dos prédios da rede hoteleira do sr. Hilton. O vento sacudia o automóvel, e as ondas do mar lançavam borrifos de espuma sobre a rua, embaçando os vidros que ficavam do lado da praia. A noite cálida tinha o gosto de sal. Wormold guiou para longe do mar.

– *Hace demasiado calor* – queixou-se a moça.

– Que é que ela está dizendo agora?

– Diz que faz muito calor.

– É mesmo uma moça difícil – disse Beatrice. – Melhor baixar o vidro.

– E se ela gritar?

– Dou-lhe uma bofetada.

Seguiam agora pelo bairro novo de Vedado: pequenas casas brancas e cremes, pertencentes a gente abastada. Podia-se estimar a riqueza de um homem pela escassez de pavimentos em sua residência: somente um milionário poderia se dar ao luxo de ter um bangalô num terreno cujas dimensões acomodariam um arranha-céu. Ao descerem as janelas do veículo, puderam sentir o aroma das flores. Beatrice pediu-lhe para estacionar diante de um portão, junto a um enorme muro branco.

– Vejo luzes no pátio – ela disse. – Parece que está tudo em ordem. Vou tomar conta do seu precioso pedacinho de carne enquanto você entra.

– Ele parece rico demais para um professor.

– Não é rico demais para deixar de cobrar suas despesas, pelo que consta das anotações que li a seu respeito, lá no escritório.

– Me dê alguns minutos – pediu Wormold. – Não vá embora.

– Está parecendo que vou? É melhor se apressar. Até agora eles só acertaram um dos três... e erraram outro por um triz, claro.

Tentou abrir o portão gradeado. Não estava fechado. A situação era absurda: como faria para explicar ao professor sua presença ali? "O senhor, embora não saiba, é meu agente. Está em perigo. Precisa se esconder." Não sabia nem de que disciplina Sanchez era professor.

Uma breve senda, entre duas palmeiras, dava para um segundo portão gradeado, e mais adiante havia um pequeno pátio, onde se viam luzes acesas. Um gramofone tocava suavemente, e duas figuras altas moviam-se em silêncio, de rosto colado. Quando Wormold avançava titubeante pelo pátio, soou, oculta, uma campainha de alarme. Os dançarinos se detiveram, e um deles veio a seu encontro.

– Quem está aí?

– Professor Sanchez?

– Sim.

Ambos convergiram para a aérea iluminada. O professor trajava *smoking* branco, tinha os cabelos brancos, o queixo coberto por uma barbicha branca por fazer, e trazia na mão um revólver, apontado para Wormold. Este percebeu que a mulher, atrás de Sanchez, era muito jovem e muito bonita. Ela inclinou-se e desligou o gramofone.

– Perdoe-me por incomodá-lo a esta hora – disse Wormold.

Não tinha a menor idéia de como deveria começar, nervoso que estava pela visão do revólver. Professores não deviam portar armas.

– Receio não estar lembrado de sua fisionomia – respondeu polidamente o professor, com o revólver apontado para o estômago de Wormold.

– Não haveria por que se lembrar. A menos que o senhor possua um aspirador de pó.

– Aspirador de pó? Creio que tenho um. Por quê? Minha esposa deve saber.

A jovem atravessou o pátio e juntou-se a eles. Estava descalça. Seus sapatos achavam-se jogados ao lado do gramofone, como ratoeiras.

– Que é que ele quer? – perguntou, de modo desagradável.

– Lamento incomodá-la, *señora* Sanchez.

– Diga-lhe que não sou a *señora* Sanchez.

– Este senhor comentou alguma coisa a respeito de aspiradores de pó. Você acha que Maria, antes de ir embora...?

– Que é que ele quer aqui à uma hora da madrugada?

– Peço que me desculpe – disse o professor, com ar de constrangimento –, mas *é* uma hora imprópria. – Deixou que o revólver se desviasse um pouco do alvo e acrescentou: – A gente normalmente não espera receber visitas a esta hora...

– Mas parece que o senhor as esperava.

– Oh, isto... A gente tem que tomar algumas precauções. Possuo alguns magníficos Renoirs.

– Ele não está atrás dos quadros. Maria o mandou aqui. O senhor é um espião, não é verdade? – perguntou a jovem, com hostilidade.

– Bem, de certo modo.

A moça começou a lamentar-se, golpeando os flancos delgados. Suas pulseiras tilintavam e reluziam.

– Não, querida, não faça isso. Estou certo de que há uma explicação.

– Ela inveja a nossa felicidade. Primeiro mandou o cardeal, não mandou? E, agora, este homem... O senhor é algum padre?

– Claro que não, querida. Olhe as suas roupas.

– Você pode ser professor de educação comparada – ela disse –, mas qualquer um consegue enganá-lo. O senhor é algum padre? – tornou a perguntar a Wormold.

– Não.

– Então o que é?

– Para dizer a verdade, vendo aspiradores de pó.

– Mas o senhor disse que era espião.

– Bem, sim. Creio que sim, de certo modo...

– Que é que veio fazer aqui?

– Adverti-los.

A jovem emitiu um estranho uivo de cadela.

– Está vendo? – disse ao professor. – Agora ela está nos ameaçando. Primeiro o cardeal, agora...

– O cardeal estava apenas cumprindo o seu dever. Afinal, é primo de Maria.

– Você tem medo dele. Quer me deixar.

– Querida, sabe que isso não é verdade. – E dirigindo-se a Wormold: – Onde está Maria?

– Não sei.

– Quando foi que a viu pela última vez?

– Mas eu jamais a vi.

– O senhor se contradiz um bocado, não?

– É um cão mentiroso! – esbravejou a mulher.

– Não necessariamente, querida. Provavelmente trabalha para alguma agência. Seria melhor que nos sentássemos e ouvíssemos o que ele tem a dizer. A raiva sempre constitui um erro. Ele está apenas cumprindo o seu dever... o que está acima do que se pode dizer sobre nós.

O professor reconduziu-os ao pátio; já havia guardado o revólver no bolso. A jovem esperou até que Wormold o seguisse e logo se pôs às suas costas, como um cão de guarda. Wormold já quase esperava que ela lhe mordesse o tornozelo. Pensou: “Se eu não falar agora, jamais falarei”.

– Sente-se – disse o professor.

O que *seria* educação comparada?

– Posso lhe oferecer um drinque?

– Por favor, não se incomode.

– Então o senhor não bebe em serviço?

– Serviço! – exclamou a jovem. – Você o trata como se ele fosse um ser humano. Além de seus desprezíveis patrões, a quem mais ele deve servir?

– Vim aqui alertá-los de que a polícia...

– Ora, vamos, vamos... adultério não é crime – disse o professor. – Creio que raras vezes foi considerado como tal, exceto nas colônias americanas do século XVII. E na Lei Mosaica, naturalmente.

– O adultério não tem nada a ver com isso – retrucou a jovem. – Ela não se importa se dormimos juntos; o que ela não quer é que fiquemos juntos.

– Dificilmente uma coisa pode existir sem a outra, a menos que levemos em conta o Novo Testamento – disse o professor. – Adultério no coração.

– Se não mandar este homem embora, você não tem coração. Ficamos aqui sentados, de papo para o ar, como se estivéssemos casados há anos. Ora, se tudo o que quer é ficar a noite inteira de papo para o ar, por que é que não continua com Maria?

– Querida, foi você quem teve a idéia de dançar antes de irmos para a cama.

– Chama aquilo de dançar?

– Eu lhe disse que precisava de umas aulas de dança.

– Oh, claro, para poder estar com as coleguinhas!

Pareceu a Wormold que a conversa estava perdendo o foco. Disse, desesperado:

– Atiraram no engenheiro Cifuentes! O senhor corre o mesmo risco.

– Se eu quisesse garotas, meu bem, há uma porção delas na universidade. Vão sempre às minhas conferências. Não tenho dúvida de que está a par disso, já que você mesma era uma delas.

– Está zombando de mim?

– Estamos nos desviando do assunto, querida. E o assunto é descobrir que atitude Maria deverá tomar.

– Conhecendo você, vejo que o que ela devia ter feito era cortar o amido da dieta dois anos atrás – disse a jovem, em tom um tanto vulgar. – Você só se interessa pelo corpo. Devia se envergonhar disso, na sua idade.

– Se você não quer que eu a ame...

– "Ame", "ame"... – arremedou a jovem, pondo-se a andar pelo pátio.

Fazia gestos no ar como se estivesse desmembrando o amor.

– Não é com Maria que o senhor deve se preocupar – disse Wormold.

– Seu cão mentiroso! – gritou-lhe a moça. – Disse que jamais a viu!

– E jamais a vi.

– Então por que é que a chama de Maria? – bradou e, com ar triunfante, rompeu a dançar com um parceiro imaginário.

– Disse algo a respeito de Cifuentes, meu jovem?

– Atiraram nele esta tarde.

– Quem atirou?

– Não sei ao certo, mas tudo faz parte do mesmo esquema. É um pouco difícil de explicar, mas, de fato, parece que o senhor corre grave perigo, professor Sanchez. Tudo um equívoco, naturalmente. A polícia também esteve no Teatro Shangai.

– E o que é que eu tenho a ver com o Teatro Shangai?

– Sim, o quê? – gritou a jovem, em tom melodramático. – Homens! Homens! Pobre Maria. Não é só com uma mulher que tem que concorrer! Terá que planejar um massacre!

– Jamais tive alguma coisa a ver com alguém do Teatro Shangai.

– Maria está melhor informada. Suponho que você devia falar enquanto dormia.

– Você ouviu o que ele disse: é tudo um equívoco. Afinal de contas, atiraram em Cifuentes. Não pode culpá-la por isso.

– Cifuentes? Ele disse Cifuentes? Oh, seu espanhol imbecil! Só porque o coitado conversou comigo aquele dia lá no clube, enquanto você tomava banho, contratou matadores para liquidá-lo!

– Por favor, querida, seja razoável. Só tomei conhecimento disso agora, quando este cavalheiro...

– Ele não é nenhum cavalheiro. É um cão mentiroso.

Haviam retornado ao início da discussão.

– Se é um mentiroso, não precisamos dar atenção ao que ele diz. É provável que também esteja caluniando Maria.

– Ah, você está do lado dela!

Desesperado, Wormold fez a sua última tentativa:

– Isso não tem nada a ver com Maria... digo, com a *señora* Sanchez.

– Que diabos a senhora Sanchez tem a ver com isso? – perguntou o professor.

– Pensei que vocês achavam que Maria...

– Meu jovem, o senhor não pode estar falando sério quando diz que Maria planeja fazer algo não só contra a minha esposa, mas também contra... esta minha amiga aqui. É demasiado absurdo!

Até então, Wormold tivera a impressão de que aquele era um equívoco razoavelmente simples de administrar. Agora, contudo, era como se ele tivesse puxado um fio de algodão e o traje inteiro começasse a se desfiar. Seria isso a tal de educação comparada?

– Imaginei que lhe fazia um favor vindo até aqui preveni-lo, mas, para o senhor, parece que a morte seria a melhor solução.

– O senhor é um jovem bastante falacioso.

– Jovem, não. Pelo que vejo, o único jovem aqui é o senhor, professor. – E, em sua angústia, falou em voz alta: – Se pelo menos Beatrice estivesse aqui!

O professor apressou-se em esclarecer:

– Eu absolutamente lhe asseguro, querida, que não conheço ninguém que se chame Beatrice. Ninguém.

A jovem lançou um riso feroz.

– Parece que o senhor veio aqui com o propósito único de criar confusão – disse o professor. Era a sua primeira queixa e, sob tais circunstâncias, parecia bastante branda. – Não consigo imaginar o que o senhor tem a ganhar com isso – completou, entrando na casa e fechando a porta.

– Ele é um monstro! – disse a moça. – Um monstro! Um monstro sexual! Um devasso!

– A senhora não compreende.

– Conheço este estribilho: tudo saber é tudo perdoar. Mas não neste caso... não neste caso. – Parecia ter perdido toda a hostilidade para com Wormold. – Maria, eu, Beatrice.... sem contar a esposa dele, pobre mulher. Não tenho nada contra ela. O senhor está armado?

– Claro que não. Vim aqui apenas para salvá-lo – respondeu Wormold.

– Deixe que atirem nele – disse a jovem. – Na barriga... um pouco mais embaixo.

E entrou na casa com ar determinado.

Nada mais restava a Wormold senão ir embora. O alarme invisível soou novamente, quando ele se dirigiu ao portão, mas não houve movimento na casinha branca. "Fiz o melhor que pude", pensou Wormold. O professor parecia bem preparado para qualquer perigo, e talvez a chegada da polícia pudesse ser um alívio para ele. Seria mais fácil lidar com a polícia do que com a jovem senhora.

## 4

Ao afastar-se, em meio ao perfume das plantas que desabrochavam à noite, ele tinha apenas um desejo: contar tudo a Beatrice. "Não sou nenhum agente secreto, sou uma fraude; nenhuma dessas pessoas é meu agente, e não sei o que está acontecendo. Estou perdido. Apavorado." Não havia dúvida de que Beatrice, de uma maneira ou de outra, assumiria o controle da situação; afinal de contas, era uma profissional. Mas Wormold sabia que não faria nenhum apelo a ela. Isso significaria abrir mão da segurança de Milly. Preferiria antes ser eliminado, como Raul. Será que, num serviço como aquele, os filhos recebiam pensão? Mas quem era Raul?

Antes de chegar ao segundo portão, Beatrice gritou-lhe:

– Jim! Cuidado! Afaste-se daqui!

Mesmo naquele momento premente, ocorreu-lhe que o seu nome era Wormold, sr. Wormold, *señor* Vomel, e que ninguém o chamava de Jim. Correu então, aos trancos e barrancos, em direção à voz, acabando por topar, já na rua, com uma radiopatrulha, três policiais e um outro revólver apontado para o seu estômago. Beatrice estava de pé na calçada e a moça, ao seu lado, tentava manter fechado um casaco que não fora criado para isso.

– Que é que há?

– Não consigo entender uma palavra do que eles dizem.

Um dos policiais mandou-lhe entrar na viatura.

– E quanto ao meu carro?

– Será levado para a delegacia.

Antes que ele pudesse obedecer, revistaram-no, à procura de alguma arma. Disse a Beatrice:

– Não sei do que se trata, mas isto parece o fim de uma brilhante carreira.

O policial tornou a dizer algo incompreensível a Beatrice, que Wormold logo traduziu:

– Ele quer que você também entre no carro.

– Diga-lhe – respondeu Beatrice – que vou ficar com a irmã de Teresa. Não confio neles.

Os dois automóveis passaram silenciosamente por entre as casinhas dos milionários, de modo a não perturbar ninguém, como se estivessem numa rua repleta de hospitais: os ricos precisavam dormir. Não tiveram de ir muito longe: logo chegaram a um pátio, um portão fechou-se atrás deles e, então, sentiram o odor da delegacia de polícia, semelhante ao cheiro de amoníaco dos zoológicos do mundo. Ao longo do corredor caiado viam-se os retratos de homens procurados pela polícia, com o aspecto espúrio de velhos mestres barbudos. Na sala ao fundo, o capitão Segura jogava damas.

– Diabos! – esbravejou, tirando duas peças do tabuleiro. Em seguida, levantou a cabeça e, surpreso, exclamou: – Sr. Wormold! – Ao ver Beatrice, ergueu-se da cadeira como uma pequena e tesa cobra verde. Depois, olhou para Teresa, cujo casaco abrira-se novamente, talvez sem intenção.

– Mas quem, em nome de Deus...? – E, interrompendo-se, voltou-se para o policial com quem estivera jogando: – *Anda*!

– Mas o que é que significa tudo isto, capitão Segura?

– O senhor é quem me pergunta, sr. Wormold?

– Sim.

– Gostaria que o *senhor* me explicasse o que significa. Não tinha a menor idéia de que veria aqui... o pai de Milly. Sr. Wormold, recebemos um chamado telefônico de um certo professor Sanchez, a respeito de um homem que invadira sua residência fazendo ameaças vagas. Ele pensou que a coisa toda tinha a ver com os seus quadros – quadros, aliás, valiosíssimos. Mandei imediatamente uma radiopatrulha para lá, e eis que é o senhor quem eles apanham, com esta *señorita* aqui (já nos vimos antes) e uma sirigaita nua. – E, como o policial de Santiago, completou: – Isso não é nada agradável, sr. Wormold.

– Estivemos no Shangai.

– Isso também não é nada agradável.

– Estou farto de ouvir a polícia dizer que tudo o que faço não é nada agradável.

– Qual foi o motivo de sua visita ao professor Sanchez?

– Foi tudo um engano.

– E por que é que o senhor levava em seu carro uma meretriz nua?

– Estávamos lhe dando uma carona.

– Ela não tem o direito de andar nua pelas ruas.

O policial debruçou-se sobre a mesa e sussurrou algo.

– Ah! – exclamou o capitão Segura. – Estou começando a entender. Esta noite houve uma inspeção policial no Shangai. Suponho que a garota esqueceu os seus documentos e quis evitar passar a noite na cadeia. Então recorreu ao senhor...

– Não foi nada disso que aconteceu.

– Melhor que tivesse sido, sr. Wormold. – respondeu e, em espanhol, dirigiu-se à moça: – Seus documentos. Você não tem documentos.

– *Si*, *yo tengo*! – respondeu a jovem, tomada de indignação. Inclinou-se e puxou da meia alguns pedaços de papel amarrotados. O capitão Segura tomou-os e examinou-os. Depois, soltou um profundo suspiro:

– Sr. Wormold, sr. Wormold, os documentos dela estão em ordem. Por que é que o senhor anda por aí de automóvel com uma garota nua? Por que é que invade a casa do professor Sanchez, fala da esposa dele e ainda o ameaça? Que é que a mulher dele tem a ver com o senhor? – E, dirigindo-se à jovem, ordenou rispidamente: – Fora daqui!

A moça hesitou e começou a tirar o casaco.

– É melhor deixar que ela o leve – disse Beatrice.

Enfadado, o capitão Segura sentou-se diante do tabuleiro de damas.

– Sr. Wormold, para o seu próprio bem, preste atenção no que vou lhe dizer: não se meta com a esposa do professor Sanchez. Ela não é o tipo de mulher que a gente pode tratar levianamente.

– Não estou metido com a...

– Joga damas, sr. Wormold?

– Jogo. Não muito bem, receio.

– Melhor que estes porcos aqui da delegacia, espero. Precisamos jogar qualquer dia desses, o senhor e eu. Só que, nas damas do jogo, o senhor deve avançar com muito cuidado, da mesma forma que com a esposa do professor Sanchez. – Moveu uma peça ao acaso no tabuleiro e acrescentou: – Esta noite, o senhor esteve com o dr. Hasselbacher.

– Estive.

– Considera isso sensato, sr. Wormold? – indagou, sem tirar os olhos do tabuleiro, movendo uma peça para cá e para lá, num jogo contra si mesmo.

– Sensato?

– O dr. Hasselbacher meteu-se com estranhas companhias.

– Não estou sabendo de nada a respeito disso.

– Por que foi que o senhor lhe enviou um cartão-postal de Santiago, indicando a localização de seu quarto?

– Quantas coisas insignificantes o senhor sabe, capitão Segura!

– Tenho motivos para me interessar pelo senhor, sr. Wormold. Não quero vê-lo comprometido. O que é que o dr. Hasselbacher queria lhe dizer esta noite? Como pode notar, o telefone dele está grampeado.

– Queria que ouvíssemos um disco de *Tristão*.

– E talvez conversar sobre isto? – Virou uma fotografia sobre a sua mesa: um instantâneo exibia o olhar fixo característico de rostos sem vida, reunidos em torno de um amontoado de metais retorcidos que algum dia havia sido um automóvel. – E sobre isto? – A face impassível de um jovem ante o clarão da câmera fotográfica; um pacote de cigarros vazio e amarrotado como a sua própria vida; e o pé de um homem a tocar-lhe os ombros.

– O senhor o conhece?

– Não.

O capitão Segura pressionou um botão e uma voz falou em inglês, saindo de um caixa de som que havia sobre a mesa.

– Alô, alô! Aqui é Hasselbacher.

– Há alguém com você, H-Hasselbacher?

– Sim. Amigos.

– Que amigos?

– Já que quer saber, o sr. Wormold está aqui.

– Diga-lhe que R-Raul está morto.

– Morto? Mas você prometeu...

– Nem sempre se pode impedir um acidente, H-Hasselbacher.

A voz mostrava uma ligeira hesitação ao pronunciar o som de "r".

– Você me deu a sua palavra...

– O automóvel capotou muitas vezes.

– Você me disse que seria apenas uma advertência.

– E continua sendo uma advertência. Vá e diga a ele que R-Raul está morto.

Por mais alguns instantes foi possível ouvir o zumbido da fita: uma porta fechou-se.

– E o senhor ainda diz que não sabe nada sobre Raul? – perguntou Segura.

Wormold olhou para Beatrice. Ela fez um ligeiro sinal negativo com a cabeça.

– Dou-lhe minha palavra de honra, Segura, de que, até esta noite, nem sequer sabia da existência desse homem.

Segura moveu uma peça no tabuleiro:

– Sua palavra de honra?

– Minha palavra de honra.

– O senhor é o pai de Milly. Tenho que aceitar a sua palavra. Mas fique longe de mulheres nuas e da esposa do professor Sanchez. Boa noite, sr. Wormold.

– Boa noite.

Ao alcançarem a porta, Segura voltou a falar:

– E o nosso jogo de damas, sr. Wormold? Não vamos nos esquecer dele.

O velho Hillman aguardava na rua.

– Vou deixá-la com Milly – disse Wormold.

– Não vai para casa?

– Agora já é muito tarde para dormir.

– Aonde vai? Não posso ir com você?

– Quero que esteja com Milly, no caso de haver algum acidente. Viu aquela fotografia?

– Vi.

Não tornaram a conversar até chegar à Lamparilla. Então, Beatrice disse:

– Gostaria que não tivesse dado sua palavra de honra. Não precisava ter ido tão longe.

– Não?

– Oh, você foi muito profissional, devo reconhecer. Desculpe-me. Foi estupidez de minha parte. Mas a verdade é que você se mostrou muito mais profissional do que eu poderia imaginar.

Abriu-lhe a porta da rua e pôs-se a observá-la caminhar por entre os aspiradores como uma enlutada num cemitério.

## Capítulo 2

Ao chegar à porta do edifício em que morava o dr. Hasselbacher, tocou a campainha do apartamento de um desconhecido, no segundo andar, onde se via luz. Ouviu-se um zumbido e a porta se abriu. Tomou o elevador e subiu até o apartamento do dr. Hasselbacher. Ao que parecia, também este não encontrara o sono: uma luz brilhava sob a fresta de sua porta. Estaria sozinho ou em conferência com a voz gravada?

Wormold começava a aprender as precauções e os truques de sua profissão irreal. No patamar, uma alta janela conduzia a um balcão inútil, demasiado estreito para que pudesse ser aproveitado. Desse balcão, ele podia ver luz no apartamento do dr. Hasselbacher, e não era necessário mais que um passo largo para passar de um balcão a outro. Wormold o fez sem olhar para baixo. As cortinas não estavam completamente cerradas. Espiou por entre elas.

O dr. Hasselbacher, sentado de frente para ele, usava um antigo capacete *pickelhaube**, peitoral, botas, luvas brancas – peças que só poderiam fazer parte de um velho uniforme de ulano. Tinha os olhos fechados e parecia adormecido. Além disso, portava uma espada que o deixava parecido com um figurante de estúdio cinematográfico. Wormold bateu de leve na janela. O dr. Hasselbacher abriu os olhos e o fitou diretamente nos olhos.

– Hasselbacher.

O médico fez um leve movimento, que bem poderia ter sido de pânico. Tentou tirar o capacete, mas o barbicacho o impediu.

– Sou eu, Wormold.

Relutante, o médico caminhou até a janela. Suas calças eram por demais apertadas. Tinham sido feitas para um homem mais jovem.

– Que faz aí, sr. Wormold?

– Que faz aí, Hasselbacher?

O médico abriu a janela, deixando-o entrar. Wormold notou que se achava no quarto de Hasselbacher. Um grande guarda-roupa estava aberto, e nele se viam dois ternos brancos pendurados, como os últimos dentes de uma boca velha. Hasselbacher começou a tirar as luvas.

– Esteve em algum baile à fantasia, Hasselbacher?

O dr. Hasselbacher respondeu, com voz envergonhada:

– O senhor não compreenderia.

Começou, peça por peça, a livrar-se daquela parafernália: primeiro, as luvas; depois, o capacete; e, por fim, o pei-

---

* Capacete usado pelo exército alemão nos séculos XIX e XX. Feito de couro duro e metal, caracterizava-se pela ponta em formato de espiga que ornamentava seu topo. (N.T.)

toral, no qual se refletiam Wormold e os móveis do quarto, distorcidos como figuras humanas num salão de espelhos.

– Por que é que o senhor voltou aqui? Por que não tocou a campainha?

– Quero saber quem é Raul.

– O senhor já sabe.

– Não tenho a menor idéia.

O dr. Hasselbacher sentou-se sobre a cama e puxou as botas.

– É um admirador de Charles Lamb, dr. Hasselbacher?

– Milly me emprestou aquele livro seu. Então não se lembra de quando Milly mencionou...?

Sentia-se desconsolado dentro daquelas calças apertadas. Wormold notou que haviam sido descosidas nos lados, a fim de acomodar o Hasselbacher atual. Sim, lembrava-se daquela noite no Tropicana.

– Suponho – disse Hasselbacher – que este uniforme exija uma explicação.

– Há outras coisas que também exigem uma explicação.

– Eu era oficial ulano... oh, há 45 anos.

– Lembro-me de ter visto uma fotografia sua na outra sala. Não estava vestido assim. Parecia mais... prático.

– Isso foi depois que começou a guerra. Olhe ali, em cima do meu toucador... 1913, as manobras de junho, o Kaiser estava nos inspecionando.

A velha fotografia amarelada, com o selo do fotógrafo gravado num dos cantos, mostrava longas fileiras de cavalarianos, espadas desembainhadas e, passando entre elas, montada num cavalo branco, uma pequena figura imperial com um braço mirrado.

– Havia tanta paz naquela época... – disse o dr. Hasselbacher.

– Paz?

– Até que veio a guerra.

– Mas pensei que você fosse médico.

– Tornei-me médico mais tarde. Quando a guerra terminou. Depois que matei um homem. Matar um homem... algo tão fácil... Não requer nenhuma habilidade. Pode-se ter certeza do que se fez, pode-se julgar a morte, mas salvar um homem... isso exige mais que seis anos de formação médica e, no fim, nunca sabemos ao certo se fomos nós que o salvamos. Os micróbios são mortos por outros micróbios. As pessoas apenas sobrevivem. Não há um único paciente cuja vida eu esteja certo de ter salvado, mas o homem que matei... tenho certeza de que o matei. Era russo e estava muito magro. Quebrei-lhe o osso ao cravar a baioneta. Essa lembrança ainda mexe com os meus nervos. Não havia senão pântanos ao redor. Chamavam o lugar de Tannenberg. Odeio a guerra, sr. Wormold.

– Então por que é que se veste como soldado?

– Eu não estava vestido assim quando matei um homem. Isto aqui era algo pacífico. Amo isto. – Tocou o peitoral que estava a seu lado, sobre a cama. – Mas, lá, tínhamos o lodo dos pântanos sobre nós. Nunca sentiu o desejo, sr. Wormold, de voltar aos tempos de paz? Oh, não... esqueci que o senhor é um homem jovem... que jamais conheceu isso. Foi o último tempo de paz para cada um de nós. As calças já não servem mais.

– O que foi que o levou a vestir-se assim esta noite, Hasselbacher?

– A morte de um homem.

– Raul?

– Sim.

– Você o conheceu?

– Sim.

– Fale-me sobre ele.

– Não quero falar.

– Seria melhor que falasse.

– Somos ambos responsáveis por sua morte, o senhor e eu – disse Hasselbacher. – Não sei quem fez o senhor cair nessa armadilha nem como o conseguiu, mas, se tivesse me recusado a ajudá-los, teria sido deportado. O que poderia eu, nesta altura dos acontecimentos, fazer fora de Cuba? Já lhe disse que perdi meus documentos.

– Que documentos?

– Não importa. Não temos, todos nós, algo do passado que nos atormenta? Agora sei por que foi que destruíram o meu apartamento. Porque eu era seu amigo. Por favor, vá embora, sr. Wormold. Quem sabe o que esperariam que eu fizesse se soubessem que o senhor esteve aqui?

– Quem são eles?

– O senhor sabe melhor do que eu, sr. Wormold. Eles não se apresentam com cartões de visita.

Algo se moveu rapidamente no outro quarto.

– É apenas um camundongo, sr. Wormold. Guardo um pouquinho de queijo para ele à noite.

– Então Milly lhe emprestou os *Contos* de Lamb.

– Fico feliz que o senhor tenha modificado o seu código – disse o dr. Hasselbacher. – Talvez agora eles me deixem em paz. Já não posso mais ajudá-los. A gente começa com acrósticos, palavras cruzadas, enigmas matemáticos e então, antes que se dê conta, está empregado... Hoje em dia, temos de ser cautelosos até mesmo com os nossos passatempos.

– Mas Raul... ele nunca existiu. Você me aconselhou a mentir, e eu menti. Não passavam de invenções, Hasselbacher.

– E Cifuentes? Vai me dizer que também nunca existiu?

– Com ele é diferente. Mas Raul eu inventei.

– Pois então o inventou bem demais, sr. Wormold. Há até um fichário completo a respeito dele.

– Raul não era mais real que um personagem de novela.

– E os personagens de novela, será que são sempre inventados? Não sei como trabalham os novelistas, sr. Wormold. Jamais conheci um deles, antes de conhecer o senhor.

– Não havia nenhum piloto bêbado na companhia aérea Cubana.

– Oh, concordo, o senhor deve ter inventado esse detalhe. Só não sei por quê.

– Se tem decifrado meus telegramas, deve ter notado que nada em seu conteúdo é verdadeiro. Você conhece a cidade. Um piloto despedido por embriaguez, um amigo que possui um avião... tudo invenções.

– Desconheço os seus propósitos, sr. Wormold. Talvez o senhor quisesse disfarçar a identidade do piloto, caso decifrássemos o seu código. Talvez se os seus amigos tivessem tomado conhecimento de que ele dispunha de recursos próprios, inclusive de um avião particular, não teriam lhe pagado tanto.

Pergunto-me quanto desse montante foi parar no bolso dele e quanto no seu.

– Não compreendo uma palavra do que está dizendo.

– O senhor lê os jornais, sr. Wormold. Sabe que a licença de vôo dele foi cassada há um mês, depois que aterrissou bêbado num *playground*.

– Não leio os jornais locais.

– Nunca? Claro que ele negou que trabalhava para o senhor. Ofereceram-lhe um montão de dinheiro para que passasse a trabalhar para eles. Também querem fotografias daquelas plataformas que o senhor descobriu nas montanhas de Oriente, sr. Wormold.

– As plataformas não existem.

– Não espere que eu acredite muito em suas palavras, sr. Wormold. O senhor se referiu, num telegrama, aos planos que enviara a Londres. Eles também precisavam de fotografias.

– Você deve saber quem são *eles*.

– *Cui bono*?

– E o que é que eles planejam para mim?

– A princípio, asseguraram-me de que não planejam nada. O senhor tem sido útil para eles. Sabiam a seu respeito desde o início, sr. Wormold, mas não o levaram a sério. Chegaram inclusive a pensar que o senhor poderia estar inventando os seus relatórios. Mas então, de uma hora para a outra, o senhor mudou os códigos e o seu pessoal aumentou. O Serviço Secreto Britânico não se deixaria enganar tão facilmente, não acha?

Uma espécie de lealdade para com Hawthorne fez com que Wormold se mantivesse em silêncio.

– Sr. Wormold, sr. Wormold, por que foi que começou tudo isso?

– Você sabe por quê. Precisava de dinheiro.

Viu-se recorrendo à verdade como se nela buscasse um sedativo.

– Eu teria lhe emprestado dinheiro. Já lhe havia oferecido.

– Eu precisava de mais do que você podia me emprestar.

– Para Milly?

– Sim.

– Tome muito cuidado com ela, sr. Wormold. O senhor está numa profissão em que é pouco seguro amar alguém ou alguma coisa. Eles acabam com tudo. O senhor se lembra da cultura que eu estava preparando?

– Lembro.

– É bem possível que, se eles não tivessem acabado com a minha vontade de viver, não tivessem me persuadido tão facilmente.

– Acha mesmo que...?

– Só estou lhe pedindo para tomar cuidado.

– Posso usar o seu telefone?

– Sim.

Wormold ligou para casa. Será que ao menos imaginava que aquele ligeiro estalido indicava que o telefonema começava a ser gravado? Beatrice atendeu.

– Está tudo em ordem? – perguntou ele.

– Está.

– Espere até eu chegar. Milly está bem?

– Dormiu instantaneamente.

– Logo estarei aí.

O dr. Hasselbacher disse:

– O senhor não devia ter demonstrado amor em sua voz. Sabe Deus quem estava escutando. – Caminhou com dificuldade até a porta, por causa de suas calças apertadas. – Boa noite, sr. Wormold. Aqui está o Lamb.

– Não precisarei mais dele.

– Talvez Milly o queira. O senhor se importaria se eu lhe pedisse para não comentar com ninguém a respeito desta... desta fantasia? Sei que sou absurdo, mas eu amava aqueles tempos. Certa vez, o Kaiser falou comigo.

– Que foi que ele disse?

– Disse: "Eu me lembro do senhor. O senhor é o capitão Muller."

# Interlúdio em Londres

Quando o chefe recebia visitas, jantava em casa e preparava ele próprio a refeição, pois nenhum restaurante satisfazia a seu padrão meticuloso e romântico. Contava-se que, numa ocasião em que estava doente, recusara-se a cancelar o convite que fizera a um velho amigo e, da própria cama, pelo telefone, deu instruções sobre como a comida deveria ser preparada. Consultando um relógio posto a seu lado, sobre a mesa-de-cabeceira, interrompia a conversa no momento exato, a fim de orientar o seu criado: "Alô, alô, Brewer, alô: você deve tirar agora o frango do forno e aplicar-lhe o molho novamente".

Dizia-se também que, certa vez em que ficara preso até tarde no escritório, tentara preparar o jantar de lá, mas acabara o arruinando, pois, por força do hábito, usara seu telefone vermelho – o telefone misturador –, e apenas ruídos estranhos, semelhantes aos de um japonês falando depressa, chegaram aos ouvidos do criado.

O jantar que servira ao subsecretário permanente era simples e excelente: um assado com uma pitada de alho. Sobre o aparador restava um queijo Wensleydale, e a quietude de Albany os envolvia profundamente, como a neve. Depois de seus esforços na cozinha, o próprio chefe cheirava levemente a molho de carne.

– Está mesmo excelente. Excelente.

– É uma velha receita de Norfolk. *Assado Ipswich da Vovó Brown*.

– E a carne... realmente derrete na boca...

– Ensinei Brewer a fazer as compras, mas ele jamais será um cozinheiro. Precisa estar sob constante supervisão.

Comeram, durante certo tempo, num silêncio reverente; a única distração era o ruído dos sapatos de uma mulher que passava por Rope Walk.

– Um bom vinho – disse, finalmente, o subsecretário permanente.

– Bom acompanhante, o ‘55. Mas ainda um pouco novo, não acha?

– Um pouquinho.

Ao servir-se de queijo, o chefe voltou a falar:

– A nota russa... o que é que o Ministério das Relações Exteriores pensa a respeito disso?

– Estamos um tanto perplexos com a referência às bases do Caribe. – Ouviu-se um estalar de biscoitos Romary. – Mas acho pouco provável que estejam se referindo às Bahamas. Elas valem mais ou menos o que os ianques nos pagaram: alguns contratorpedeiros velhos. No entanto, sempre supusemos que essas construções em Cuba tivessem origem comunista. O senhor não acha que, no fim das contas, elas poderiam ter origem americana?

– Não teriam nos informado?

– Não necessariamente, receio. Desde o caso Fuchs. Eles dizem que nós também guardamos muitos segredos. Que é que o seu homem em Havana tem a dizer sobre isso?

– Solicitarei a ele uma avaliação completa. Que tal o Wensleydale?

– Perfeito.

– Sirva-se de vinho do Porto.

– Cockburn ’35, não?

– Não, ’27.

– Acha que eventualmente eles podem querer a guerra? – perguntou o chefe.

– Sei tanto quanto o senhor.

– Estão muito ativos em Cuba... ao que parece, com a ajuda da polícia. Nosso homem em Havana passou por um momento difícil. Seu melhor agente, como sabe, foi morto – acidentalmente, claro – quando partia para tirar fotografias aéreas das construções... uma grande perda para nós. Mas, por aquelas fotos, eu daria muito mais do que a vida de um homem. De certa forma, demos mil e quinhentos dólares. Atiraram em outro de nossos agentes, na rua, e ele ficou amedrontado. Um terceiro está escondido. Há também uma mulher... Eles a interrogaram, apesar de ser amante do diretor dos Correios e Telégrafos. Até agora, deixaram nosso homem em Havana em paz... talvez para poder vigiá-lo. De todo modo, ele é um sujeito astuto.

– Mas sem dúvida deve ter se descuidado um pouco, para perder todos esses agentes...

– No começo, devemos esperar algumas baixas. Decifraram o seu livro de código. Nunca gostei desses livros de código. Há lá um alemão que parece ser o principal operador deles, um especialista em criptografia. Hawthorne avisou nosso homem, mas o senhor sabe como são esses velhos comerciantes: praticam sua lealdade com obstinação. Talvez algumas baixas valham a pena para lhe abrir os olhos. Charuto?

– Obrigado. Teremos condições de recomeçar, caso ele seja liquidado?

– Nosso homem tem um truque que nos compensa em dobro. Ataca diretamente no campo do inimigo. Recrutou um agente duplo na própria sede da polícia.

– Mas não são um tanto... cheios de truques esses agentes duplos? Nunca se sabe de que lado estão.

– Confio que nosso homem irá "soprá-lo" constantemente – respondeu o chefe. – Digo "soprar" porque ambos são exímios jogadores de damas. Na verdade, esse é o pretexto de que se valem para estar em contato um com o outro.

– Não exagero ao expressar nossa preocupação com aquelas construções, chefe. Se ao menos o senhor tivesse obtido as fotografias antes que matassem o seu homem... O primeiro-ministro está insistindo conosco para que informemos os ianques e solicitemos a sua ajuda.

– Não permita que ele faça isso. Não se pode contar com a proteção dos americanos.

# Quinta parte

## Capítulo 1

– Sopro – disse o capitão Segura.

Tinham se encontrado no Havana Club. No Havana Club, que de clube não tinha nada e que pertencia ao rival de Baccardi, todos os drinques à base de rum eram servidos gratuitamente, o que permitia a Wormold aumentar suas economias, já que naturalmente seguia debitando as bebidas em sua lista de despesas: o fato de os drinques serem grátis teria sido algo tedioso, se não impossível, de explicar a Londres. O bar ficava no primeiro andar de um casarão do século XVII, e as janelas davam para a catedral onde outrora jazia o corpo de Cristóvão Colombo. Uma estátua de Colombo feita de pedra cinzenta erguia-se em frente à catedral e dava a impressão de ter sido formada, através dos séculos, debaixo da água, como um recife de coral, devido à ação dos insetos.

– Veja o senhor – disse o capitão Segura –, houve um tempo em que achei que não gostasse de mim.

– Há outros motivos para a gente jogar damas, além de gostar de alguém.

– Sim, para mim também – respondeu o capitão Segura. – Veja! Tenho uma dama.

– E eu o sopro três vezes.

– O senhor pensa que não percebi isso, mas verá que o lance está a meu favor. Aí está: tomei a sua única dama. Por que é que foi a Santiago, Santa Clara e Cienfuegos duas semanas atrás?

– Sempre visito meus distribuidores nesta época do ano.

– Parecia realmente que era *essa* a razão. O senhor se hospedou no novo hotel de Cienfuegos. Jantou sozinho num restaurante à beira-mar. Foi a um cinema e voltou para casa. Na manhã seguinte...

– Acredita mesmo que sou um agente secreto?

– Estou começando a duvidar. Acho que nossos amigos cometeram um equívoco.

– Quem são nossos amigos?

– Oh, digamos que sejam os amigos do dr. Hasselbacher.

– E quem são eles?

– Meu trabalho é saber o que se passa em Havana – respondeu o capitão Segura –, não tomar partido deste ou daquele, ou dar informações.

Movia sua dama livremente por todo o tabuleiro.

– Existe em Cuba algo tão importante a ponto de interessar um serviço secreto?

– Somos apenas um país pequenino, claro, mas estamos muito perto da costa americana. E estamos voltados para a própria base inglesa da Jamaica. Quando um país se vê cercado, como é o caso da Rússia, ele procura abrir um buraco a partir de dentro.

– Que utilidade teria eu... ou o dr. Hasselbacher... para uma estratégia global? Um vendedor de aspiradores. Um médico aposentado.

– Em todo jogo há peças que não são importantes – respondeu o capitão Segura. – Como esta aqui. Eu a tomo e o senhor nem se importa de perdê-la. O dr. Hasselbacher, claro, é muito bom nas palavras cruzadas.

– Que é que as palavras cruzadas têm a ver com isso?

– Um homem como esse dá um bom criptógrafo. Certa vez, alguém me mostrou um telegrama do senhor que já havia sido decifrado... ou melhor, deixaram que eu o descobrisse. Talvez pensassem que eu o correria de Cuba. – E, rindo, acrescentou: – O pai de Milly! Mal sabiam eles.

– E que dizia o telegrama?

– O senhor afirmava que tinha recrutado o engenheiro Cifuentes. Um absurdo, evidentemente. Conheço bem Cifuentes. Talvez tenham atirado nele para fazer com que o telegrama soasse mais convincente. Talvez o tenham redigido porque queriam livrar-se do senhor. Ou talvez sejam mais crédulos do que eu.

– Que história extraordinária! – exclamou Wormold, movendo uma peça. – Como pode estar tão certo de que Cifuentes não é meu agente?

– Pelo seu jeito de jogar damas, sr. Wormold, e porque interroguei Cifuentes.

– Torturou-o?

O capitão Segura riu:

– Não. Ele não pertence à classe torturável.

– Não sabia que, em matéria de tortura, havia distinções de classe.

– Sr. Wormold, meu caro, o senhor decerto compreende que há pessoas que esperam ser torturadas e outras que se sentiriam insultadas diante dessa idéia. Jamais se tortura alguém, a menos que se tenha uma espécie de acordo mútuo.

– Há torturas e torturas. Quando destruíram o laboratório do dr. Hasselbacher, estavam torturando...?

– Nunca se sabe o que os amadores são capazes de fazer. A polícia não teve nada a ver com aquilo. O dr. Hasselbacher não pertence à classe torturável.

– E quem é que pertence?

– Os pobres de meu país, de qualquer país da América Latina. Os pobres da Europa Central e do Oriente. Claro que nos sistemas de bem-estar social em que vive gente como o senhor não existem pobres... são todos intorturáveis. Em Cuba, a polícia pode lidar com os *émigrés* da América Latina e dos Países Bálticos com o rigor que lhe convier, mas não com os visitantes de seu país ou da Escandinávia. É uma questão instintiva de ambas as partes. Os católicos são mais torturáveis que os protestantes, assim como são mais criminosos. Como o senhor pode ver, eu estava certo ao capturar aquela dama, e agora vou soprá-lo pela última vez.

– O senhor sempre ganha, não é mesmo? Interessante a sua teoria.

– Uma das razões pelas quais o Ocidente odeia os grandes Estados comunistas é que eles não reconhecem distinções de classe. Às vezes, torturam as pessoas erradas. A mesma coisa fez Hitler e, claro, escandalizou o mundo. Ninguém se importa com o que acontece em nossas prisões, ou nas prisões de Lisboa e de Caracas, mas Hitler era demasiado promíscuo. Era como se, no seu país, um chofer dormisse com uma dama da corte.

– Isso já não nos escandaliza mais.

– Estamos todos em grande perigo quando as coisas deixam de nos escandalizar.

Tomaram, cada qual, um outro daiquiri grátis, tão gelado que tinha de ser bebido em pequenos goles, para evitar que doessem as narinas.

– E como está Milly? – perguntou o capitão Segura.

– Bem.

– Gosto muito de sua filha. Foi muito bem educada.

– Fico feliz que pense assim.

– Essa é outra razão pela qual eu não gostaria que o senhor se metesse em confusão, sr. Wormold, pois isso poderia significar a perda de sua permissão de residência. Havana ficaria mais pobre sem a sua filha.

– Não espero que o senhor realmente acredite em mim, capitão, mas Cifuentes nunca foi meu agente.

– Acredito no senhor. Penso que talvez alguém tenha pretendido usá-lo como pretexto, ou talvez como um desses patos pintados que atraem os patos verdadeiros, fazendo com que pousem. – Terminou o seu daiquiri e prosseguiu: – Claro que isso me convém. Também gosto de observar como vêm pousar aqui os patos selvagens da Rússia, dos Estados Unidos, da Inglaterra... até mesmo da Alemanha, mais uma vez. Eles desprezam os pobres atiradores locais, os latinos, mas um dia, quando estiverem todos pousados, que tiro não lhes darei!

– É um mundo complicado. Acho mais fácil vender aspiradores.

– E os negócios? Espero que estejam prosperando.

– Oh, sim, sim.

– Me chamou a atenção o fato de o senhor ter aumentado o seu pessoal. Aquela encantadora secretária do sifão e o casaco que não tinha jeito de fechar. E o jovem.

– Eu precisava de alguém para supervisionar minhas contas. Lopez não é confiável.

– Ah, Lopez. Outro de seus agentes – disse o capitão Segura, rindo. – Pelo menos, foi o que me informaram.

– Sim. Ele me fornece informações secretas sobre o departamento de polícia.

– Tenha cuidado, sr. Wormold. Ele é um dos torturáveis.

Ambos riram, sorvendo seus daiquiris. É fácil rir da idéia de tortura num dia de sol.

– Preciso ir andando, sr. Wormold.

– Suponho que suas celas estejam cheias de espiões meus.

– Com algumas execuções, sempre dá para arranjar lugar para mais um.

– Algum dia, capitão Segura, vou vencê-lo nas damas.

– Duvido, sr. Wormold.

Da janela, observou o capitão Segura passar pela figura cinzenta de Colombo, semelhante a pedra-pomes, a caminho de seu escritório. Depois, tomou mais um daiquiri grátis. O Havana Club e o capitão Segura pareciam ter ocupado o lugar do Wonder Bar e do dr. Hasselbacher: aquilo era como uma mudança de vida, e ele tinha de tirar o melhor da situação. Não havia como voltar atrás. O dr. Hasselbacher fora humilhado em sua presença, e a amizade não tolera humilhações. Não tornara a vê-lo.

No clube se sentia, tal como no Wonder Bar, cidadão de Havana: o jovem elegante que lhe servia a bebida em nenhum momento tentou lhe vender alguma das variadas garrafas de rum dispostas sobre a mesa. Um homem de barba grisalha lia o seu jornal matutino, como costumava fazer àquela hora; como sempre, um carteiro interrompeu seu percurso diário para tomar o seu drinque gratuito. Todos eles eram também cidadãos. Quatro turistas deixaram o bar carregando cestas de vime repletas de garrafas de rum: estavam excitados e alegres, alimentando a ilusão de que as bebidas não lhes tinham custado nada. Pensou: "São os estrangeiros e, claro, os intorturáveis".

Wormold bebeu o seu último daiquiri com demasiada pressa e saiu do Havana Club com os olhos doloridos. Os turistas inclinavam-se sobre o poço do século XVII: atiravam-lhe moedas suficientes para pagar duas vezes os drinques que haviam bebido. Estavam garantindo um regresso feliz. Uma voz de mulher o chamou e ele viu Beatrice de pé entre os pilares da colunata, em meio às cabaças, chocalhos e bonecas negras da loja de curiosidades.

– Que é que está fazendo aqui?

– Sempre me preocupam esses seus encontros com Segura – ela explicou. – Desta vez, quis me certificar...

– Certificar-se de quê?

Perguntava-se se finalmente Beatrice começara a desconfiar da inexistência de seus agentes. Talvez tivesse recebido instruções para vigiá-lo, instruções de Londres ou do 59200, em Kingston. Tomaram o caminho de casa.

– De que não era uma armadilha, de que a polícia não estava à sua espera. É difícil lidar com um agente duplo.

– Você se preocupa demais.

– E você tem tão pouca experiência... Veja só o que aconteceu com Raul e Cifuentes.

– Cifuentes foi interrogado pela polícia. – Com alívio, completou: – Está queimado; já não tem mais nenhuma utilidade para nós.

– E você, também já não está queimado?

– Cifuentes não disse nada a eles. Foi o capitão Segura quem escolheu as perguntas, e Segura é um dos nossos. Acho que talvez já esteja na hora de lhe darmos uma bonificação. Ele está tentando compilar uma lista completa dos agentes estrangeiros que operam aqui – tanto americanos como russos. Patos selvagens, como ele os chama.

– Seria um grande golpe. E as construções?

– Vamos ter que deixá-las de lado, por enquanto. Não posso fazê-lo agir contra o próprio país.

Ao passar pela catedral, deu a sua moeda habitual ao mendigo cego que costumava ficar sentado nos degraus de fora do templo.

– Com este sol, quase vale a pena ser cego – disse Beatrice.

O instinto criativo agitou-se em Wormold.

– Como sabe, ele não é realmente cego. Vê tudo o que se passa.

– Deve ser um bom ator. Fiquei de olho nele todo o tempo que você passou com Segura.

– E ele ficou de olho em você. Na verdade, é um de meus melhores informantes. Sempre o mantenho aí estacionado, quando me encontro com Segura. Uma precaução elementar. Não sou tão descuidado quanto pensa.

– Você jamais informou isso a Londres.

– Não há por quê. Dificilmente eles teriam como investigar um mendigo cego, e não o uso para obter informações. Ainda assim, se eu tivesse sido detido, você saberia disso em de dez minutos. O que faria então?

– Queimaria todos os documentos e levaria Milly para a embaixada.

– E quanto a Rudy?

– Diria a ele para notificar Londres de que estávamos suspendendo as atividades e que, a partir daí, passaríamos à clandestinidade.

– E como é que se passa à clandestinidade? – perguntou, sem esperar uma resposta. Prosseguiu então, falando lentamente, à medida que a história se desenvolvia por si mesma: – O mendigo se chama Miguel. Na verdade, ele faz tudo isso por amor. Certa vez, salvei-lhe a vida.

– Como?

– Oh, nada demais. Um acidente com um *ferryboat*. Aconteceu que eu sabia nadar, e ele, não.

– Não lhe deram uma medalha?

Olhou-a rapidamente, mas em seu rosto pôde ver apenas um interesse inocente.

– Não. Não houve nenhuma glorificação. Na verdade, me multaram por trazê-lo à terra numa zona proibida.

– Que história romântica! E agora, claro, ele daria a vida por você.

– Oh, eu não iria tão longe assim.

– Diga-me com sinceridade: você não tem guardada em algum lugar uma velha agenda de couro de um pêni, com as suas primeiras despesas anotadas?

– Creio que não. Por quê?

– Com as suas primeiras compras de penas de aço e borrachas?

– Ora, por que penas de aço?

– Estava apenas pensando. Só isso.

– Não dá para comprar essas agendas com apenas um pêni. E as penas de aço... hoje em dia ninguém mais usa isso!

– Esqueça. Foi apenas algo que Henry me disse. Um engano natural.

– Quem é Henry? – ele indagou.

– É o 59200.

Sentiu um estranho ciúme, pois, apesar de todas as regras de segurança, só uma vez ela o chamara de Jim.

A casa estava vazia, como de costume, quando entraram; ele percebeu que já não sentia a falta de Milly, e experimentou o triste alívio de um homem que compreende que havia um amor, enfim, que já não lhe doía mais.

– Rudy saiu – disse Beatrice. – Foi comprar bombons, aposto. Ele come doces demais. Deve consumir uma grande quantidade de energia, pois nunca engorda... Só não sei como consegue isso.

– Melhor irmos logo ao trabalho. Temos um telegrama para enviar. Segura me forneceu algumas informações valiosas sobre a infiltração comunista na polícia. Você dificilmente acreditaria...

– Posso acreditar em quase tudo. Veja isto. Acabo de descobrir algo fascinante no livro de código. Sabia que há um grupo de palavras para "eunuco"? Acha que aparecem com freqüência nos telegramas?

– Espero que precisem disso no escritório de Istambul.

– Gostaria que pudéssemos usá-las. Será que podemos?

– Voltará um dia a se casar?

– Suas associações de idéias às vezes são um tanto óbvias. Acha que Rudy tem uma vida secreta? Não pode consumir toda essa energia no escritório...

– Como se aprende a ter uma vida secreta? É preciso pedir permissão a Londres, antes de começá-la?

– Bem, é claro que, antes de ir muito longe, a gente teria que deixar vestígios para eles investigarem. Londres prefere manter os assuntos sexuais dentro do departamento.

## Capítulo 2

### 1

– Devo estar ficando importante – disse Wormold. – Fui convidado para fazer um discurso.

– Onde? – perguntou Milly, erguendo atenciosamente os olhos do *Horsewoman's Year Book*.

Era a hora da tarde em que, já encerrado o trabalho, o último brilho do sol abatia-se sobre os telhados, tocando-lhe o cabelo cor de mel e o uísque em seu copo.

– No almoço anual da Associação dos Comerciantes Europeus. O dr. Braun, o presidente, me pediu para falar, como membro mais velho. O convidado de honra é o cônsul-geral americano – completou, com orgulho.

Parecia fazer tão pouco tempo desde que chegara a Havana e encontrara, no bar Floridita, a família da jovem que viria a ser a mãe de Milly; agora, era o comerciante mais antigo da cidade. Muitos tinham se aposentado; alguns haviam retornado à pátria, para lutar na última guerra – ingleses, alemães, franceses –, mas ele fora rejeitado, devido à perna ruim. Nenhum dos outros regressara a Cuba.

– Sobre o que você vai falar?

– Sobre nada. Não irei – respondeu, com tristeza. – Não saberia o que dizer.

– Aposto que você falaria melhor que qualquer um deles.

– Oh, não. Posso ser o membro mais antigo, Milly, mas também sou o menor. Os exportadores de rum e os fabricantes de charutos... eles é que são realmente importantes.

– Você é você.

– Gostaria que você tivesse escolhido um pai mais inteligente.

– O capitão Segura diz que você é muito bom no jogo de damas.

– Mas não tão bom quanto ele.

– Por favor, papai, aceite o convite – ela pediu. – Eu ficaria tão orgulhosa!

– Faria papel de tolo.

– Mas é claro que não! Faça isso por mim, papai.

– Por você, eu daria cambalhotas na frente deles. Muito bem. Vou aceitar.

Rudy bateu à porta. Aquela era a última vez do dia em que ele se punha junto ao rádio, à espera de mensagens; seria meia-noite em Londres.

– Há um telegrama urgente, de Kingston – ele disse. – Devo chamar Beatrice?

– Não. Posso resolver isso eu mesmo. Ela vai ao cinema.

– Parece que os negócios estão em alta – comentou Milly.

– Estão.

– Mas não parece que você está *vendendo* mais aspiradores.

– Trata-se de uma promoção de longo prazo – respondeu Wormold.

Foi até o quarto e decifrou o telegrama. Era de Hawthorne. Devia tomar o primeiro avião para Kingston e apresentar-se. Pensou: "Até que enfim eles sabem".

## 2

O local do encontro era o Myrtle Bank Hotel. Wormold não ia à Jamaica havia já muitos anos, e ficou estarrecido com a sujeira e o calor. O que poderia justificar a miséria das possessões britânicas? Os espanhóis, os franceses e os portugueses construíam cidades nas quais se estabeleciam, mas os ingleses se limitavam a deixá-las crescer. A rua mais pobre de Havana tinha certa dignidade, comparada à vida indigente de Kingston: barracos construídos com latas de gasolina, cobertos com sucata surrupiada de algum cemitério de automóveis.

Hawthorne, sentado numa espreguiçadeira do terraço do Myrtle Bank, sorvia, com um canudo de palha, um ponche muito popular entre os agricultores locais. Seu terno achava-se tão imaculado como na ocasião em que Wormold o encontrara pela primeira vez: o único sinal do enorme calor que fazia era um pouco de pó endurecido sob sua orelha.

– Pegue um desses reclinatórios aí e sente-se.

Até o linguajar era o mesmo.

– Obrigado.

– Fez boa viagem?

– Fiz, obrigado.

– Espero que esteja feliz por estar de volta à pátria.

– Pátria?

– Quero dizer, aqui... tirando umas férias dos hispânicos. De volta a um território britânico.

Wormold pensou nas choupanas que vira ao longo do cais, num velho miserável que dormia sob uma nesga de sombra e numa criança esfarrapada que chupava um pedaço de madeira trazido pela maré. Comentou:

– Havana não é tão má assim.

– Experimente um destes ponches de agricultor. São ótimos aqui.

– Obrigado.

– Pedi para o senhor vir porque estamos com um pequeno problema.

– Sim?

Imaginou que a verdade estava vindo à tona. Poderia ser detido, agora que se achava em território britânico? Qual seria a acusação? Talvez a de ter obtido dinheiro sob falso pretexto, ou, quem sabe, uma acusação ainda mais obscura, ouvida *in camera*, conforme a Lei dos Segredos Oficiais?

– A respeito daquelas construções.

Teve vontade de explicar que Beatrice nada tinha a ver com aquilo; que ele não tinha cúmplices senão a credulidade de outros homens.

– Que é que há com elas? – perguntou.

– Gostaria que o senhor tivesse obtido algumas fotografias.

– Eu tentei. O senhor está a par do que aconteceu.

– Sim. Os desenhos são um tanto confusos.

– Não foram feitos por um desenhista profissional.

– Não me interprete mal, meu velho. O senhor fez maravilhas, mas, como sabe, houve um momento em que... quase cheguei a desconfiar.

– Desconfiar de quê?

– Bem, alguns dos desenhos lembravam... para ser franco, lembravam peças de um aspirador de pó.

– Tem razão. Isso também me ocorreu.

– Pois, veja o senhor, acabei me lembrando de todos aqueles trecos de sua loja.

– Pensou então que eu estava zombando do Serviço Secreto?

– Claro que isso, agora, parece difícil de acreditar, reconheço. De todo modo, me senti um tanto aliviado quando descobri que os outros haviam decidido assassiná-lo.

– Me assassinar?

– Como vê, isso prova que os desenhos são realmente autênticos.

– Que outros?

– Os do outro lado. Felizmente, guardei para mim essas suspeitas absurdas.

– Como vão me assassinar?

– Oh, já chegaremos a isso... uma questão de envenenamento. O que quero dizer é que, sem fotografias, não podemos ter uma melhor confirmação de seus relatórios. Vínhamos mantendo os desenhos em sigilo, mas, agora, fizemos com que circulassem por todos os departamentos. Também os enviamos ao Departamento de Pesquisa Atômica, mas eles não nos ajudaram. Disseram que os esboços não tinham nenhuma relação com a fissão nuclear. O caso é que ficamos tão estupidificados com o que disseram os rapazes do departamento atômico que esquecemos completamente a possibilidade de haver outras formas de guerra científica igualmente perigosas.

– Como é que vão me envenenar?

– Primeiro as prioridades, meu velho. Não devemos nos esquecer do aspecto econômico da guerra. Cuba não pode se dar ao luxo de começar a fabricar bombas de hidrogênio, mas será que não descobriram algo de curto alcance igualmente eficaz e *barato*? Aí está uma palavra importante: barato.

– Por gentileza, o senhor se importaria de me dizer de que modo vão me assassinar? Como vê, esse é um assunto que me interessa particularmente.

– Claro, já vou lhe dizer. Só queria dar primeiro o contexto da situação e lhe dizer quão satisfeitos ficamos... com a confirmação de seus informes, quero dizer. Planejam envenená-lo durante uma espécie de almoço comercial.

– Da Associação dos Comerciantes Europeus?

– Creio que é esse o nome.

– Como é que sabe?

– Penetramos na organização deles aqui. O senhor se surpreenderia se soubesse o quanto estamos a par do que acontece em seu território. Posso lhe dizer, por exemplo, que a morte do traço quatro foi um acidente. Só queriam assustá-lo, do mesmo modo que fizeram com o traço três, ao atirarem nele. O senhor é o primeiro que realmente decidiram assassinar.

– É um ótimo consolo...

– De certa forma, é um elogio. O senhor agora é um homem perigoso!

Hawthorne fez um longo ruído de sucção, ao sorver o líquido que restava em seu copo, entre as camadas de gelo, laranja, abacaxi e a cereja do topo.

– Acho que seria melhor eu não comparecer a esse almoço – disse Wormold, sentindo-se surpreendentemente desapontado. – Será o primeiro almoço que perderei nos últimos dez anos. Aliás, me pediram para fazer um discurso. A firma sempre espera que eu compareça. É como hastear uma bandeira.

– Mas é *claro* que o senhor tem que ir.

– E ser envenenado?

– Não precisa comer nada, precisa?

– Já tentou alguma vez ir a um almoço público e não comer nada? Há também a questão da bebida.

– Não podem envenenar uma garrafa de vinho. O senhor poderia dar a impressão de ser um alcoólatra... alguém que não come, apenas bebe.

– Obrigado. Isso seria ótimo para os meus negócios, sem dúvida alguma.

– As pessoas têm um fraco por alcoólatras. Além disso, se o senhor não comparecer, eles desconfiarão. Isso colocará minha fonte em perigo. Temos que proteger nossas fontes de informação.

– Faz parte da disciplina, imagino...

– Exatamente, meu velho. Outra coisa: sabemos da conspiração, mas não conhecemos os conspiradores, exceto os seus símbolos. Se descobrirmos quem são eles, poderemos insistir para que sejam trancafiados. Desarticularemos sua organização!

– Claro! Não existe crime perfeito, não é mesmo? Me atrevo a dizer que, quando forem fazer a minha autópsia, haverá uma pista que o senhor poderá utilizar para persuadir Segura a entrar em ação.

– Não está com medo, está? É um trabalho perigoso. Se não estava preparado, não devia tê-lo aceito...

– O senhor é como uma mãe espartana, sr. Hawthorne. Volte vitorioso, ou corra para baixo da mesa.

– Aí está uma excelente idéia! No momento exato, o senhor poderia escorregar para baixo da mesa. Os assassinos o dariam como morto, e os demais pensariam que estava bêbado.

– Não estamos falando de um encontro dos Quatro Grandes em Moscou. Os comerciantes europeus não escorregam para baixo da mesa.

– Nunca?

– Nunca. Acha que me preocupo sem necessidade, não é mesmo?

– Acho que ainda não há razão para se preocupar. Afinal, não são eles que lhe servirão a comida: o senhor é quem se servirá.

– Claro. Só que, no Nacional, sempre servem um caranguejo de entrada. E ele é preparado de antemão.

– O senhor não é obrigado a comê-lo. Há muitas pessoas que não comem caranguejo. Quando servirem os outros pratos, jamais se sirva da porção que estiver a seu lado. É como se um prestidigitador o obrigasse a escolher uma carta. O senhor só tem que recusá-la.

– Mas o prestidigitador geralmente nos leva a escolher a carta que quer.

– Já sei o que deve fazer... Não me disse que o almoço será no Nacional?

– Disse.

– Então por que é que o senhor não usa o traço sete?

– Quem é o traço sete?

– Não se lembra dos seus próprios agentes? Não é o *maître* do Nacional? Ele poderá verificar se o seu prato não está *temperado*... Já está na hora de ele justificar o dinheiro que recebe. Não me lembro de o senhor ter enviado um único relatório da parte dele.

– Não pode me dar uma idéia de quem será o homem do almoço? Quero dizer, o homem que planeja... – titubeou ante a palavra “matar” – fazer o serviço.

– Nenhuma pista, meu velho. Basta ter cuidado com todos. Tome outro ponche.

## 3

O avião de volta a Cuba tinha poucos passageiros: uma espanhola carregada de filhos, alguns dos quais berravam, enquanto outros enjoaram assim que o avião decolou; uma negra com um galo vivo enrolado num xale; um exportador de charutos cubanos, com quem Wormold já trocara um ou outro aceno de cabeça; e um inglês com jaqueta de *tweed*, que fumou cachimbo até a aeromoça pedir que o apagasse. A partir daí, pôs-se a chupá-lo ostensivamente durante o resto da viagem, suando copiosamente dentro de sua jaqueta. Tinha o semblante mal-humorado de um homem que está sempre com a razão.

Ao servirem o almoço, foi sentar-se ao lado de Wormold, vários assentos atrás.

– Não posso suportar aqueles fedelhos berrando – ele disse. – O senhor não se incomoda?

Olhou os papéis que estavam sobre os joelhos de Wormold.

– Trabalha com Phastkleaners? – perguntou.

– Trabalho.

– E eu, com Nucleaners. Me chamo Carter.

– Oh.

– Esta é minha segunda viagem a Cuba. Lugar alegre, pelo que me dizem – acrescentou, soprando o seu cachimbo e pondo-o de lado, para almoçar.

– Pode ser – respondeu Wormold –, se o senhor gosta de roleta ou de bordéis.

Carter acariciou sua bolsa de tabaco como se fosse a cabeça de um cão: "Meu cão fiel me fará companhia".

– Não foi exatamente isso o que quis dizer... embora eu não seja nenhum puritano, compreende? Creio que seria interessante. Em Roma, aja como os romanos. – Mudou de assunto: – Vendem bem os seus aparelhos?

– Os negócios até que vão bem.

– Estamos com um novo modelo que vai agitar o mercado.

Serviu-se de uma enorme fatia de torta cor de malva e, depois, cortou um pedaço de frango.

– Não diga...

– Funciona com um motor semelhante ao dos cortadores de grama. Nada de esforço para as esposas. E nada de tubos se arrastando por toda parte.

– Barulhento?

– Tem silenciador especial. Menos barulhento que o seu modelo. Nós o chamamos de *Esposa Sussurrante*.

Após sorver uma colherada de sopa de tartaruga, começou a comer sua salada de frutas, esmagando as sementes de uva entre os dentes.

– Em breve vamos abrir uma agência em Cuba. Conhece o dr. Braun?

– Já o encontrei. Na Associação dos Comerciantes Europeus. É o nosso presidente. Importa de Genebra instrumentos de precisão.

– Esse é o homem. Tem nos dado conselhos muito proveitosos. Na verdade, irei à festa de confraternização da Associação como convidado dele. Que tal o almoço lá?

– O senhor sabe como são os almoços de hotel.

– Melhores do que este aqui, no mínimo – respondeu, cuspindo uma casca de uva.

Não havia notado a maionese de aspargos e agora a atacava. Depois, remexeu no bolso.

– Aqui está meu cartão.

O cartão dizia *William Carter B. Tech. (Nottwich)* e, num dos cantos, *Nucleaners Ltd.*

– Vou ficar uma semana hospedado no Seville-Biltmore – acrescentou.

– Infelizmente, não tenho um cartão aqui comigo. Meu nome é Wormold.

– Conhece um sujeito chamado Davis?

– Creio que não.

– Fomos companheiros de quarto no colégio. Ele entrou para a Gripfix e veio para esta parte do mundo. É engraçado... a gente encontra o pessoal de Nottwich em toda parte. O senhor não esteve lá, esteve?

– Não.

– Na Universidade de Reading?

– Nunca estive numa universidade.

– Jamais pensei – disse Carter amavelmente. – Eu teria ido para Oxford, sabe, mas são muito retrógrados em termos de tecnologia. Bom para mestres-escolas, creio eu.

Pôs-se novamente a chupar o cachimbo vazio, como se fosse uma chupeta de criança, até o tubo lhe assobiar entre os dentes. De repente voltou a falar, como se algum resto de tanino lhe tivesse tocado a língua, deixando-lhe um sabor amargo na boca:

– Obsoletas. Relíquias do passado. Eu as aboliria.

– Aboliria o quê?

– Oxford e Cambridge.

Apanhou a única comida que restara na bandeja, um pedacinho de pão francês, e o partiu como o tempo e a hera partem uma pedra.

Na alfândega, Wormold o perdeu de vista. O homem estava tendo dificuldades com o seu Nucleaner de amostra, e Wormold não via razão alguma para que o representante dos Phastkleaners ajudasse um concorrente. Beatrice lá estava à sua espera, com o Hillman. Fazia muitos anos que uma mulher não ficava à sua espera.

– Tudo bem? – ela perguntou.

– Oh, sim, sim. Parece que ficaram satisfeitos comigo.

Contemplou-lhe as mãos sobre o volante: ela não usava luvas na tórrida tarde. Eram mãos belas e competentes. Comentou:

– Você não está usando a sua aliança.

– Não pensei que alguém fosse notar. Milly também notou. Vocês são uma família observadora.

– Não a perdeu?

– Tirei-a ontem, para lavar as mãos, e me esqueci de colocá-la de novo. Em todo caso, não faz sentido usar uma aliança se a gente se esquece dela, não é verdade?

Foi então que ele lhe falou sobre o almoço.

– Você não irá, não é mesmo? – ela indagou.

– Hawthorne espera que eu vá. Para proteger a sua fonte de informações.

– Para o diabo com a sua fonte de informações.

– Há um motivo melhor para que eu vá. Algo que o dr. Hasselbacher me disse. Eles gostam de atacar aquilo que a gente ama. Se eu não for, pensarão em alguma coisa diferente. Em algo pior. Na próxima vez, talvez não seja eu... não creio que o amor que sinto por mim mesmo seja suficiente para satisfazê-los. Poderia ser Milly. Ou você.

Não percebeu o que implicavam suas palavras até ela deixá-lo na porta de casa e seguir com o automóvel.

## Capítulo 3

### 1

– Você tomou apenas uma xícara de café, nada mais. Nem tocou na torrada – disse Milly.

– Não estou com vontade de comer, só isso.

– Vai acabar se empanturrando no almoço de hoje da Associação, quando sabe perfeitamente que caranguejo não combina nada com o seu estômago.

– Prometo que terei muito, muito cuidado.

– O melhor que poderia fazer seria tomar um bom café-da-manhã. Precisa de cereal para enxugar todo o álcool que vai beber mais tarde.

Era um dos dias em que a aia estava presente.

– Lamento, Milly, mas não posso. Tenho muitas coisas para pensar. Por favor, não me incomode. Hoje, não.

– Já preparou o seu discurso?

– Fiz o que pude, mas não sou nenhum orador, Milly. Não sei por que é que me convidaram.

Mas estava desconfortavelmente consciente de que talvez soubesse o porquê. Alguém devia ter influenciado o dr. Braun, alguém que ele precisava identificar a qualquer custo. Pensou: "Eu sou o *custo*".

– Aposto que você será uma sensação.

– Estou fazendo de tudo para não causar nenhuma sensação nesse almoço.

Milly foi para a escola e ele se sentou à mesa. A empresa fabricante dos cereais que Milly consumia imprimira no pacote de Weatbrix a mais recente aventura do Anãozinho Doodoo. O Anãozinho Doodoo, num episódio brevíssimo, topava com um rato do tamanho de um cão são-bernardo e, fingindo-se de gato e dizendo "miau", afugentava para longe o roedor. Era uma historinha bastante simples. Dificilmente se poderia considerá-la uma preparação para a vida. Além disso, na troca de doze tampas de seus cereais, a empresa oferecia uma espingarda de ar comprimido. Como o pacote estava quase vazio, Wormold começou a recortar a tampa, percorrendo o canivete cuidadosamente pela linha pontilhada. Estava arrematando o último canto quando Beatrice entrou.

– Que é que está fazendo? – ela perguntou.

– Pensei que uma espingarda de ar comprimido poderia ser útil aqui no escritório. Só precisamos de mais onze tampas.

– Não pude dormir a noite passada.

– Café demais?

– Não. Aquilo que o dr. Hasselbacher lhe disse. A respeito de Milly. Por favor, não vá a esse almoço.

– É o mínimo que posso fazer.

– Você já fez bastante. Estão satisfeitos com você em Londres. Percebi isso pelo tom das mensagens que lhe mandam. Diga Henry o que quiser, mas Londres não gostaria que você corresse um risco tolo.

– O que ele disse é a mais pura verdade: se eu não for, tentarão algo diferente.

– Não se preocupe com Milly. Vou vigiá-la com olhos de lince.

– E quem é que vai vigiar você?

– Estou neste ramo... A escolha foi minha. Não precisa se sentir responsável por mim.

– Alguma vez já esteve numa situação como esta?

– Não, mas jamais tive um patrão como você. Você parece incitá-los. Como sabe, este trabalho geralmente se resume a um escritório, fichários e telegramas aborrecidos... Não nos envolvemos em assassinatos. E não quero que você seja assassinado. Você é real. Não pertence ao mundo do *Boys' Own Paper*. Pelo amor de Deus, largue esse pacote idiota e ouça o que eu digo!

– Estava relendo o episódio do Anãozinho Doodoo.

– Então fique em casa com ele esta manhã. Vou comprar todos os episódios atrasados, para que você possa acompanhar a história desde o começo.

– Tudo o que Hawthorne disse faz sentido. Só preciso ter cuidado com o que vou comer. *É* importante descobrir quem são eles. Terei então feito algo concreto em troca de meu dinheiro.

– Dadas as circunstâncias, você já fez muito. Não há motivo para ir a esse almoço.

– Sim, há um motivo. Orgulho.

– Para quem você quer se mostrar?

– Para você.

## 2

Abriu caminho pelo saguão do hotel Nacional, entre as vitrines repletas de sapatos italianos, cinzeiros dinamarqueses, cristais suecos e lãs inglesas cor de malva. O salão privado onde costumavam se reunir os comerciantes europeus ficava bem atrás da cadeira em que estava sentado o dr. Hasselbacher, visivelmente à espera de alguém. Wormold aproximou-se com passos cada vez mais lentos: era a primeira vez que via o dr. Hasselbacher desde a noite em que o velho, sentado na cama com o seu uniforme de ulano, falara do passado. Os membros da Associação, ao passar para a sala de jantar, detinham-se e dirigiam-se ao dr. Hasselbacher, que não lhes dava atenção.

Por fim, Wormold chegou até onde estava o médico.

– Não entre aí, sr. Wormold – disse-lhe o dr. Hasselbacher.

Falou sem baixar a voz, as palavras vibrando entre as vitrines, chamando a atenção.

– Como vai, Hasselbacher?

– Eu disse para não entrar aí.

– Ouvi quando falou pela primeira vez.

– Eles vão matá-lo, sr. Wormold.

– Como é que sabe, Hasselbacher?

– Estão planejando envenená-lo aí dentro.

Vários dos convidados se detiveram, fitaram Hasselbacher e sorriram. Um deles, um americano, perguntou:

– A comida é tão ruim assim?

Todos riram.

– Não fique aqui, Hasselbacher – disse Wormold. – Está chamando muita atenção.

– O senhor vai entrar?

– Claro. Sou um dos oradores.

– Lembre-se de Milly. Não se esqueça dela.

– Não se preocupe com Milly. Vou sair daí com os meus próprios pés, Hasselbacher. Por favor, vá para casa.

– Tudo bem, mas eu tinha que tentar – respondeu Hasselbacher. – Estarei esperando junto ao telefone.

– Telefonarei quando sair.

– Adeus, Jim.

– Adeus, doutor.

O uso de seu primeiro nome pegou Wormold de surpresa. Recordou o que, por brincadeira, sempre pensara: que o dr. Hasselbacher só o chamaria pelo prenome em seu leito de morte, quando toda a esperança estivesse perdida. Sentiu-se subitamente amedrontado, sozinho, muito longe de casa.

– Wormold – disse uma voz, e ele, ao voltar-se, viu que era Carter, da Nucleaners. Mas era também, naquele momento, o coração da Inglaterra, o esnobismo inglês, a vulgaridade inglesa, toda a sensação de afinidade e segurança que a palavra Inglaterra lhe inspirava.

– Carter! – exclamou, como se Carter fosse o único homem em Havana que ele ansiava encontrar. E naquele instante era mesmo.

– Que alegria ver o senhor! – saudou Carter. – Não conheço uma única alma neste almoço. Nem mesmo o meu... nem mesmo o dr. Braun.

O cachimbo e a bolsa de fumo inchavam-lhe o bolso. Acariciou-os como que para recuperar a confiança, como se também ele se sentisse longe de casa.

– Carter, este é o dr. Hasselbacher, um velho amigo meu.

– Bom dia, doutor. – Carter disse e, voltando-se para Wormold: – Procurei o senhor em toda parte ontem à noite. Parece que não sou mesmo capaz de descobrir os lugares certos.

Passaram juntos à sala de jantar. Era totalmente irracional a confiança que lhe incutia um compatriota, mas, apesar de tudo, ao lado de Carter sentia-se protegido.

## 3

A sala de jantar havia sido decorada com duas grandes bandeiras dos Estados Unidos, em homenagem ao cônsul-geral, e com pequenas bandeiras de papel que, como nos restaurantes dos aeroportos, indicavam onde deveriam sentar-se os indivíduos de cada nacionalidade. À cabeceira da mesa havia uma bandeira suíça para o dr. Braun, o presidente; havia até mesmo uma bandeira de Mônaco para o cônsul monegasco, que era um dos maiores exportadores de charutos em Havana. Ele deveria sentar-se à direita do cônsul-geral, em reconhecimento à aliança real. Coquetéis circulavam entre os convivas quando Wormold e Carter entraram e um garçom imediatamente aproximou-se deles. Teria sido apenas a imaginação de Wormold, ou o garçom mudara a posição da bandeja, de modo que o último daiquiri que restava ficasse ao alcance de sua mão?

– Não, não. Obrigado.

Carter estendeu a mão, mas o garçom já se retirara em direção à porta de serviço.

– Quem sabe não prefere um martíni seco, senhor? – perguntou uma voz.

Wormold girou sobre os calcanhares: era o *maître*.

– Não, não. Não gosto de martíni.

– Um uísque, então? Um xerez? Um Old-Fashioned? O que desejar, senhor.

– Não estou bebendo – respondeu Wormold, e o garçom abandonou-o por um outro convidado.

Era presumivelmente o traço sete; estranho seria se, por uma irônica coincidência, fosse também o assassino potencial. Wormold olhou em volta, à procura de Carter, mas este havia se afastado em busca de seu anfitrião.

– É melhor beber tudo o que puder – recomendou uma voz com sotaque escocês. – Meu nome é MacDougall. Parece que somos vizinhos de mesa.

– Não me lembro de tê-lo visto antes.

– Estou substituindo McIntyre. O senhor certamente conheceu McIntyre, não?

– Oh, sim, sim.

O dr. Braun, que se desvencilhara do insignificante Carter empurrando-o para um suíço que comerciava relógios, estava agora guiando o cônsul-geral americano pelo salão, apresentando-o aos membros mais importantes da Associação. Os alemães formavam um grupo à parte, muito convenientemente posicionados junto à parede ocidental; ostentavam em seus semblantes, como cicatrizes de duelos, a superioridade do marco alemão: a honra nacional, que sobrevivera a Belsen, agora dependia de uma taxa de câmbio. Wormold conjecturava se não teria sido um deles quem traíra o segredo do almoço, revelando-o ao dr. Hasselbacher. Traíra? Não necessariamente. Talvez o médico tivesse sido chantageado para fornecer o veneno. De qualquer forma, teria escolhido, em consideração à velha amizade, algo que não causasse dor – se é que havia algum veneno indolor.

– Estava lhe dizendo – prosseguiu energicamente o sr. MacDougall, como uma dança escocesa – que seria melhor o senhor beber agora. Depois não haverá nada para tomar.

– Mas servirão vinho, não?

– Olhe para a mesa. – Garrafinhas de leite acompanhavam o prato de cada convidado. – Não leu o seu convite? Um típico almoço americano, em honra dos nossos grandes aliados ianques.

– Almoço americano?

– Então não sabe o que é um almoço americano, meu velho? Metem toda a comida, já servida no prato, debaixo de nosso nariz: peru assado, molho de arando, salsichas, cenouras e batatas fritas. Não suporto batatas fritas, mas não há muito o que escolher num almoço americano...

– Não há muito o que escolher?

– A gente come o que nos servem. Isso é democracia, meu velho.

O dr. Braun os convidou para sentar-se à mesa. Wormold nutria a esperança de que os compatriotas se sentassem juntos e que Carter ficasse a seu lado, mas foi um escandinavo quem se acomodou à sua esquerda, franzindo o cenho para a sua garrafa de leite. "Alguém arranjou isto muito bem", pensou Wormold. "Nada é seguro. Nem mesmo o leite." Já os garçons se alvoroçavam em torno da mesa, com os caranguejos. Percebeu então, com alívio, que à sua frente, do outro lado da mesa, estava Carter. Podia-se recorrer a ele como se podia recorrer a um policial inglês, pois a gente sabia o que pensavam.

– Não – disse Wormold ao garçom. – Não vou querer caranguejo.

– Muito sensato de sua parte não comer essas coisas – comentou o sr. MacDougall. – Eu também as rechacei. Não combinam com uísque. Agora, se beber um pouco de sua água gelada e segurar o copo debaixo da mesa, tenho aqui no meu bolso um frasco com o bastante para nós dois.

Sem refletir, Wormold esticou a mão em direção ao copo, mas logo foi assaltado pela dúvida. Quem era MacDougall? Jamais o vira antes... e só agora ficara sabendo que McIntyre havia partido. Seria possível que a água estivesse envenenada, ou mesmo o uísque do frasco?

– Por que foi que McIntyre partiu? – perguntou, com o copo na mão.

– Oh, foi apenas uma dessas coisas – respondeu o sr. MacDougall. – O senhor sabe como é. Tome um pouco de sua água. Não vai querer afogar o uísque. Este é o melhor malte das Highlands.

– Ainda está muito cedo para mim. De todo modo, obrigado.

– Se não confia na água, faz bem em não beber – disse, ambiguamente, o sr. MacDougall. – Eu também vou tomá-lo puro. Se não se importa de compartilhar o bico do frasco...

– Não, obrigado. Não bebo a esta hora.

– Foram os ingleses que criaram horário para beber, não os escoceses. Logo estarão criando horário para morrer.

Do outro lado da mesa, Carter disse:

– Eu não me importo. Meu nome é Carter.

Wormold viu, aliviado, que o sr. MacDougall estava servindo o uísque: um suspeito a menos, pois certamente ninguém iria querer envenenar Carter. Ainda assim, pensou ele, havia algo errado no jeito escocês de ser do sr. MacDougall. Cheirava a fraude, como Ossian.

– Svenson – disse, secamente, o sombrio escandinavo que estava sentado atrás da bandeirinha sueca. Ao menos,

Wormold pensou que era sueca: jamais conseguira distinguir com certeza as cores das bandeiras escandinavas.

– Wormold – ele respondeu.

– Que idiotice é esta de servir leite?

– Creio que o dr. Braun está sendo um pouco literal demais.

– Ou cômico – disse Carter.

– Não me parece que o dr. Braun tenha muito senso de humor.

– E o senhor, o que é que faz, sr. Wormold? – perguntou o sueco. – Não creio que já tenhamos sido apresentados, embora eu o conheça de vista.

– Aspiradores. E o senhor?

– Cristais. Como sabe, os cristais suecos são os melhores do mundo. Este pão está muito bom. O senhor não come pão?

Era bem possível que ele tivesse preparado sua conversa de antemão, valendo-se de algum guia de conversação.

– Deixei de comer. Estava engordando.

– Eu diria que o senhor faria bem se engordasse um pouquinho – disse o sr. Svenson, lançando uma risada lúgubre tão alegre como uma longa noite boreal. – Perdoe-me. Deixei o senhor sem jeito.

À cabeceira da mesa, onde estava sentado o cônsul-geral, começaram a servir o almoço americano. O sr. MacDougall equivocara-se a respeito do peru: o prato principal era um frango à Maryland. Mas acertara quanto às cenouras, batatas fritas e salsichas. O dr. Braun ficara um pouco para trás em relação aos demais: ainda beliscava o seu caranguejo-morro. O cônsul-geral, com a formalidade de sua conversa e a fixidez de suas lentes convexas, devia ter feito com que se atrasasse. Dois garçons passaram em volta da mesa, um recolhendo os restos de caranguejo e o outro servindo o prato principal. Apenas o cônsul-geral pensou em abrir o seu leite. A palavra "Dulles" deslizou pela mesa até chegar, enfadonha, ao lugar em que estava Wormold. O garçom aproximou-se trazendo dois pratos, um dos quais colocou diante do escandinavo. O outro era para Wormold. Ocorreu a este que toda aquela atmosfera de ameaça à sua vida poderia não passar de uma disparatada brincadeira. Talvez Hawthorne fosse um humorista e o dr. Hasselbacher... Lembrou-se de quando Milly lhe havia perguntado se Hasselbacher alguma vez já lhe pregara uma peça. Às vezes parece mais fácil correr o risco de morrer do que bancar o ridículo. Queria confiar em Carter e ouvir sua resposta sensata, mas, ao olhar para o próprio prato, notou algo estranho: não havia cenouras.

– O senhor o prefere sem cenouras – disse rapidamente e passou o prato para o sr. MacDougall.

– Não gosto é de batatas fritas – respondeu prontamente o sr. MacDougall, passando o prato para o cônsul de Luxemburgo. Este, profundamente absorvido pela conversa que travava com um alemão sentado do outro lado da mesa, passou o prato, com distraída civilidade, ao seu vizinho. A polidez contagiava a todos os que ainda não haviam sido servidos, e o prato foi passando de mão em mão, até chegar ao dr. Braun, que acabara de dar cabo de seu caranguejo. O *maître* percebeu o que estava acontecendo e se lançou ao encalço do prato sobre a mesa, mas este estava sempre um passo à sua frente. O garçom, que voltava com mais pratos, foi interceptado por Wormold, que apanhou um deles. O garçom ficou confuso. Wormold começou a comer com voracidade.

– As cenouras estão excelentes – disse ele.

O *maître*, hesitante, acercou-se do dr. Braun:

– Desculpe-me, dr. Braun, mas não lhe serviram as cenouras.

– Não gosto de cenoura – respondeu o dr. Braun, cortando um pedaço de frango.

– Sinto muito – disse o *maître*, retirando o prato do dr. Braun. – Houve um engano na cozinha.

De prato na mão, como um sacristão em meio à coleta, atravessou toda a sala, em direção à porta de serviço. O sr. MacDougall bebericava seu próprio uísque.

– Agora, bem que eu poderia me arriscar – disse Wormold. – A título de comemoração.

– Assim é que se fala. Com água ou puro?

– Posso usar a sua água? Tem uma mosca na minha.

– Claro.

Wormold bebeu dois terços da água e estendeu seu copo para o uísque do frasco do sr. MacDougall. Este lhe serviu uma generosa dose dupla.

– Sirva-se de novo. O senhor está em desvantagem em relação a mim e a Carter – disse MacDougall.

Wormold estava de volta ao terreno da confiança. Sentia agora uma espécie de ternura pelo vizinho do qual desconfiara.

– Precisamos nos ver mais vezes – disse.

– Uma ocasião como essa de nada valeria se não aproximasse as pessoas.

– Sem ela, eu não teria conhecido o senhor nem Carter.

Tomaram os três outra dose de uísque.

– Vocês dois precisam conhecer a minha filha – disse Wormold, o uísque aquecendo-lhe o espírito.

– Como vão os seus negócios?

– Nem tão mal. Estamos ampliando o escritório.

O dr. Braun deu uma batida seca na mesa, pedindo silêncio.

– Certamente terão que servir bebidas para os brindes – disse Carter, com sua voz alta e irreprimível de Nottwich, tão ardente quanto o uísque.

– Meu amigo, haverá discursos, mas não brindes – retrucou o sr. MacDougall. – Vamos ter que ouvir esses patifes sem nenhum auxílio alcoólico.

– Sou um dos patifes – disse Wormold.

– O senhor vai falar?

– Na qualidade de sócio mais antigo.

– Fico contente que tenha sobrevivido o bastante para isso – disse o sr. MacDougall.

O cônsul-geral americano, convidado pelo dr. Braun, começou a discursar. Falou dos laços espirituais existentes entre as democracias, entre as quais parecia incluir Cuba. Asseverou que o comércio era importante na medida em que, sem comércio, não haveria laços espirituais... ou talvez fosse o contrário. Mencionou também a ajuda americana aos países necessitados, o que lhes permitiria comprar mais mercadorias e, ao comprar mais mercadorias, fortalecer os laços espirituais...

Um cachorro uivava em alguma parte do hotel, e o *maître* sinalizou para que fechassem a porta. Fora um grande prazer para o cônsul-geral americano ter sido convidado para aquele almoço, pois lhe permitira conhecer os principais representantes do comércio europeu e, assim, fortalecer ainda mais os laços espirituais...

Wormold tomou mais duas doses.

– E agora – disse o dr. Braun –, tenho a honra de chamar aqui o membro mais antigo de nossa Associação. Não me refiro à sua idade, naturalmente, mas aos longos anos que tem servido à causa do comércio europeu nesta bela cidade, onde, sr. ministro – fez uma reverência a seu outro vizinho, um homem moreno e estrábico –, temos o privilégio e a felicidade de ser os seus hóspedes. Estou falando, como os cavalheiros todos devem saber, do sr. Wormold. – Lançou um rápido olhar para as suas anotações e completou: – Sr. James Wormold, representante da Phastkleaners em Havana.

– Acabamos o uísque – disse o sr. MacDougall. – Imagine isso agora! Justamente quando o senhor mais precisa de sua coragem.

– Eu também vim abastecido – disse Carter –, mas devo ter bebido quase tudo no avião. Só restou uma dose no frasco.

– Obviamente, quem deve tomá-la é o nosso amigo aqui – disse o sr. MacDougall. – Sua necessidade é maior do que a nossa.

– Podemos tomar o sr. Wormold como um símbolo de tudo aquilo que este nosso ofício representa: modéstia, tranqüilidade, perseverança e eficiência – disse o dr. Braun. – Nossos inimigos geralmente retratam o vendedor como um fanfarrão barulhento, que não tem outro propósito senão empurrar às pessoas algum produto inútil, desnecessário e até mesmo nocivo. Esse não é um quadro verdadeiro...

– Bondade sua, Carter – disse Wormold. – Um drinque certamente me faria bem.

– Não está acostumado a falar em público?

– Não se trata apenas de falar em público – ele respondeu, inclinando-se sobre a mesa, na direção daquele rosto banal de Nottwich no qual sentia que podia confiar, por sua incredulidade, confiança, pelo humor fácil baseado na experiência: estava seguro em companhia de Carter. – Sei que não acreditará numa única palavra do que vou lhe dizer...

Mas não queria que Carter acreditasse. Queria aprender com ele como não acreditar. Nesse meio-tempo, algo lhe roçou a perna e, ao olhar para baixo, deu com a cara negra de um bassê a suplicar-lhe, entre as orelhas caídas, algum refugo do almoço. O cão devia ter deslizado pela porta de serviço, sem que os garçons o notassem, e agora levava uma vida de fugitivo, meio oculto pela toalha da mesa.

Carter empurrou um pequeno frasco na direção de Wormold.

– Só dá para um. Pode tomar tudo.

– É muita generosidade sua, Carter.

Desarrolhou a tampa e despejou todo o conteúdo da garrafinha em seu copo.

– É apenas Johnnie Walker. Nada extravagante.

O dr. Braun prosseguia:

– Se há alguém aqui que pode falar em nome de todos nós sobre os longos anos de paciente serviço que o negociante presta ao público, não tenho dúvida de que esse alguém é o senhor Wormold, a quem agora convido...

Carter deu uma piscadela e levantou um copo imaginário.

– R-r-rápido – ele disse. – Tem que beber r-r-rápido.

Wormold baixou o uísque.

– O que foi que disse, Carter?

– Eu disse para o senhor beber... depressa.

– Oh, não, Carter, não foi isso o que disse!

Como foi que não notara aquela hesitação ao pronunciar o som de "R"? Teria Carter, ciente de sua dificuldade, evitado palavras que assim começassem, só vacilando quando tomado pelo medo ou pela esperança?

– O que é que há, Wormold?

Wormold baixou a mão para acariciar a cabeça do cachorro e, simulando um acidente, derrubou o copo da mesa.

– O senhor fingiu que não conhecia o médico.

– Que médico?

– O senhor o chamaria de H-H-Hasselbacher.

– Sr. Wormold – chamou, da cabeceira da mesa, o dr. Braun.

Levantou-se, sem firmeza. O cão, à falta de coisa melhor, lambia o uísque do chão.

– Agradeço aos senhores por me terem convidado a falar, quaisquer que tenham sido as suas motivações. – Risos corteses o apanharam de surpresa: não tivera a intenção de dizer nada engraçado. – Esta é minha primeira aparição pública... e, por um momento, pareceu-me que seria a última.

Carter o fitava de cenho franzido. Wormold sentia-se culpado por ter sobrevivido a tudo aquilo. Era como se tivesse quebrado a etiqueta, qual um bêbado em público. Talvez estivesse realmente bêbado. Prosseguiu:

– Não sei se tenho amigos aqui. O certo é que tenho alguns inimigos...

Alguém disse "Que vergonha!", e várias pessoas romperam em gargalhadas. Se aquilo continuasse assim, ele acabaria adquirindo a reputação de orador espirituoso.

– Hoje em dia, ouvimos falar um bocado de guerra fria – prosseguiu –, mas qualquer comerciante lhes dirá que a guerra travada entre dois fabricantes do mesmo produto pode ser uma guerra realmente quente. Consideremos, por exemplo, a Phastkleaners e a Nucleaners. A diferença entre seus aparelhos não é maior que a diferença existente entre dois seres humanos... um russo, ou alemão, e um inglês. Não haveria concorrência nem guerra, não fosse pela ambição de alguns homens de ambas as empresas. Apenas alguns homens ditam a concorrência, inventam necessidades e fazem com que o sr. Carter e eu nos lancemos um à garganta do outro.

Agora ninguém mais ria. O dr. Braun sussurrou alguma coisa ao ouvido do cônsul-geral. Wormold ergueu o frasco de uísque de Carter e continuou:

– Não creio que o sr. Carter saiba sequer o nome do homem que, para o bem de sua empresa, mandou me envenenar.

O salão novamente explodiu em gargalhadas, com uma nota de alívio. O sr. MacDougall gracejou:

– Poderíamos usar mais veneno aqui.

De repente, o cão começou a choramingar. Saiu de seu esconderijo e se dirigiu à porta de serviço.

– Max! – exclamou o *maître*. – Max!

Fez-se silêncio e, em seguida, ouviram-se algumas risadas nervosas. O cão cambaleava sobre as patas. Uivou e tentou morder o próprio peito. O *maître* alcançou-o junto à porta e ergueu-o, mas o animal, gritando como se sentisse dor, desvencilhou-se de seus braços.

– O cachorro tomou uma dose dupla – disse o sr. MacDougall, inquieto.

– Queira me desculpar, dr. Braun, mas acabou o espetáculo – disse Wormold e, seguindo o *maître* até a porta de serviço, interceptou-o: – Pare!

– Que é que o senhor quer?

– Quero saber o que houve com o meu prato.

– Que quer dizer com isso, senhor? Seu prato?

– O senhor estava bastante ansioso para que meu prato não fosse dado a nenhuma outra pessoa.

– Não compreendo.

– Sabia que estava envenenado?

– Quer dizer que a comida estava ruim, senhor?

– Quero dizer que estava envenenada e que o senhor teve bastante cuidado para salvar a vida do dr. Braun... e não a minha.

– Lamento, senhor, mas não compreendo o que quer dizer. Estou ocupado. Queira me desculpar.

Da cozinha, através do longo corredor, chegou um uivo de cão – um uivo débil e lúgubre, interrompido por uma lancinante explosão de dor.

– Max! – gritou o *maître*, desembestando pelo corredor, como se se tratasse de um ser humano, e escancarou a porta de serviço. – Max!

Do lugar humilhante em que se achava debaixo da mesa, o bassê, melancólico, ergueu a cabeça e começou a rastejar penosamente na direção do *maître*.

– Ele não comeu nada aqui – disse um homem com gorro de cozinheiro-chefe. – O prato foi jogado fora.

O cão desabou aos pés do garçom e ali ficou como um pedaço de carne refugada. O *maître* ajoelhou-se ao lado do animal:

– *Max, mein Kind. Mein Kind* *.

O corpo negro era como um prolongamento de sua própria roupa preta. O pessoal da cozinha reuniu-se em torno deles.

---

* Em alemão no original: "Max, meu menino. Meu menino." (N.T.)

O tubo negro fez um leve movimento, e uma língua rosada surgiu como pasta de dentes, estendendo-se sobre o chão da cozinha. O *maître* pousou a mão sobre a cabeça do cachorro e, depois, levantou os olhos para Wormold. Os olhos rasos de lágrimas de tal forma o acusavam de estar ali, vivo diante do cão morto, que Wormold quase teve vontade de desculpar-se, mas, em vez disso, girou sobre os calcanhares e retirou-se. Ao chegar ao fim do corredor, olhou para trás: a figura negra achava-se de joelhos ao lado do cão, o cozinheiro-chefe, vestido de branco, estava de pé, e os ajudantes de cozinha aguardavam em torno, como acompanhantes de enterro, carregando suas vasilhas, panos de prato e travessas, como se fossem coroas. "Minha morte", pensou Wormold, "teria sido mais discreta que essa."

### 4

– Voltei – disse a Beatrice. – Não estou debaixo da mesa. Voltei vitorioso. Foi o cão que morreu.

## Capítulo 4

### 1

– Fico contente de encontrá-lo sozinho – disse o capitão Segura. – Está mesmo só?

– Completamente só.

– Tenho certeza de que o senhor não vai se importar: coloquei dois homens na porta da rua, para que ninguém nos perturbe.

– Estou preso?

– Claro que não.

– Milly e Beatrice foram ao cinema. Ficarão surpresas se não puderem entrar.

– Não vou tomar muito de seu tempo. Vim vê-lo por duas coisas: uma é importante; a outra, mera rotina. Posso começar com o que é importante?

– Faça o favor.

– Desejo, sr. Wormold, pedir a mão de sua filha em casamento.

– Para isso precisa de dois policiais à porta?

– Convém não sermos importunados.

– Já falou com Milly?

– Não sonharia em fazer isso sem antes falar com o senhor.

– Suponho que, mesmo aqui, *seria* necessário o meu consentimento legal.

– Não se trata de uma questão legal, e sim de uma mútua cortesia. Posso fumar?

– Por que não? Essa sua cigarreira é realmente feita de pele humana?

O capitão Segura riu:

– Ah, Milly, Milly. Que bela piadista! – e acrescentou ambiguamente: – Acredita mesmo nessa história, sr. Wormold?

Talvez Segura fizesse objeção a uma mentira direta; talvez fosse um bom católico.

– Ela é jovem demais para casar, capitão Segura.

– Não neste país.

– Tenho certeza de que ela ainda não quer casar.

– Mas o senhor poderia influenciá-la, sr. Wormold.

– Chamam o senhor de Abutre Vermelho, não é verdade?

– Isso, em Cuba, é uma espécie de cumprimento.

– Mas a sua vida, não é ela um tanto incerta? O senhor parece ter uma porção de inimigos.

– Economizei o bastante para deixar minha viúva em boa situação. Nesse sentido, sr. Wormold, sou um apoio mais confiável que o senhor. Este seu estabelecimento... não pode lhe dar muito dinheiro; aliás, está sujeito a ter as portas fechadas a qualquer momento.

– A qualquer momento?

– Estou certo de que o senhor não pretende criar dificuldades, mas muitos transtornos têm acontecido à sua volta. Se o senhor tivesse que deixar este país, não se sentiria mais feliz se sua filha estivesse bem estabelecida aqui?

– Que tipo de transtornos, capitão Segura?

– Um carro que se espatifou... não importa por quê. Um ataque contra o pobre engenheiro Cifuentes... amigo do ministro do Interior. O professor Sanchez acusando-o de ter invadido a sua casa e o ameaçado. Até mesmo o boato de que o senhor teria envenenado um cachorro.

– Envenenado um cachorro?

– Parece absurdo, claro. Mas o *maître* do hotel Nacional disse que o senhor deu uísque envenenado ao cão dele. Por que o senhor haveria de dar uísque a um cão? Não compreendo. Tampouco o *maître*. Ele pensa que talvez tenha sido porque o cão era de raça alemã. Não tem nada a dizer, sr. Wormold?

– Estou sem palavras...

– Estava em estado lastimável, o coitado do homem. Não fosse isso, eu o teria enxotado da delegacia, por dizer todos aqueles disparates. Ele contou que o senhor foi até a cozinha regozijar-se perversamente do que havia feito. Aquilo não me pareceu muito próprio do senhor, sr. Wormold. Sempre o tomei como um homem de coração benevolente. Basta me dizer que não há qualquer verdade nessa história...

– O cão *foi* envenenado. O uísque saiu do meu copo. Mas estava destinado a mim, não ao cachorro.

– Por que é que alguém tentaria envenená-lo?

– Não sei.

– Duas estranhas histórias... uma invalida a outra. Provavelmente não havia veneno, e o cão simplesmente morreu. Suponho que se tratava de um cão velho. Mas tem que admitir, sr. Wormold, que um bocado de transtornos parece rodeá-lo. Talvez o senhor seja como essas crianças inocentes de seu país que, segundo li, põem os fantasmas para trabalhar.

– Talvez seja. O senhor sabe os nomes dos fantasmas?

– Da maioria deles. Acho que chegou a hora de exorcizá-los. Estou redigindo um relatório para o presidente.

– E estou nele?

– Não precisaria estar. Faço questão de lhe dizer, sr. Wormold, que economizei dinheiro, dinheiro suficiente para que Milly viva confortavelmente, caso alguma coisa venha a me acontecer. E suficiente, claro, para que nos mudemos para Miami, caso haja uma revolução.

– Não é necessário que me diga tudo isso. Não estou pondo em dúvida a sua capacidade financeira.

– É costume, sr. Wormold. Agora, quanto à minha saúde... é boa. Posso lhe mostrar os certificados. Também não haverá nenhuma dificuldade quanto a ter filhos. Isso já está mais que provado.

– Compreendo.

– Nada que possa preocupar a sua filha. As crianças estão amparadas. Meu compromisso atual não é importante. Sei que os protestantes são bastante rigorosos com essas coisas.

– Não sou exatamente o que se pode chamar de protestante.

– E, felizmente, sua filha é católica. Seria, sem dúvida, um casamento bastante conveniente, sr. Wormold.

– Milly tem apenas dezessete anos.

– É a melhor idade, a mais fácil, para uma mulher ter filhos, sr. Wormold. Tenho sua permissão para falar com ela?

– Precisa dela?

– É mais correto.

– E se eu disser que não...?

– Eu tentaria persuadi-lo, naturalmente.

– O senhor uma vez me disse que não pertenço à classe torturável.

O capitão Segura pousou a mão afetuosamente sobre o ombro de Wormold.

– O senhor tem o mesmo senso de humor de Milly. Mas, falando sério, sempre teremos sua permissão de residência a considerar...

– O senhor parece bastante decidido. Muito bem. Pode falar com ela. Terá oportunidade de sobra, se esperá-la na saída da escola. Mas Milly é bastante sensata. Não creio que o senhor vá ter alguma chance.

– Nesse caso, pode ser que eu lhe peça para lançar mão de sua influência paterna.

– Como o senhor é vitoriano, capitão Segura! Hoje em dia, um pai já não tem nenhuma influência. O senhor disse que havia algo importante...

– Este era o assunto importante – disse o capitão Segura, em tom de reprovação. – O outro é mera questão de rotina. O senhor poderia me acompanhar até o Wonder Bar?

– Para quê?

– Assunto policial. Nada que deva preocupá-lo. Estou lhe pedindo um favor, sr. Wormold, apenas isso.

Partiram no carro esporte escarlate do capitão Segura, com um policial de motocicleta à frente e outro atrás. Todos os engraxates do Paseo pareciam estar reunidos em Virtudes. Havia policiais de ambos os lados das portas de vaivém do Wonder Bar, e o sol pesava sobre suas cabeças.

Os policiais saltaram de suas motocicletas e começaram a dispersar os engraxates. Outros policiais logo acorreram do bar e formaram um escolta para o capitão Segura. Wormold o seguiu. Como costumava acontecer àquela hora do dia, as venezianas, sobre as colunatas, rangiam com a brisa vinda do mar. O *barman* achava-se do lado oposto do balcão, o lado dos fregueses. Parecia doente e amedrontado. Às suas costas, várias garrafas quebradas ainda pingavam gotas de bebida, mas o grosso de seu conteúdo de muito já se havia derramado. Alguém jazia imóvel no chão, o corpo oculto pelos policiais que o cercavam, mas com as botinas à mostra: eram botinas grossas, várias vezes consertadas, prováveis de pertencer a um velho de modesta condição.

– É apenas uma identificação formal – disse o capitão Segura.

Wormold nem precisava ver o rosto, mas os policiais ainda assim abriram caminho à sua frente, para que ele pudesse ver o cadáver do dr. Hasselbacher.

– É o dr. Hasselbacher – disse. – O senhor o conhece tão bem quanto eu.

– Há uma formalidade a ser observada nestes assuntos – respondeu Segura. – Uma identificação independente.

– Quem fez isso?

– Quem é que sabe...? – respondeu Segura. – É melhor o senhor tomar um copo de uísque. *Barman*!

– Não. Me dê um daiquiri. Era sempre um daiquiri que eu tomava em companhia dele.

– Alguém entrou aqui com um revólver. Dois tiros erraram o alvo. Diremos, claro, que foram os rebeldes de Oriente. Isso será útil para influenciar a opinião pública internacional. Talvez tenham sido mesmo os rebeldes.

Do chão, o rosto olhava para o teto, sem expressão. Não se podia descrever aquela impassibilidade em termos de paz e angústia. Era como se nada jamais tivesse acontecido àquele rosto: um rosto que não havia nascido.

– Quando forem sepultá-lo, coloquem o capacete dele no caixão.

– Capacete?

– Os senhores encontrarão um velho uniforme em seu apartamento. Era um homem sentimental.

Era curioso que o dr. Hasselbacher tivesse sobrevivido a duas guerras mundiais, para acabar morrendo num dito período de paz da mesma morte que poderia ter encontrado no Somme.

– O senhor sabe muito bem que isso não teve nada a ver com os rebeldes – disse Wormold.

– Mas convém dizer isso.

– Os fantasmas outra vez.

– O senhor se culpa demais.

– Ele me avisou para não ir àquele almoço... Carter o ouviu, todos o ouviram... por isso o mataram.

– Quem são "eles"?

– O senhor tem a lista de convidados.

– O nome Carter não consta dela.

– Pergunte, então, ao garçom do cão. *Ele* o senhor certamente pode torturar. Não vou me queixar.

– Ele é alemão e tem amigos influentes na política. Por que razão desejaria envenená-lo?

– Porque pensam que sou perigoso. Eu! Mal sabem eles! Me veja outro daiquiri. Sempre tomava dois antes de voltar para a loja. Vai me mostrar a sua lista, Segura?

– Poderia mostrá-la a um sogro, porque confiaria nele.

Podem publicar estatísticas e contar as populações em centenas de milhares, mas, para cada homem, uma cidade consiste de nada mais que algumas ruas, algumas casas, algumas pessoas. Remova-se isso e uma cidade já não existe, exceto como uma dolorosa lembrança, como a dor de uma perna amputada que já não está mais lá. Chegara a hora, pensou Wormold, de fazer as malas e deixar para trás as ruínas de Havana.

– Como o senhor vê – disse o capitão Segura –, isso só vem confirmar o que eu queria dizer. Poderia ter sido o senhor. Milly estaria a salvo de acidentes como este.

– Sim – respondeu Wormold. – Tenho que cuidar disso.

## 2

Os policiais já tinham ido embora quando Wormold voltou à loja. Lopez havia saído, e ele não tinha a menor idéia de onde pudesse estar. Ouvia Rudy remexer os seus tubos e, de vez em quando, o ruído da estática repercutindo pelo apartamento. Sentou-se na cama. Três mortes: um homem desconhecido chamado Raul, um bassê preto chamado Max e um velho médico chamado Hasselbacher; a causa fora ele – e Carter. Carter não planejara a morte de Raul nem a do cão, mas ao dr. Hasselbacher não dera a menor chance. Havia sido uma retaliação: uma morte por uma vida – uma inversão da Lei Mosaica. Podia ouvir Milly e Beatrice conversando no outro quarto. Embora a porta estivesse entreaberta, quase não conseguia compreender o que diziam. Encontrava-se na fronteira da violência, uma terra estranha que jamais visitara antes. Levava na mão o seu passaporte. "Profissão: espião"; "Traços característicos: solidão"; "Propósito da viagem: assassinato." Não era necessário visto. Seus documentos estavam em ordem.

E do lado da fronteira em que se achava, ouvia as vozes conversarem no idioma que ele conhecia.

– Não, eu não aconselharia batom vermelho. Não na sua idade – disse Beatrice.

– Deveriam nos dar lições de maquiagem no último semestre. Posso até mesmo ouvir a irmã Agnes dizendo: "Uma gota de *Nuit d'Amour* atrás das orelhas".

– Experimente este mais claro. Não, não lambuze o canto da boca. Deixe que eu lhe mostro.

Wormold pensou: "Não tenho arsênico nem cianureto. Além disso, não terei oportunidade de beber na companhia dele. Devia ter-lhe empurrado aquele uísque garganta abaixo." Mais fácil dizer do que fazer, fora do palco elisabetano. E mesmo ali ele precisaria de um espadim envenenado.

– Pronto! Entende agora o que quero dizer?

– E quanto ao *rouge*?

– Você não precisa de *rouge*.

– Que perfume você usa, Beatrice?

– *Sous Le Vent*.

"Atiraram em Hasselbacher, mas eu não tenho revólver", pensou Wormold. Não havia dúvida de que uma arma deveria fazer parte do equipamento do escritório, como o cofre, as folhas de celulóide, o microscópio e a chaleira elétrica. Jamais em sua vida sequer havia tocado num revólver, mas isso não era uma restrição insuperável. Bastava apenas que estivesse tão perto de Carter quanto da porta através da qual vinham as vozes.

– Vamos juntas às compras. Acho que você gostaria de *Indiscreet*. É de Lelong*.

– Não soa muito apaixonado – comentou Milly.

– Você é jovem. Não precisa colocar paixão atrás das orelhas.

– A gente precisa encorajar os homens – disse Milly.

– É só olhar para eles.

– Assim?

Wormold ouviu Beatrice rir. Olhou para a porta com espanto. Seus pensamentos haviam penetrado tão fundo o outro lado da fronteira que ele se esquecera de que ainda estava deste lado, em companhia delas.

– Não precisa encorajá-los tanto assim – disse Beatrice.

– E agora, pareço lânguida?

– Eu diria candente.

– Sente falta do casamento? – perguntou Milly.

– Se quer saber se sinto falta de Peter, não. Não sinto.

– Se ele morresse, você se casaria de novo?

– Acho que eu não esperaria tanto. Ele só tem quarenta anos.

---

* Lucien Lelong (1889-1958), estilista francês. (N.T.)

– Oh, claro. Suponho que *você* poderia se casar de novo, se é que chama isso de casamento.

– Chamo.

– Mas é terrível, não acha? O *meu* casamento, quero que ele dure para sempre.

– Quase todas achamos que vai ser assim... quando casamos.

– Então eu estaria muito melhor como amante.

– Acho que seu pai não iria gostar muito disso.

– Não vejo por que não. Se ele se casasse de novo, não seria nada diferente. Ela seria a sua amante, não seria? Ele queria ficar com a mamãe para sempre. Eu sei. Ele me disse. Era um casamento de verdade. Nem mesmo um bom pagão pode contornar isso.

– Pensei o mesmo em relação a Peter. Milly, Milly, não deixe que elas endureçam você.

– Elas?

– As freiras.

– Oh, elas não falam assim comigo. De jeito nenhum.

Sempre haveria, é claro, a possibilidade de usar uma faca. Mas, para usar uma faca, teria de aproximar-se de Carter mais do que jamais poderia esperar.

– Você ama o meu pai? – indagou Milly.

Ele pensou: "Um dia poderei voltar e resolver essas questões. Mas agora há problemas mais importantes: preciso descobrir como matar um homem. Certamente devem publicar manuais ensinando a fazer isso. Deve haver tratados sobre combates sem armas." Olhou as próprias mãos, mas não confiava nelas.

– Por que pergunta isso?

– Pela maneira como você olhou para ele.

– Quando?

– Quando ele voltou daquele almoço. Será que estava apenas contente por ele ter feito um discurso?

– Sim.

– Não fica bem – respondeu Milly. – Quero dizer... que você o ame.

Wormold disse de si para si: "Se pelo menos pudesse matá-lo, eu o faria por um motivo limpo. Mataria para mostrar que não se pode matar sem que por sua vez se seja morto. Não mataria pelo meu país. Não mataria pelo capitalismo, pelo comunismo, pela democracia social ou pelo Estado de bem-estar... Bem-estar de quem? Mataria Carter porque ele matou Hasselbacher. Uma rixa familiar teria sido uma razão melhor para cometer assassinato do que o patriotismo ou a preferência por um sistema econômico em detrimento de outro. Se amo ou odeio, deixem que eu ame ou odeie como indivíduo. Não serei 59200-5 na guerra global de ninguém.

– E se eu o amasse, por que não deveria fazê-lo?

– Ele é casado.

– Milly, minha cara. Cuidado com as fórmulas. Se existe um Deus, não é um Deus de fórmulas.

– Você o ama?

– Nunca disse isso.

"Um revólver é a única saída: onde será que posso arranjar um revólver?"

Alguém passou pela porta; ele nem sequer levantou os olhos. Os tubos de Rudy soltaram um guincho estridente na sala contígua. Ouviu a voz de Milly:

– Não vimos você entrar.

– Quero que você faça uma coisa para mim, Milly – ele pediu.

– Estava escutando nossa conversa?

Ouviu Beatrice perguntar:

– Que é que há? Que foi que aconteceu?

– Houve um acidente... uma espécie de acidente.

– Com quem?

– Com o dr. Hasselbacher.

– Grave?

– Sim.

– Está nos dando a notícia, não está? – perguntou Milly.

– Estou.

– Pobre dr. Hasselbacher.

– Sim.

– Vou pedir ao capelão que reze uma missa por cada ano que o conhecemos.

Ele percebeu que não era preciso ter cuidado ao dar a notícia de uma morte, contanto que se tratasse de Milly. Para ela, todas as mortes eram mortes felizes. A vingança é desnecessária quando se crê na existência de um céu. Mas ele não tinha essa crença. Num cristão, a clemência e o perdão quase não são virtudes: chegam demasiado facilmente.

– O capitão Segura esteve aqui – ele disse. – Quer que você se case com ele.

– Aquele velho? Nunca mais entro no carro dele!

– Gostaria que você fizesse isso uma última vez, amanhã. Diga que quero vê-lo.

– Para quê?

– Para uma partida de damas. Às dez horas. Você e Beatrice não poderão estar aqui.

– Ele vai me importunar?

– Não. Diga-lhe apenas para vir falar comigo. E para trazer a lista. Ele entenderá.

– E depois?

– Vamos voltar para casa. Para a Inglaterra.

Ao ficar a sós com Beatrice, disse-lhe:

– Acabou. É o fim do escritório.

– Que quer dizer?

– Talvez a gente afunde gloriosamente com um bom relatório: a lista dos agentes secretos que operam aqui.

– Incluindo nós?

– Oh, não. Nós nunca operamos.

– Não entendo.

– Jamais tive agentes, Beatrice. Nem um único. Hasselbacher foi morto sem motivo. Não há construções nas montanhas de Oriente.

Era típico dela não demonstrar o menor sinal de incredulidade. Aquela era uma informação como outra qualquer, a ser arquivada para posterior consulta. Qualquer avaliação de seu valor ficaria a cargo, pensou ele, do escritório central.

– Claro que é seu dever comunicar isso a Londres imediatamente, mas eu ficaria grato se pudesse esperar até depois de amanhã. Talvez então a gente possa acrescentar alguma coisa autêntica.

– Se estiver vivo, é o que quer dizer.

– Claro que vou estar vivo.

– Você está tramando alguma coisa.

– Segura tem a lista de agentes.

– Não é isso o que está tramando. Mas se você estiver morto – acrescentou, num tom que parecia de indignação –, *de mortuis*, suponho.

– Se algo me acontecesse, não gostaria que você descobrisse por esses arquivos fictícios a fraude que eu fui.

– Mas Raul... deve ter havido um Raul.

– Pobre homem. Deve ter se perguntado o que estava acontecendo. Passeava em seu carro, como de costume. Talvez também estivesse bêbado, como de costume. Espero que sim.

– Mas então ele existiu!

– A gente tem que tirar um nome de algum lugar. Devo ter escolhido o nome Raul sem me lembrar que era o dele.

– E aqueles diagramas?

– Eu mesmo os desenhei, tomando como base o aspirador de pilha atômica. Mas a brincadeira acabou. Gostaria de redigir uma confissão para eu assinar? Fico contente que não tenham feito nada de grave com Teresa.

Ela começou a rir. Levou as mãos à cabeça e riu às bandeiras despregadas.

– Oh, como eu o amo!

– Essa história toda deve lhe parecer bastante tola.

– Londres me parece bastante tola. E Henry Hawthorne. Acha que eu teria deixado Peter se alguma vez – uma única vez – ele tivesse feito a UNESCO de boba? Mas a UNESCO era sagrada. As conferências culturais eram sagradas. Ele jamais ria... Me empreste o seu lenço.

– Você está chorando.

– Estou rindo. Aqueles desenhos...

– Um deles era um bocal de pulverizador, e o outro, um acoplador de ação instantânea. Nunca pensei que fossem passar pelo exame dos técnicos.

– Não foram examinados por técnicos. Esqueceu que este é um Serviço Secreto? Temos que proteger nossas fontes. Não podemos permitir que documentos como esses cheguem às mãos de gente realmente entendida. Querido...

– Você disse querido.

– É uma maneira de falar. Você se lembra do Tropicana e daquele homem que estava cantando? Não sabia que você era meu chefe, e eu, sua secretária: para mim, você era apenas um homem gentil, acompanhado de uma filha encantadora; mas notei que queria fazer uma loucura com aquela garrafa de champanhe, e como eu estava tão mortalmente entediada com todo aquele bom senso...

– Mas não sou do tipo maluco.

*Dizem que a Terra é redonda:*
*minha loucura ofendem.*

– Não seria vendedor de aspiradores de pó se fizesse o tipo maluco.

*Digo que a noite é dia*
*E não tenho machado para afiar.*

– Você não é nem um pouquinho mais leal do que eu? – ele perguntou.

– Você é leal.

– A quem?

– A Milly. Não dou a mínima para homens que são leais às pessoas que lhes pagam, a organizações... Acho que nem mesmo o meu país significa tanto assim. Há muitos países em nosso sangue, não é verdade? Mas apenas uma pessoa. Seria o mundo a bagunça que é se fôssemos leais ao amor, e não aos países?

– Acho que eles poderiam me tirar o passaporte.

– Deixe que tentem.

– De qualquer forma, isto é, para nós dois, o fim de uma tarefa.

## Capítulo 5

### 1

– Entre, capitão Segura.

O capitão cintilava. Suas vestes de couro cintilavam, seus botões cintilavam, como também cintilava a brilhantina fresca em seus cabelos. Parecia um revolverzinho engomado.

– Fiquei tão contente quando Milly me deu o seu recado!

– Temos muito o que conversar. Mas que tal jogarmos uma partidinha de damas antes? Esta noite vou vencê-lo.

– Duvido, sr. Wormold. Ainda não tenho que lhe demonstrar respeito filial.

Wormold abriu o tabuleiro. Depois, dispôs sobre ele 24 garrafinhas de uísque em miniatura: doze *bourbons* contra doze *scotches*.

– Que é isso, sr. Wormold?

– Uma idéia do dr. Hasselbacher. Achei que podíamos jogar uma partida em sua memória. Sempre que a gente come uma peça, bebe essa peça.

– Uma idéia astuta, sr. Wormold. Como sou melhor jogador, beberei mais.

– Mas depois eu o alcanço... também nos drinques.

– Acho que prefiro jogar com as peças habituais.

– Está com medo de ser derrotado, Segura? Talvez tenha a cabeça fraca.

– Minha cabeça é tão forte quanto a de qualquer outro homem, mas às vezes a bebida me faz perder a calma. E não gostaria de perder a calma com o meu futuro sogro.

– Milly não irá se casar com o senhor, capitão Segura.

– Isso é o que vamos ter que discutir.

– O senhor joga com o *bourbon*: é mais forte que o *scotch*. Esta vai ser a minha desvantagem.

– Não é necessário. Jogarei com o *scotch*.

Segura virou o tabuleiro e sentou-se.

– Por que não tira o seu cinto, Segura? Vai se sentir mais à vontade.

Segura colocou o cinto e o coldre no chão, junto de si.

– Lutarei contra o senhor desarmado – disse com jovialidade.

– Sempre mantém seu revólver carregado?

– Claro. Os inimigos que tenho não são do tipo que me daria tempo de carregá-lo.

– Encontrou o assassino do dr. Hasselbacher?

– Não. Ele não pertence à classe criminosa.

– Carter?

– Depois do que o senhor me disse, fui investigar, naturalmente. Na ocasião, ele estava acompanhado do dr. Braun. E não podemos duvidar da palavra do presidente da Associação dos Comerciantes Europeus, podemos?

– Então o dr. Braun está em sua lista?

– Naturalmente. Mas, agora, vamos ao jogo.

No jogo de damas, como todo jogador sabe, há uma linha imaginária que cruza o tabuleiro diagonalmente, de canto a canto. É a linha de defesa. Quem quer que obtenha o controle dessa linha deve tomar a iniciativa; cruzada a linha, começa o ataque. Com insolente tranqüilidade, Segura começou seu jogo com um movimento de desafio. Em seguida, moveu uma garrafa obliquamente, até o centro. Não hesitava entre um lance e outro – mal olhava o tabuleiro. Era Wormold quem tinha de parar para pensar o jogo.

– Onde está Milly? – perguntou Segura.

– Saiu.

– E sua encantadora secretária?

– Está com Milly.

– O senhor já está em dificuldades – disse o capitão Segura.

Atacou a base de defesa de Wormold e capturou uma garrafa de Old Taylor.

– O primeiro drinque – disse, logo a esvaziando.

Afoito, Wormold iniciou um movimento de pinça como resposta e, na mesma hora, quase perdeu uma garrafa – desta vez, um Old Forester. Algumas gotas de suor brotaram na testa de Segura, que, após beber o drinque de um só trago, pigarreou.

– Joga de maneira imprudente, sr. Wormold – comentou, indicando o tabuleiro: – Devia ter comido essa peça.

– O senhor pode me assoprar.

Pela primeira vez, o capitão hesitou:

– Não. Prefiro que o senhor fique com a minha.

Era um uísque pouco familiar, chamado Cairngorm, o qual encontrou uma ferida na língua de Wormold.

Jogaram por um tempo com exagerada cautela, evitando tirar qualquer peça do tabuleiro.

– Carter ainda está no Seville-Biltmore? – perguntou Wormold.

– Está.

– E o senhor o mantém sob vigilância?

– Não. De que adiantaria?

Wormold agarrava-se à borda do tabuleiro com o que restava de seu malogrado movimento de pinça, mas perdera a sua base. Fez um lance equivocado, permitindo a Segura cravar uma peça protegida no quadrado 22, sem que houvesse jeito de salvar sua pedra no quadrado 25 e, assim, evitar que o capitão alcançasse a fileira de trás e fizesse dama.

– Descuidado... – disse Segura.

– Posso fazer uma troca.

– Mas eu tenho a dama.

Segura bebeu um Four Roses e Wormold, na outra ponta do tabuleiro, tomou um Dimpled Haig.

– A noite está quente – comentou Segura, coroando sua dama com um pedaço de papel.

– Se eu capturá-la, terei que beber duas garrafas. Mas tenho outras de reserva no armário.

– O senhor realmente pensou em tudo! – exclamou Segura. – Com amargura?

Jogavam agora com grande cautela. Estava ficando difícil tentá-lo a capturar qualquer pedra, e Wormold começou a compreender a deficiência fundamental de seu plano: a de que é possível, para um bom jogador, derrotar o oponente sem lhe tomar as peças. Capturou outra pedra de Segura e caiu numa armadilha. Não podia mover-se.

Segura enxugou o suor da testa:

– Como vê, o senhor não pode me ganhar.

– Tem que me dar uma revanche.

– Este *bourbon* é forte. Oitenta e cinco graus.

– Vamos trocar os uísques.

Desta vez, Wormold ficou com as pedras negras – os *scotches*. Repusera os três que havia bebido e também os três *bourbons*. Fez o lance inicial com um Old Fourteenth, adequado para uma partida de longa duração, pois agora sabia que sua única esperança era fazer com que Segura se descuidasse e passasse a jogar por suas pedras. Procurou novamente ser soprado, mas novamente o capitão não aceitou o lance. Era como se tivesse compreendido que seu verdadeiro adversário não era Wormold, mas a própria cabeça. Chegou a abrir mão de uma peça sem nenhuma vantagem tática, obrigando Wormold a capturá-la – um Hiram Walker. Wormold percebeu que sua própria cabeça corria perigo: a mistura de *scotch* e *bourbon* era fatal.

– Me dê um cigarro – pediu.

Segura inclinou-se sobre o tabuleiro para acendê-lo, e Wormold notou o esforço que seu adversário teve de fazer para manter firme o isqueiro. O dispositivo não acendeu, e Segura praguejou com desnecessária violência. "Mais dois drinques e ele é meu", pensou Wormold.

Mas era tão difícil perder uma peça para um antagonista que não estava disposto a tomá-la quanto capturar uma. Contra sua própria vontade, a batalha pendia para o seu lado. Bebeu um Harper e fez uma dama.

– O jogo é meu, Segura – disse, com falsa jovialidade. – Quer desistir?

Segura lançou uma carranca para o tabuleiro. Era evidente que estava dividido entre o desejo de vencer e o desejo de não perder a cabeça; mas sua cabeça estava tão toldada pela raiva quanto pelo uísque.

– Esta é uma maneira porca de jogar damas! – protestou.

Agora que seu oponente tinha uma dama, já não podia jogar por uma vitória incruenta, pois a dama gozava de liberdade de movimentos. Desta vez, abrir mão de um Kentucky Tavern foi um verdadeiro sacrifício, pelo que imprecou contra as peças.

– Essas malditas formas são todas diferentes! Cristal! Onde já se ouviu falar de pedras de cristal?

Wormold sentiu o próprio cérebro anuviado pelo *bourbon*, mas o momento da vitória – e da derrota – havia chegado.

– O senhor moveu a minha peça – disse Segura.

– Não, senhor. Esta aqui é um Red Label. É minha.

– Santo Deus, como é que vou saber a diferença entre um *scotch* e um *bourbon*? São todas garrafas, não são?

– O senhor está irritado porque está perdendo.

– Eu nunca perco!

Então, Wormold cometeu um deslize calculado e expôs a sua dama. Por um momento, pensou que Segura não o tivesse percebido; depois, julgou que, para evitar de beber, o capitão deliberadamente deixara escapar a oportunidade. Mas a tentação de conquistar a dama era grande, e o que estava além daquele lance era uma vitória esmagadora. Sua própria peça se converteria em dama, e daí se seguiria um massacre. Todavia, o capitão hesitou. O calor do uísque e a noite abafada derretiam-lhe o rosto como se fosse de uma boneca de cera. Tinha dificuldade para se concentrar.

– Por que fez isso? – perguntou.

– O quê?

– Assim o senhor perde a dama e o jogo.

– Mas que diabo! Nem percebi. Devo estar bêbado.

– O senhor, bêbado?

– Um pouco.

– Também estou bêbado. O senhor sabe que estou bêbado. Está tentando me embriagar. Por quê?

– Não seja tolo, Segura. Por que eu haveria de embriagá-lo? Vamos encerrar o jogo. Consideremos um empate.

– Empate uma ova! Sei por que quer me embebedar. Quer me mostrar aquela lista... ou melhor, quer que eu a mostre para o senhor.

– Que lista?

– Tenho todos vocês na minha rede. Onde está Milly?

– Já lhe disse: saiu.

– Está noite, vou até o chefe de polícia. Vamos apertar a rede.

– Carter está nela?

– Quem é Carter? – perguntou e, apontando o dedo para Wormold, em sinal de advertência: – O senhor está nela... mas já sei que não é nenhum agente. É uma fraude.

– Por que não dorme um pouco, Segura? Jogo empatado.

– Jogo empatado uma ova! Veja: capturei sua dama!

Abriu uma garrafinha de Red Label e a bebeu de um só gole.

– A dama vale duas garrafas – disse Wormold, entregando-lhe um Dunosdale Cream.

Segura achava-se sentado pesadamente em sua cadeira, o queixo tremendo.

– Admita que foi derrotado. Não jogo por peças.

– Não admito nada. Tenho melhor cabeça e, veja só, acabo de soprá-lo. O senhor poderia ter prosseguido.

Um uísque de centeio canadense, Lord Calvert, havia se misturado aos *bourbons*, e Wormold o bebeu. "Deve ser o último", pensou. "Se ele não desabar agora, estou liquidado. Não vou estar sóbrio o suficiente para puxar o gatilho. Ele disse que estava carregado?"

– Não importa – disse Segura, num sussurro. – De qualquer modo, está liquidado. – Moveu a mão lentamente sobre o tabuleiro, como se estivesse carregando um ovo numa colher. – Está vendo só? – Capturou uma peça, duas peças, três peças...

– Beba isto, Segura.

Um George IV, um Queen Anne – a partida se encerrava numa verdadeira ostentação de nobreza –, um Highland Queen.

– Pode continuar, Segura. Ou devo soprá-lo de novo? Beba. – Vat 69. – Aqui está outro. Beba-o, Segura. – Grant's Standfast. Old Argyll. – Beba-os, Segura. Agora, sim, considero-me derrotado.

Mas era Segura quem fora derrotado. Wormold desabotoou-lhe o colarinho, para que pudesse respirar melhor, e acomodou-lhe a cabeça no encosto da cadeira, mas suas próprias pernas vacilavam ao avançar para a porta da rua. Levava no bolso o revólver do capitão.

## 2

No Seville-Biltmore, foi até a cabine telefônica e ligou para Carter. Tinha de admitir que os nervos de Carter eram fortes – muito mais fortes que os seus. A missão de Carter em Cuba não fora devidamente cumprida e, no entanto, lá permanecia ele: como atirador ou, talvez, como chamariz.

– Boa noite, Carter.

– Ora essa... Boa noite, Wormold.

A voz expressava a exata frieza de alguém que se sentisse ferido em seu orgulho.

– Quero lhe pedir desculpas, Carter. Aquele negócio estúpido do uísque. Eu devia estar bêbado, suponho. Agora mesmo estou um pouco embriagado. Não estou acostumado a pedir desculpas.

– Está bem, Wormold. Vá dormir.

– Zombei de sua gagueira. Um camarada não devia fazer isso com outro.

Surpreendeu-se falando como Hawthorne. A falsidade era uma doença ocupacional.

– Não consegui entender o que diabos você quis dizer com aquela história toda.

– Em zeguida... seguida... descobri o que houve. Nada que tenha a ver com você. Aquele maldito *maître* envenenou o seu próprio cão. Era um cão muito velho, claro, mas dar restos de comida envenenada ao animal... isso não era jeito de tirá-lo de ação...

– Foi isso que aconteceu? Obrigado por me informar, mas já é tarde. Já estava indo para a cama, Wormold.

– O melhor amigo do homem...

– Que foi que disse? Não consigo ouvi-lo.

– César, o amigo do rei... e tinha também aquele outro de pêlo duro que pereceu na Jutlândia. Foi visto pela última vez na ponte, ao lado do seu dono.

– Você está bêbado, Wormold.

Era tão mais fácil, constatou Wormold, simular embriaguez depois de... quantos *scotches* e *bourbons* mesmo? Pode-se confiar num bêbado: *in vino veritas*. Pode-se também, com mais facilidade, dar cabo de um bêbado. Carter seria um tolo se não aproveitasse a oportunidade.

– Estou com vontade de dar uma volta por aí – disse Wormold.

– Por aí onde?

– Pelos lugares que você queria conhecer em Havana.

– Está ficando tarde.

– É a hora certa.

Pôde sentir a hesitação de Carter alcançar-lhe pelo fio.

– Traga uma arma – recomendou.

Sentiu uma estranha relutância em matar um assassino desarmado – se é que Carter alguma vez andava desarmado.

– Uma arma? Por quê?

– Em alguns desses lugares tentam meter a mão na gente.

– E por que é que *você* não leva uma arma?

– Porque que não tenho uma.

– Nem eu.

Pareceu-lhe ter ouvido, através do fone, o som metálico de uma câmara de revólver sendo examinada. "Diamante corta diamante", pensou.... e sorriu. Mas, no ato de ódio, um sorriso era tão perigoso quanto no ato de amor. Teve de recordar a impressão que lhe causara topar com o dr. Hasselbacher estirado sobre o chão do bar, os olhos arregalados, fitando o alto. Não fora dada uma única chance ao velho, e ele estava dando muitas a Carter. Começou a lamentar os drinques que havia tomado.

– Nos encontramos no bar – disse Carter.

– Não demore.

– Tenho que me vestir.

A escuridão do bar desta vez agradava a Wormold. Carter, ele supôs, estava telefonando para os amigos e talvez combinando um encontro. Mas, de qualquer modo, no bar não poderiam encontrá-lo antes que ele os visse. Havia uma entrada pela rua e outra pelo hotel e, ao fundo, uma espécie de balcão que lhe poderia ser útil, caso precisasse usar a arma. Todos os que entravam tinham a visão momentaneamente ofuscada pela escuridão, como acontecera com ele próprio. Ao entrar, não pudera por alguns instantes distinguir se no bar havia um ou dois fregueses, tão estreitamente abraçados estavam, ali sentados num sofá junto à porta da rua.

Pediu um uísque, mas nem sequer o provou, atento que estava às duas entradas do bar. Naquele momento, um homem entrou. Não pôde ver-lhe o rosto. Foi a mão acariciando a bolsinha do cachimbo que o identificou como sendo Carter.

– Carter.

Carter veio até ele.

– Vamos sair – disse Wormold.

– Tome o seu drinque primeiro, que eu o acompanharei com outro.

– Já bebi demais, Carter. Preciso de ar. Beberemos em alguma casa.

Carter sentou-se.

– Diga-me aonde planeja me levar.

– A qualquer um dentre uma dezena de prostíbulos. São todos iguais, Carter. Mais ou menos uma dezena de garotas para escolher. Elas farão uma exibição para você. Vamos, vamos logo. Ficam abarrotados depois da meia-noite.

– Gostaria de tomar um drinque antes – disse Carter, ansioso. – Não posso ir a um espetáculo desses sóbrio como uma pedra.

– Não está esperando ninguém, está, Carter?

– Não. Por quê?

– Pensei... pela maneira como você estava vigiando a porta...

– Não conheço vivalma nesta cidade. Já lhe disse.

– Exceto o dr. Braun.

– Oh, sim, claro, o dr. Braun. Mas ele não é o tipo de companhia que a gente pode levar a uma casa assim, não acha?

– Vá na frente, Carter.

Relutante, Carter levantou-se do banco e começou a andar. Era evidente que estava procurando uma desculpa para ficar.

– Quero apenas deixar um r-recado com o porteiro. Estou esperando um telefonema.

– Do dr. Braun?

– Sim – respondeu, hesitante. – Parece grosseria sair assim, antes de ele me telefonar... Não pode esperar cinco minutos, Wormold?

– Diga que vai estar de volta lá pela uma... a menos que decida fazer uma noitada.

– Seria melhor esperar.

– Então irei sem você. Que diabo, Carter! Pensei que queria conhecer a cidade.

Retirou-se rapidamente do bar. Seu carro estava estacionado do outro lado da rua. Não olhou uma única vez para trás, mas ouviu passos a segui-lo. Carter não queria perdê-lo mais do que ele queria perder Carter.

– Que temperamento o seu, Wormold!

– Perdão. A bebida me deixa assim.

– Espero que esteja sóbrio o suficiente para dirigir.

– Seria melhor que você guiasse, Carter.

"Isso fará com que ele mantenha as mãos fora dos bolsos", pensou Wormold.

– Primeira à direita. Depois, primeira à esquerda, Carter.

Saíram na avenida que dava para o Atlântico. Um navio branco e esbelto deixava o porto – algum cruzeiro de turismo com destino a Kingston ou a Port au Prince. Podiam ver os casais debruçados sobre a amurada, românticos à luz do luar, e uma banda tocando um sucesso efêmero: *I could have danced all night*.

– Isso me dá saudades de casa – disse Carter.

– De Nottwich?

– Sim.

– Não há mar em Nottwich.

– Os barcos de passeio que cruzam o rio pareciam grandes assim quando eu era pequeno.

"Um assassino não tem o direito de sentir saudades: um assassino deveria ser uma máquina – e eu também preciso me tornar uma máquina", pensou Wormold, apalpando no bolso o lenço que teria de usar para apagar as impressões digitais, quando chegasse o momento. Mas como escolher o momento certo? Em que travessa? Em que porta? E se o outro atirasse primeiro...?

– São russos os seus amigos, Carter? Alemães? Americanos?

– Que amigos? – perguntou Carter, acrescentando singelamente: – Não tenho amigos.

– Não tem amigos?

– Não.

– Vire à esquerda de novo, Carter. Depois, à direita.

Seguiam, em ritmo de passeio, por uma rua estreita repleta de clubes; orquestras falavam de subterrâneos, como o fantasma do pai de Hamlet, ou como aquela música que vinha de sob as pedras de Alexandria, quando o deus Hércules abandonou Antônio. Dois homens metidos em uniformes de *nightclubs* cubanos lhes apregoavam competitivamente, do outro lado da rua, os nomes de suas boates.

– Vamos parar – disse Wormold. – Preciso urgentemente de um drinque, antes de prosseguirmos.

– Essas casas são bordéis?

– Não. Iremos a um bordel mais tarde.

Pensou: "Se pelo menos Carter, ao deixar o volante, tivesse sacado o revólver, teria sido muito mais fácil disparar".

– Conhece este lugar? – perguntou Carter.

– Não. Mas conheço a música.

Era estranho que estivessem tocando justamente aquilo... "Minha loucura ofendem..."

Do lado de fora, havia fotografias coloridas de garotas nuas, e no *nightclub* Esperanto brilhava, em neon, o letreiro *Striptease*. Degraus pintados em listras, como pijamas baratos, conduziram-nos a um porão nublado por havanas fumegantes. Parecia um lugar tão adequado quanto qualquer outro para uma execução. Mas Wormold queria primeiro um drinque.

– Você vai na frente, Carter.

Carter hesitava. Abriu a boca e lutou com sua pronúncia do "r". Wormold jamais o vira lutar por tanto tempo.

– Eu r-r-r-realmente espero...

– Espera o quê?

– Nada.

Sentaram-se para assistir à sessão de *striptease*. Ambos tomavam conhaque com soda. Uma garota ia de mesa em mesa, desfazendo-se de suas roupas. Começou com as luvas. Um espectador as tomou com embaraço, como quem apanha flores de um caixão. Depois, ela exibiu suas costas a Carter e pediu-lhe para desatar os cadarços de seu espartilho negro. Desajeitado, Carter mexeu nos laços em vão, enrubescendo o tempo todo, enquanto a garota ria e se contorcia com o toque de seus dedos.

– Lamento, mas não consigo encontrar... – explicou-se.

Em torno da pista, homens taciturnos observavam Carter de suas mesas. Nenhum deles sorria.

– Você não adquiriu muita prática em Nottwich, Carter. Permita-me.

– Quer me deixar em paz?

Por fim, desprendeu o espartilho, e a jovem desgrenhou-lhe os cabelos finos e lisos, seguindo adiante. Ele tornou a alisá-los com um pente de bolso.

– Não gosto deste lugar – disse Carter.

– Você é tímido com mulheres, Carter.

Como poderia atirar num homem de quem era tão fácil rir?

– Não gosto de brincadeiras grosseiras.

Subiram a escada. O bolso de Carter pesava-lhe sobre os quadris. Claro que aquele volume poderia ser o cachimbo que ele carregava. Sentou-se novamente ao volante e resmungou:

– A gente pode ver esse tipo de espetáculo em toda parte. Nada mais que prostitutas se despindo.

– Você não a ajudou muito.

– Estava procurando um zíper.

– E eu precisava urgentemente de um drinque.

– Conhaque podre, diga-se de passagem. Não me surpreenderia se tivesse algum narcótico.

– Seu uísque tinha algo mais que narcótico, Carter.

Wormold procurava açular a própria raiva e não lembrar da imagem de sua ineficiente vítima lutando com o espartilho e enrubescendo diante do fracasso.

– Que foi que você disse?

– Pare aqui.

– Por quê?

– Você queria que eu o levasse a um bordel. Aí está um.

– Mas não vejo ninguém.

– Todos eles são fechados e têm as venezianas cerradas, como este. Desça e toque a campainha.

– Que foi que você quis dizer com esse negócio de uísque?

– Isso não importa agora. Desça e toque a campainha.

Era um lugar tão apropriado quanto uma adega (paredes vazias também haviam sido freqüentemente utilizadas com esse propósito): uma fachada cinzenta e uma rua por onde ninguém passava, a não ser com intenções pouco louváveis. Carter moveu lentamente as pernas debaixo do volante, e Wormold observou-lhe as mãos – as ineficientes mãos – atentamente. "É um duelo justo", disse a si mesmo. "Ele está mais acostumado a matar do que eu; as oportunidades são as mesmas. Nem sequer tenho certeza de que meu revólver está carregado. Ele tem mais chance do que Hasselbacher jamais teve."

Com a mão prestes a tocar a campainha, Carter deteve-se novamente.

– Talvez seja mais sensato... uma outra noite. Como sabe, eu... eu... eu...

– Você está com medo, Carter.

– Nunca estive num bordel antes. Para falar a verdade, Wormold, não tenho muita necessidade de mulheres.

– Uma vida bastante solitária, ao que parece.

– Posso me arr-rranjar sem elas – disse desafiadoramente. – Há coisas mais importantes para um homem do que corr-rrer atrás...

– Então por que foi que quis vir a um bordel?

Uma vez mais surpreendeu Wormold com a verdade nua e crua:

– Procuro desejá-las, mas quando chega o momento... – Hesitou à beira da confissão e então despenhou-se: – Não adianta, Wormold. Não posso fazer o que elas desejam.

– Saia do carro.

"Preciso fazê-lo", pensou Wormold, "antes que ele me confesse mais alguma coisa". A cada segundo, o homem se tornava mais humano, uma criatura como ele próprio, de quem se podia sentir pena ou que se podia consolar, mas não matar. Quem sabia quais as escusas escondidas em todo ato de violência? Sacou o revólver de Segura.

– Mas o que é isso?

– Saia.

Carter encostou-se na porta do prostíbulo, com um olhar mais de protesto contido que de medo. Seu medo era de mulheres, não de violência.

– Você está cometendo um err-rro – ele disse. – Foi Braun quem me deu o uísque. Não sou ninguém importante.

– Não dou a mínima para o uísque. Mas você matou Hasselbacher, não foi?

Voltou a surpreender Wormold com a verdade. Havia uma espécie de honestidade no homem.

– Estava cumprindo ordens, Wormold. Eu... eu...

Gesticulou tão desajeitadamente que seu cotovelo acabou pressionando a campainha: inclinou-se para trás e, nas profundezas da casa, a campainha soou e soou, convocando ao trabalho.

– Não há nenhuma inimizade, Wormold. Você se tornou muito perigoso, só isso. Somos apenas soldados r-rasos, você e eu.

– Eu, perigoso? Que tolos são vocês! Eu não tenho agentes, Carter.

– Oh, sim, tem, sim. Aquelas construções nas montanhas... Temos cópias dos seus desenhos.

– São peças de aspirador de pó.

Perguntou-se quem as teria fornecido: Lopez? O próprio emissário de Hawthorne, ou alguém do consulado?

A mão de Carter desceu até o bolso, e Wormold disparou. Carter lançou um grito agudo, como o ganido de um cão.

– Você quase me acertou! – exclamou, enquanto tirava a mão do bolso, segurando o cachimbo despedaçado. – O meu Dunhill! Você estraçalhou o meu Dunhill!

– Sorte de principiante – respondeu Wormold.

Havia se preparado para matar, mas lhe era impossível atirar novamente. Atrás de Carter, a porta começou a se abrir. Tiveram a impressão de ouvir uma música plástica.

– Elas cuidarão de você aí dentro, Carter. Talvez agora você precise de uma mulher.

– Seu... seu palhaço!

Como Carter estava certo! Pôs o revólver a seu lado e deslizou para o assento do motorista. De repente, sentiu-se feliz. Poderia ter matado um homem. Provara a si próprio, concludentemente, que não era um dos juízes: não tinha vocação para a violência. Foi então que Carter atirou.

# Capítulo 6

## 1

– Tinha acabado de me inclinar para a frente, para dar partida no carro – disse a Beatrice. – Foi o que me salvou, imagino. Claro que ele tinha o direito de revidar o disparo. Foi um verdadeiro duelo, mas o terceiro tiro foi meu.

– E o que aconteceu depois?

– Tive tempo de me afastar dali antes de ficar enjoado.

– Enjoado?

– Acho que, se eu tivesse estado na guerra, pareceria uma coisa muito menos séria matar um homem. Pobre Carter.

– Por que deveria lamentar por ele?

– Porque era um homem. Fiquei sabendo de muitas coisas a seu respeito. Tinha medo de mulheres. Gostava de seu cachimbo e, quando menino, os barcos de passeio, no rio de sua cidade, pareciam-lhe transatlânticos. Talvez fosse um romântico. E um romântico geralmente tem medo de que a realidade não corresponda às suas expectativas, não é verdade? Todos esperam demais.

– E depois?

– Apaguei minhas digitais do revólver e o trouxe de volta. Segura na certa vai perceber que foram disparados dois tiros. Mas não acho que vá querer reclamar as balas. Seria um pouco difícil de explicar. Ele ainda estava dormindo quando voltei. Dá medo só de pensar na ressaca que deve estar sentindo. Minha própria cabeça está me matando. Mas procurei seguir suas instruções quanto às fotografias.

– Que fotografias?

– Segura estava com uma lista de agentes estrangeiros, que ia levar ao chefe de polícia. Eu a fotografei e coloquei de volta em seu bolso. Fico contente por ter enviado pelo menos um informe verdadeiro, antes de minha renúncia.

– Devia ter esperado por mim.

– E como poderia? Ele estava para acordar a qualquer momento. Mas esse negócio de microfotografia é complicado.

– Por que diabos você foi tirar uma microfotografia?

– Por que não podemos confiar em nenhum mensageiro para Kingston. O pessoal de Carter – seja lá quem for – tem cópias dos desenhos de Oriente. Isso quer dizer que há um agente duplo andando por aí. Talvez seja aquele seu contrabandista de drogas. Então, tirei uma microfotografia, conforme você me ensinou, colei-a no verso de um selo e o despachei junto com um lote de quinhentos selos coloniais britânicos, do jeito que combinamos para o caso de uma emergência.

– Então temos que enviar um telegrama para eles, informando em que selo você a colou.

– Em que selo?

– Não espera que eles examinem quinhentos selos à procura de um pontinho negro, não é mesmo?

– Não tinha pensado nisso... Que descuidado!

– Você deve saber em qual deles colou...

– Não me ocorreu olhar a face do selo. Acho que era um George V, vermelho... ou verde.

– Isso ajuda muito! Não se lembra de nenhum dos nomes da lista?

– Não. Não tive tempo de lê-la. Sei que sou um tolo para este jogo, Beatrice.

– Não. Eles é que são os tolos.

– Gostaria de saber quem é que nos visitará primeiro: o dr. Braun... Segura...

Mas não foi nenhum deles.

## 2

O arrogante funcionário do consulado apareceu na loja às cinco horas da tarde seguinte. Postou-se cerimoniosamente em meio aos aspiradores de pó, como um turista que olhasse com desaprovação um museu de objetos fálicos. Disse a Wormold que o embaixador desejava vê-lo.

– Não pode ficar para amanhã cedo? – perguntou Wormold, que estava preparando seu último relatório, sobre a morte de Carter e sua renúncia.

– Não, não pode. O embaixador telefonou de casa. Você deve comparecer imediatamente.

– Não sou empregado do consulado – retrucou Wormold.

– Não é?

Wormold retornou a Vedado, às casinhas brancas e às buganvílias dos ricos. Parecia ter decorrido um longo tempo desde sua visita ao professor Sanchez. Passou em frente à sua residência. Quantas discussões não se estenderiam por trás daquelas paredes de casa de boneca?

Teve a impressão de que todos na casa do embaixador aguardavam sua chegada, e que o vestíbulo e as escadas haviam sido cuidadosamente evacuados de espectadores. No andar térreo, uma mulher virou-lhe as costas e fechou-se num quarto: julgou que fosse a embaixatriz. Duas crianças o espiaram rapidamente, por entre os balaústres do segundo andar, e fugiram correndo, com os saltos de seus sapatinhos percutindo o piso ladrilhado. O mordomo o fez entrar na sala de visitas, que estava vazia, e, ao sair, fechou a porta furtivamente. Através das altas janelas, podia ver um extenso gramado verde e longas árvores subtropicais. Mesmo lá alguém se afastava rapidamente.

A sala era como muitas outras salas de embaixada: uma mistura de peças grandes herdadas e pequenos objetos pessoais adquiridos em postos anteriores. Wormold vislumbrou um passado em Teerã (um cachimbo de formato estranho, um mosaico), Atenas (um ou dois ícones), mas estava momentaneamente intrigado por uma máscara africana... de Monróvia, talvez?

O embaixador entrou: um homem alto e de olhar impassível. Vestia uma gravata da Guarda Britânica e tinha algo em sua figura que Hawthorne gostaria de possuir.

– Sente-se, sr. Wormold – ele disse. – Aceita um cigarro?

– Não, obrigado, senhor.

– Achará aquela cadeira mais confortável. Pois bem, falemos sem rodeios. O senhor está em apuros.

– Estou.

– Claro que não sei de nada – absolutamente nada – do que o senhor faz aqui em Havana.

– Vendo aspiradores de pó, senhor.

O embaixador olhou-o com indisfarçável repugnância.

– Aspiradores de pó? Não me referia a isso.

Desviou o olhar de Wormold para o cachimbo persa, o ícone grego, a máscara liberiana. Eram como a autobiografia de um homem que, para renovar a confiança, relatara apenas os melhores momentos de sua vida.

– Ontem pela manhã o capitão Segura veio me ver – prosseguiu. – Note que não sei de que modo a polícia obteve esta informação – não é de minha conta –, mas ele me disse que o senhor tem enviado a Londres uma porção de informes de caráter enganoso. Não sei para quem o senhor os mandou: isso também não é de minha conta. De fato, ele disse que o senhor tem recebido dinheiro e fingido possuir fontes de informação que simplesmente não existem. Julguei de meu dever informar o Ministério das Relações Exteriores imediatamente. Presumo que o senhor receberá ordens para retornar à Inglaterra e apresentar-se. A quem, não tenho a menor idéia... Isso também não é de minha conta.

Wormold viu duas cabecinhas espiá-lo por detrás de uma das altas árvores. Olhou-as e elas o olharam – com simpatia, pareceu-lhe.

– Compreendo, senhor.

– Tenho a impressão de que o capitão Segura considera que o senhor está causando muitas complicações por aqui. Creio que, se o senhor se recusar a voltar para a Inglaterra, se verá em sérias dificuldades com as autoridades daqui, e, dadas as circunstâncias, é claro que eu não poderia fazer nada para ajudá-lo. Absolutamente nada. O capitão Segura suspeita inclusive que o senhor forjou algum tipo de documento que afirma ter encontrado em poder dele. Todo esse assunto me é extremamente desagradável, sr. Wormold. Não queira saber quanto. No estrangeiro, as fontes corretas de informação são as embaixadas. Para isso temos os nossos *attachés**. Isso que chamam de informação secreta é um problema e tanto para qualquer embaixador.

– Compreendo, senhor.

– Não sei se o senhor ficou sabendo disto, pois os jornais não publicaram, mas anteontem, à noite, um inglês foi morto

* Em francês no original: adido, diplomata. (N.T.)

à bala. O capitão Segura deu a entender que a vítima não era estranha ao senhor.

– Conheci-o num almoço, senhor.

– É melhor que volte para a Inglaterra, Wormold, no primeiro avião que puder – quanto antes, melhor para mim – e que resolva isso com a sua gente... seja lá quem for.

– Sim, senhor.

## 3

O avião da K.L.M. com destino a Amsterdã via Montreal partiria às três e trinta da madrugada. Wormold não tinha o menor desejo de viajar via Kingston, onde Hawthorne provavelmente teria recebido instruções para recepcioná-lo. O escritório fora fechado depois de um último telegrama, e Rudy e sua mala seguiriam para a Jamaica. Os livros de código foram queimados com o auxílio das folhas de celulóide. Beatrice partiria em companhia de Rudy. Lopez ficou encarregado de cuidar dos aspiradores. Todos os objetos pessoais que Wormold prezava foram colocados num caixote, que ele tratou de despachar por mar. A égua foi vendida... ao capitão Segura.

Beatrice ajudou-o a embalar seus pertences. O último objeto guardado no caixote foi a imagem de santa Serafina.

– Milly deve estar muito triste – disse Beatrice.

– Ela está maravilhosamente resignada. Diz, como *sir* Humphrey Gilbert*, que Deus está tão perto dela em Londres quanto em Cuba.

– Não foi exatamente isso que Gilbert disse.

Havia uma pilha de lixo, nada que fosse secreto, a ser queimada.

– Quantas fotografias *dela* você guardou! – disse Beatrice.

– Sempre tive a impressão de que rasgar uma fotografia era como matar uma pessoa. Agora sei, claro, que é algo completamente diferente.

---

* Explorador, soldado e membro do Parlamento inglês, Humphrey Gilbert (1537-1583) foi um dos pioneiros da colonização inglesa, tendo servido à Coroa durante o reinado de Elisabeth I. (N.T.)

– E esta caixa vermelha aqui?

– Uma vez ela me presenteou com algumas abotoaduras. Foram roubadas, mas guardei a caixa. Não sei por quê. De certo modo, estou contente por me ver livre de tudo isso.

– O fim de uma vida.

– De duas vidas.

– O que é isto?

– Um velho programa.

– Nem tão velho assim. É do Tropicana. Posso guardá-lo?

– Você é muito jovem para ficar guardando coisas. Elas se acumulam demais. A gente logo descobre que não sobra lugar para viver no meio de tanta tralha.

– Vou correr esse risco. Aquela foi uma noite maravilhosa.

Wormold e Milly acompanharam-na até o aeroporto. Rudy desapareceu discretamente, seguindo o homem que carregava a sua enorme mala. Era uma tarde quente, e as pessoas bebiam daiquiris. Desde a proposta de casamento do capitão Segura, a aia de Milly desaparecera, mas, depois de seu desaparecimento, a criança que ele esperava rever, que ateara fogo em Thomas Earl Parkman Jr., não voltara mais. Era como se Milly tivesse amadurecido, deixando para trás, simultaneamente, os dois personagens.

– Vou procurar algumas revistas para Beatrice – disse com um tato de adulto, indo ocupar-se numa banca de revistas, de costas para os dois.

– Lamento muito – disse Wormold. – Quando voltar, direi a eles que você não sabia de nada. Gostaria de saber para onde a mandarão agora.

– Para o Golfo Pérsico, talvez. Basra.

– Por que o Golfo Pérsico?

– É a idéia que eles têm de purgatório. Regeneração mediante suor e lágrimas. A Phastkleaners tem alguma agência em Basra?

– Receio que a Phastkleaners não seguirá mais comigo.

– E o que você vai fazer?

– Tenho o suficiente, graças ao pobre Raul, para Milly passar um ano na Suíça. Depois disso, não sei.

– Poderia abrir uma dessas lojas que vendem objetos para pregar peças... você sabe: o polegar ensangüentado, a tinta falsa, o torrão de açúcar com a mosca pousada. Como são terríveis as despedidas! Por favor, não espere mais.

– Voltarei a vê-la?

– Tentarei não ir para Basra. Tentarei permanecer no grupo de datilógrafas, junto com Angélica, Ethel e a srta. Jenkinson. Se tiver sorte, sairei do serviço às seis, e então poderemos nos encontrar em Corner House, para um lanche barato, e depois ir ao cinema. Será uma dessas vidas medonhas, como a UNESCO e as conferências de escritores modernos, não é mesmo? Foi divertido estar aqui com você.

– É verdade.

– Agora, vá.

Wormold caminhou até a banca de revistas, ao encontro de Milly.

– Vamos embora – ele disse.

– Mas, Beatrice... não lhe dei as revistas.

– Ela não quer revistas.

– Nem me despedi...

– Tarde demais. Ela já passou pela Imigração. Você a verá em Londres. Talvez.

## 4

Era como se tivessem passado todo o tempo que lhes restara em aeroportos. Agora era o vôo da K.L.M que regressava, às três da madrugada, com o céu róseo pelo reflexo das luzes de neon e dos sinais luminosos da pista de aterrissagem, e era o capitão Segura quem se "despedia" deles. Procurou fazer com que aquela ocasião oficial parecesse o mais pessoal possível, mas, ainda assim, soava como uma deportação.

– O senhor me obrigou a isto – disse Segura, em tom de reprovação.

– Seus métodos são mais gentis que os de Carter ou do dr. Braun. Que é que o senhor vai fazer quanto ao dr. Braun?

– Ele acha necessário retornar à Suíça, para resolver questões relativas a seus instrumentos de precisão.

– Com passagem reservada para Moscou?

– Não necessariamente. Talvez Bonn. Ou Washington. Ou mesmo Bucareste. Não sei. Seja lá quem eles forem, creio que estão bastante satisfeitos com os seus desenhos.

– Desenhos?

– Das construções de Oriente. Ele também levará o crédito por ter se livrado de um agente perigoso.

– Eu?

– Sim. Cuba estará um pouco mais tranqüila sem os senhores, mas vou sentir falta da srta. Milly.

– Milly jamais casaria com o senhor, capitão Segura. Na verdade, ela não gosta muito de cigarreiras feitas de pele humana.

– Alguma vez lhe disseram de quem era a pele?

– Não.

– De um policial que torturou meu pai até a morte. O senhor sabe, ele era um homem pobre. Pertencia à classe torturável.

Milly juntou-se a eles, trazendo consigo as revistas *Time*, *Life*, *Paris-Match* e *Quick*. Eram quase três e quinze da madrugada e no céu, sobre a pista de aterrissagem, havia uma faixa cinzenta onde a falsa aurora começara. Os pilotos dirigiram-se para a aeronave, seguidos da aeromoça. Wormold os conhecia de vista: haviam estado em companhia de Beatrice no Tropicana, algumas semanas atrás. O alto-falante do aeroporto anunciou, em inglês e espanhol, a partida do vôo 396 para Montreal e Amsterdã.

– Tenho um presente para cada um – disse Segura.

Deu-lhes dois pequenos pacotes. Deixaram para abri-los no momento em que o avião se afastava de Havana; a cadeia de luzes ao longo da costa marítima perdeu-se de vista, e o mar desceu como uma cortina sobre todo o passado. No pacote de Wormold havia uma garrafa em miniatura de Grant's Standfast e uma bala disparada por um revólver da polícia. No de Milly, uma pequena ferradura de prata com suas iniciais gravadas.

– Por que a bala? – ela perguntou.

– Oh, uma brincadeira de gosto um tanto duvidoso. Seja como for, ele não era um mau sujeito.

– Mas não servia para marido – replicou a adulta Milly.

# Epílogo em Londres

## 1

Olharam-no com curiosidade, quando ele deu o seu nome; depois, puseram-no num elevador e o conduziram – um pouco para sua surpresa – para baixo, e não para cima. Achava-se agora num longo corredor subterrâneo, observando a luz vermelha que brilhava sobre uma porta; logo que acendesse a verde, disseram-lhe, poderia entrar, mas não antes. Pessoas que não prestavam atenção à luz entravam e saíam; algumas carregavam papéis, outras, pastas, e uma delas estava de uniforme: um coronel. Ninguém o olhava; percebeu que os deixava constrangidos. Ignoravam-no como se ignora um homem deformado. Mas era de se presumir que o motivo não fosse a sua perna manca.

Hawthorne vinha pelo corredor. Parecia todo amarrotado, como se tivesse dormido vestido; talvez tivesse passado a noite em algum avião proveniente da Jamaica. Também ele teria ignorado Wormold, se este não tivesse lhe falado:

– Alô, Hawthorne.

– Oh, é você, Wormold.

– Beatrice chegou bem?

– Sim. Naturalmente.

– Onde está ela, Hawthorne?

– Não tenho a menor idéia.

– Que é que está acontecendo aqui? Parece uma corte marcial!

– *É* uma corte marcial – respondeu Hawthorne friamente, entrando na sala.

O relógio marcava onze horas e vinte e cinco minutos. Fora chamado para ali estar às onze.

Pensava consigo se haveria alguma outra coisa que eles pudessem lhe fazer além de despedi-lo, o que presumivelmente já haviam feito. Era isso o que deviam estar procurando decidir. Dificilmente poderiam acusá-lo de violar as leis do Serviço Secreto. Inventara segredos, mas não os revelara. Provavelmente lhe dificultariam a obtenção de um emprego no estrangeiro, e na Inglaterra, na sua idade, as oportunidades de trabalho não apareciam com facilidade. Mas não tinha a menor intenção de lhes devolver o dinheiro que recebera. Estava destinado a Milly. Sentia agora como se o tivesse merecido, ao servir de alvo para o veneno e para a bala de Carter.

Às onze e trinta e cinco o coronel saiu: parecia agitado e enfurecido enquanto caminhava para o elevador. "Aí vai um juiz de enforcamento", pensou Wormold. Em seguida, saiu um homem de jaqueta de *tweed*. Tinha olhos azuis muito encovados e não precisava de uniforme para que fosse identificado como marinheiro. Pousou os olhos acidentalmente em Wormold, mas logo os desviou para outra direção, como um homem íntegro.

– Espere por mim, coronel – gritou, avançando pelo corredor num levíssimo gingar de quadris, como se estivesse de volta à ponte de comando, em meio a uma violenta borrasca.

Logo depois saiu Hawthorne, conversando com um homem muito jovem, e, de repente, Wormold ficou sem fôlego, pois brilhou a luz verde e ali estava Beatrice.

– Você deve entrar – ela lhe disse.

– Qual é o veredicto?

– Não posso falar com você agora. Onde está hospedado?

Ele lhe disse.

– Irei às seis. Se puder.

– Serei executado ao amanhecer?

– Não se preocupe. Agora, entre. Ele não gosta que o deixem esperando.

– E o que vai acontecer com você?

– Jacarta – ela respondeu.

– Que é isso?

– O fim do mundo. Mais longe que Basra. Por favor, entre.

Um homem de monóculo negro estava sentado, inteiramente só, atrás de uma mesa.

– Sente-se, Wormold – ele disse.

– Prefiro ficar de pé.

– Oh, isso é uma citação, não é mesmo?

– Citação?

– Tenho certeza de que já ouvi isso em alguma peça teatral... em algum teatro de amadores. Há muitos anos, naturalmente.

Wormold sentou-se.

– O senhor não tem o direito de mandá-la para Jacarta.

– Mandar quem para Jacarta?

– Beatrice.

– Quem é ela? Oh, aquela sua secretária... Como odeio esses nomes cristãos! Terá que falar com a srta. Jenkinson a respeito disso. É ela a responsável pelo quadro de secretárias, não eu, graças a Deus.

– Ela não teve nada a ver com o que aconteceu.

– Nada? Ouça, Wormold. Decidimos fechar o seu posto, e eis que surgiu a questão: o que deveríamos fazer com o senhor?

Estava chegando o momento. A julgar pela cara do coronel que fora um de seus juízes, o que viria não seria nada agradável. O chefe tirou o seu monóculo negro, e Wormold foi surpreendido pelo olho azul de bebê.

– Achamos que a melhor coisa para o senhor, sob tais circunstâncias, seria permanecer aqui na Inglaterra... com nossa equipe de instrutores. Conferências. Como dirigir um posto no Exterior. Esse tipo de coisa.

Parecia engolir algo extremamente desagradável. Prosseguiu:

– Claro que, como sempre fazemos quando um agente se afasta de um posto no estrangeiro, recomendaremos que lhe concedam uma condecoração. Creio que, no seu caso – tendo em vista que o senhor não ficou lá muito tempo –, dificilmente poderemos sugerir algo mais elevado que uma OBE.*

## 2

Cumprimentaram-se formalmente, em meio a uma selva de cadeiras verde-oliva, num hotel barato chamado Pendennis, perto da Gower Street.

* Order of the British Empire (Ordem do Império Britânico). (N.T.)

– Não creio que possa lhe oferecer um drinque – ele disse. – Por causa da Temperança.

– Então por que escolheu este lugar?

– Costumava vir aqui com meus pais, quando menino. Não sabia nada sobre o Movimento de Temperança. Não era algo que naquela época me preocupasse. Beatrice, que foi que aconteceu? Estão loucos?

– Estão furiosos com nós dois. Chegaram à conclusão que eu devia ter percebido o que estava acontecendo. O chefe convocou uma reunião urgentíssima. Suas conexões estavam todas lá, junto com a gente do Ministério da Guerra, do Almirantado e do Ministério da Aeronáutica. Tinham todos os seus relatórios diante de si e os examinaram um a um. Infiltração comunista no governo: ninguém se importou em enviar um memorando ao Ministério das Relações Exteriores, cancelando-o. Havia os informes econômicos: concordaram que deviam ser também descartados. Só a Câmara de Comércio se interessaria por eles. Ninguém ficou realmente impressionado, até que surgiram os relatórios do Serviço Secreto. Havia um sobre desavenças na Marinha e outro sobre bases de reabastecimento de combustível para submarinos. O comandante disse: "Nestes aqui deve haver alguma verdade". Respondi: "Veja a fonte. Ela não existe." Então, prosseguiu: "Vamos parecer como esses estúpidos. Ficarão loucos de contentes na Inteligência Naval..." Mas isso não foi nada, comparado ao que sentiram quando examinaram as construções.

– Engoliram mesmo aqueles desenhos?

– Foi quando então se voltaram contra o pobre Henry.

– Gostaria que você não o chamasse de Henry.

– Para começo de conversa, disseram que ele jamais havia informado que você vendia aspiradores de pó, e sim que era uma espécie de rei mercante. *Dessa* caçada o chefe não quis participar. Por algum motivo, parecia embaraçado, mas, de todo modo, Henry – digo, Hawthorne – mostrou-lhes a pasta com os arquivos, e ali estavam todos os detalhes. Claro que aquelas informações jamais foram além do departamento da srta. Jenkinson. Disseram então que, ao examinar os desenhos, Hawthorne deveria ter percebido que se tratava de peças de um aspirador de pó. Ele respondeu que de fato o percebera, mas que não havia razão para que o *princípio* de um aspirador não pudesse ser aplicado a uma arma. Depois disso, todos urraram pedindo a sua cabeça, Wormold – todos, menos o chefe. Em alguns momentos, tive a impressão de que ele percebia o lado cômico da coisa toda. Disse-lhes: "O que temos que fazer é bastante simples. Temos que notificar o Almirantado, o Ministério da Guerra e o Ministério da Aeronáutica de que todos os informes procedentes de Havana, nos últimos seis meses, são totalmente inconfiáveis".

– Mas, Beatrice, eles me ofereceram um emprego...

– Isso é fácil de explicar. O primeiro a ceder foi o comandante. Talvez no mar a gente aprenda a ver mais longe. Disse que aquilo arruinaria o Serviço Secreto junto ao Almirantado. No futuro, confiariam apenas na Inteligência Naval. Então o coronel disse: "Se eu contar o que aconteceu ao Ministério da Guerra, também já podemos ir arrumando as nossas trouxas". Um verdadeiro impasse havia se instalado, até que o chefe sugeriu que talvez o plano mais simples fosse fazer circular mais um relatório do agente 59200-5, dando conta de que as construções, depois de se revelarem um fracasso, foram desmanteladas. Ainda restava, claro, tratar do seu caso. O chefe achava que você tinha adquirido valiosa experiência, a qual devia ser posta a serviço do departamento, e não da imprensa popular. Gente demais já havia escrito, ultimamente, reminiscências do Serviço Secreto. Alguém fez menção à lei do Serviço Secreto, mas o chefe lembrou que ela poderia não se aplicar ao seu caso. Devia ter visto a cara deles quando ficaram sem vítima! É claro que se voltaram contra mim, mas eu não estava disposta a ser interrogada por aquela gangue. Foi então que soltei o verbo.

– Santo Deus, que foi que você disse?

– Disse-lhes que, mesmo se eu soubesse o que estava acontecendo, não o teria impedido. Disse que você estava trabalhando por algo importante, e não pela idéia que alguém pudesse ter de uma guerra global que talvez jamais acontecesse. Aquele idiota vestido de coronel disse algo a respeito de "seu país". Perguntei-lhe: "Que quer dizer com 'seu país'? Uma bandeira que alguém inventou duzentos anos atrás? O Tribunal dos Bispos discutindo sobre o divórcio e os membros da Câmara dos Comuns gritando 'Sim' uns para os outros na tribuna? Ou o senhor se refere ao congresso dos sindicatos, às ferrovias britânicas ou às cooperativas? Provavelmente pensa que é o seu regimento, se é que alguma vez parou para pensar, mas nós não temos regimento... nem ele, nem eu." Tentaram me interromper, mas continuei: "Oh, já ia esquecendo: existe algo maior que a própria pátria, não existe? Os senhores nos ensinaram isso com a sua Liga das Nações e com o seu Pacto do Atlântico, com a OTAN, a ONU e a OTASO. Mas, para a maioria de nós, essas letras não significam mais que aquelas outras, EUA e URSS. E já não acreditamos nos senhores quando dizem que desejam paz, justiça e liberdade. Que espécie de liberdade? O que os senhores desejam são as suas carreiras." Disse ainda que simpatizava com os oficiais franceses que em 1940 optaram por cuidar de suas famílias; pelo menos, eles não puseram suas carreiras em primeiro lugar. Um país é mais uma família que um sistema parlamentar.

– Meu Deus! Você disse tudo isso?

– Disse. Foi um discurso e tanto.

– E acredita nele?

– Em todo ele, não. De qualquer forma, não nos deixaram muita coisa em que acreditar, deixaram? Nem mesmo em que não acreditar. Mas não posso crer em nada maior que um lar nem mais vago que um ser humano.

– Qualquer ser humano?

Ela afastou-se a passos rápidos, sem responder, por entre as cadeiras verde-oliva, e ele percebeu que abrira seu coração até quase chegar às lágrimas. Dez anos antes, teria ido atrás dela, mas a meia-idade é a fase da triste cautela. Observou-a afastar-se através da sala lúgubre e pensou: "Querida, é uma maneira de falar... quatorze anos de diferença... Milly... a gente não deve fazer nada que escandalize o próprio filho ou ofenda a fé de que não compartilha." Ela já havia chegado à porta quando ele a alcançou.

– Procurei Jacarta em todos os livros de consulta – ele disse. – Você não pode ir para lá. É um lugar horrível.

– Não tenho outra escolha. Tentei permanecer no quadro de funcionárias da srta. Jenkinson.

– E é isso o que quer?

– Poderíamos de vez em quando nos encontrar em Corner House e ir ao cinema.

– Uma vida medonha... como você mesma disse.

– Você faria parte dela.

– Beatrice, sou quatorze anos mais velho que você.

– Que importância tem isso? Sei o que realmente o preocupa. Não é a idade: é Milly.

– Ela tem que aprender que o seu pai também é humano.

– Certa vez, ela me disse que não daria certo meu amor por você.

– Tem que dar. Não poderei amá-la se você não me amar.

– Não vai ser fácil dizer isso a ela.

– Talvez não seja muito fácil para você continuar ao meu lado, depois de alguns anos.

– Querido, não se preocupe mais com isso – ela respondeu. – Você não será abandonado duas vezes.

Enquanto se beijavam, Milly aproximou-se carregando uma grande cesta de costura para uma senhora idosa. Parecia particularmente virtuosa: tinha provavelmente iniciado um período de boas ações. A anciã viu-os primeiro e agarrou o braço de Milly.

– Vamos embora daqui, querida! – ela disse, tomando Milly pelo braço. – Que lugar foram escolher... onde todos podem vê-los!

– Está tudo bem – respondeu Milly. – É só o meu pai.

O som de sua voz fez com que eles se separassem.

– Essa é sua mãe? – perguntou a anciã.

– Não. É a secretária dele.

– Devolva a minha cesta – disse a velha, com indignação.

– Bem, é o fim da linha... – lamentou Beatrice.

– Sinto muito, Milly – disse Wormold.

– Oh, já estava na hora de ela aprender um pouco sobre a vida – respondeu Milly.

– Não estava pensando nela. Sei que, para você, isto não parecerá um casamento de verdade...

– Fico feliz que vai se casar. Em Havana, pensei que estivesse apenas tendo um caso. Claro que dá tudo no mesmo – não é verdade? –, pois vocês dois já são casados. Mas, de qualquer forma, assim será mais digno. Papai, sabe onde fica Tattersall?

– Em Knightsbridge, creio eu, mas já deve estar fechado.

– Só queria explorar o caminho.

– Então você não se importa, Milly?

– Oh, os pagãos podem fazer quase tudo, e vocês são pagãos. Sorte a sua. Estarei de volta para o jantar.

– Está vendo só? Deu tudo certo, afinal – disse Beatrice.

– Sim. Soube educá-la, não acha? Há certas coisas que sei fazer bem. A propósito, o relatório sobre os agentes inimigos... certamente devem ter ficado satisfeitos com ele.

– Não exatamente. Sabe, querido, o laboratório levou uma hora e meia mergulhando cada selo em água, para tentar encontrar o seu pontinho. Acho que o encontraram no centésimo quadragésimo quarto selo, mas, quando o ampliaram... bem, não havia nada. Ou você expôs demais o filme, ou usou o lado errado do microscópio.

– E, mesmo assim, vão me dar uma OBE?

– Vão.

– E um emprego?

– Duvido que você o mantenha por muito tempo.

– Nem pretendo. Beatrice, quando foi que você começou a imaginar que estava...?

Ela pousou-lhe a mão sobre o ombro, obrigando-o a dançar por entre as melancólicas cadeiras. Logo depois, começou a cantarolar, um pouco desafinada, como se tivesse corrido um longo caminho para alcançá-lo.

*Homens sensatos os cercam,*
*velhos amigos.*
*Eles dizem que a Terra é redonda:*
*minha loucura ofendem.*
*As laranjas têm sementes, dizem,*
*E as maçãs, cascas...*

– Do que vamos viver? – perguntou Wormold.

– Encontraremos uma saída, você e eu.

– Somos três – disse Wormold, e ela compreendeu qual seria o principal problema de seu futuro: ele jamais seria suficientemente louco.

# Coleção **L&PM** POCKET (LANÇAMENTOS MAIS RECENTES)

547.**O gato por dentro** – William S. Burroughs
548.**Sobre a brevidade da vida** – Sêneca
549.**Geraldão (1)** – Glauco
550.**Piratas do Tietê (2)** – Laerte
551.**Pagando o pato** – Ciça
552.**Garfield de bom humor** – Jim Davis
553.**Conhece o Mário?** – Santiago
554.**Radicci 6** – Iotti
555.**Os subterrâneos** – Jack Kerouac
556(1).**Balzac** – François Taillandier
557(2).**Modigliani** – Christian Parisot
558(3).**Kafka** – Gérard-Georges Lemaire
559(4).**Júlio César** – Joël Schmidt
560.**Receitas da família** – J. A. Pinheiro Machado
561.**Boas maneiras à mesa** – Celia Ribeiro
562(9).**Filhos sadios, pais felizes** – R. Pagnoncelli
563(10).**Fatos & mitos** – Dr. Fernando Lucchese
564.**Ménage à trois** – Paula Taitelbaum
565.**Mulheres!** – David Coimbra
566.**Poemas de Álvaro de Campos** – Fernando Pessoa
567.**Medo e outras histórias** – Stefan Zweig
568.**Snoopy e sua turma (1)** – Schulz
569.**Piadas para sempre (1)** – Visconde da Casa Verde
570.**O alvo móvel** – Ross Macdonald
571.**O melhor do Recruta Zero (2)** – Mort Walker
572.**Um sonho americano** – Norman Mailer
573.**Os broncos também amam** – Angeli
574.**Crônica de um amor louco** – Bukowski
575(5).**Freud** – René Major e Chantal Talagrand
576(6).**Picasso** – Gilles Plazy
577(7).**Gandhi** – Christine Jordis
578.**A tumba** – H. P. Lovecraft
579.**O príncipe e o mendigo** – Mark Twain
580.**Garfield, um charme de gato** – Jim Davis
581.**Ilusões perdidas** – Balzac
582.**Esplendores e misérias das cortesãs** – Balzac
583.**Walter Ego** – Angeli
584.**Striptiras (1)** – Laerte
585.**Fagundes: um puxa-saco de mão cheia** – Laerte
586.**Depois do último trem** – Josué Guimarães
587.**Ricardo III** – Shakespeare
588.**Dona Anja** – Josué Guimarães
589.**24 horas na vida de uma mulher** – Stefan Zweig
590.**O terceiro homem** – Graham Greene
591.**Mulher no escuro** – Dashiell Hammett
592.**No que acredito** – Bertrand Russell
593.**Odisséia (1): Telemaquia** – Homero
594.**O cavalo cego** – Josué Guimarães
595.**Henrique V** – Shakespeare
596.**Fabulário geral do delírio cotidiano** – Bukowski
597.**Tiros na noite 1: A mulher do bandido** – Dashiell Hammett
598.**Snoopy em Feliz Dia dos Namorados (2)** – Schulz
599.**Mas não se matam cavalos?** – Horace McCoy
600.**Crime e castigo** – Dostoiévski
601(7).**Mistério no Caribe** – Agatha Christie
602.**Odisséia (2): Regresso** – Homero
603.**Piadas para sempre (2)** – Visconde da Casa Verde
604.**À sombra do vulcão** – Malcolm Lowry
605(8).**Kerouac** – Yves Buin
606.**E agora são cinzas** – Angeli
607.**As mil e uma noites** – Paulo Caruso
608.**Um assassino entre nós** – Ruth Rendell
609.**Crack-up** – F. Scott Fitzgerald
610.**Do amor** – Stendhal
611.**Cartas do Yage** – William Burroughs e Allen Ginsberg
612.**Striptiras (2)** – Laerte
613.**Henry & June** – Anaïs Nin
614.**A piscina mortal** – Ross Macdonald
615.**Geraldão (2)** – Glauco
616.**Tempo de delicadeza** – A. R. de Sant'Anna
617.**Tiros na noite 2: Medo de tiro** – Dashiell Hammett
618.**Snoopy em Assim é a vida, Charlie Brown! (3)** – Schulz
619.**1954 – Um tiro no coração** – Hélio Silva
620.**Sobre a inspiração poética (Íon)** e ... – Platão
621.**Garfield e seus amigos** – Jim Davis
622.**Odisséia (3): Ítaca** – Homero
623.**A louca matança** – Chester Himes
624.**Factótum** – Charles Bukowski
625.**Guerra e Paz: volume 1** – Tolstói
626.**Guerra e Paz: volume 2** – Tolstói
627.**Guerra e Paz: volume 3** – Tolstói
628.**Guerra e Paz: volume 4** – Tolstói
629(9).**Shakespeare** – Claude Mourthé
630.**Bem está o que bem acaba** – Shakespeare
631.**O contrato social** – Rousseau
632.**Geração Beat** – Jack Kerouac
633.**Snoopy: É Natal! (4)** – Charles Schulz
634(8).**Testemunha da acusação** – Agatha Christie
635.**Um elefante no caos** – Millôr Fernandes
636.**Guia de leitura (100 autores que você precisa ler)** – Organização de Léa Masina
637.**Pistoleiros também mandam flores** – David Coimbra
638.**O prazer das palavras – vol. 1** – Cláudio Moreno
639.**O prazer das palavras – vol. 2** – Cláudio Moreno
640.**Novíssimo testamento: com Deus e o diabo, a dupla da criação** – Iotti
641.**Literatura Brasileira: modos de usar** – Luís Augusto Fischer
642.**Dicionário de Porto-Alegrês** – Luís A. Fischer
643.**Clô Dias & Noites** – Sérgio Jockymann
644.**Memorial de Isla Negra** – Pablo Neruda
645.**Um homem extraordinário e outras histórias** – Tchekhov
646.**Ana sem terra** – Alcy Cheuiche
647.**Adultérios** – Woody Allen
648.**Playback** – Raymond Chandler
649.**Nosso homem em Havana** – Graham Greene
650.**Dicionário Caldas Aulete de Bolso**
651.**Snoopy: Posso fazer uma pergunta, professora? (5)** – Charles Schulz
652(10).**Luís XVI** – Bernard Vincent
653.**O mercador de Veneza** – Shakespeare
654.**Cancioneiro** – Fernando Pessoa
655.**Non-Stop** – Martha Medeiros